Marta Baiocchi
Cento micron

Edizioni minimum fax
piazzale di Ponte Milvio, 28 – 00135 Roma
tel. 06.3336545 / 06.3336553 – fax 06.3336385
info@minimumfax.com
www.minimumfax.com

I edizione: gennaio 2012
ISBN 978-88-7521-394-7

Composizione tipografica:
Sabon (Jan Tschichold, 1967) per gli interni
Rotis (Otl Aicher, 1988-89) per la copertina

Marta Baiocchi

Cento micron

Fermo restando quanto stabilito dall'articolo 4, comma 1, possono accedere alle tecniche di procreazione medicalmente assistita coppie di maggiorenni di sesso diverso, coniugate o conviventi, in età potenzialmente fertile, entrambi viventi.

Legge 40, 24 febbraio 2004, articolo 5, comma 1

1.

La donna alta e appuntita, che si fa chiamare Bibi, schiaccia forte le dita sul piano di cristallo della scrivania, stringe le labbra, il rossetto color prugna diventa due linee sottili. Fa una pausa lunga, sta ripetendo uno degli esercizi mentali che le ha insegnato la sua maestra di consapevolezza psichica. Poi prende fiato e dice con voce piatta e ferma, ma gli occhi sembra stiano per schizzarle dalla testa: «Non è possibile che non ci sia un modo per riavere indietro quello che mi appartiene».

Inspira.

«Stiamo parlando di una parte del mio corpo».

Prandi è molto più navigato di lei nell'interazione con gli esseri umani, anche se non ha mai fatto un corso di consapevolezza psichica. Lui la consapevolezza psichica semplicemente ce l'ha: ha imparato sul campo. Ha avuto a che fare con molte migliaia di pazienti, non solo in questo studio di clinica, ma negli ambulatori di ospedali pubblici in disfacimento, nelle guardie notturne. Anche se è stato centinaia di anni fa, non se ne ricorda quasi più. Ha avuto a che fare con direttori amministrativi, ministri, sottosegretari, industriali. E con avvocati, molti avvocati.

Nulla si increspa in lui mentre risponde: «Signora, glielo ripeto, non c'è alcun modo in cui io possa aiutarla. Nessuno. La cosa è completamente al di fuori dalle mie possibilità».

La donna gira gli occhi sulla stanza. Pareti color crema con gli stucchi color panna su in alto, pochi mobili scuri, tappeti antichi dai colori stinti. E lì, sopra la testa del medico, in una pesante cornice dorata tutta a foglie sbalzate, il quadro di Gesù tra i pargoli, con quello sguardo dolce, e i bambini intorno che gli tendono le mani, vestitini stracciati e visetti commoventi.

Mi sto distraendo, pensa.

«Sappia che non c'è strada che lascerò intentata», dice.

«Ne sono convinto, signora, e posso dire che la comprendo. Soltanto...»

Si sta facendo tardi, pensa Prandi, c'è gente in sala d'attesa.

«...non è a me che il suo avvocato deve rivolgersi. Se i suoi tentativi di corruzione si ripeteranno, dovrò denunciare la cosa».

La donna salta un pezzo di esercizio mentale, grida mentre si alza di scatto, le mani sudate piantate sul cristallo.

«Lei non può dire una cosa del genere! Non è vero! Lei non può dire che il mio avvocato ha...»

Il grido della donna si interrompe a metà: il medico ha pigiato un tasto sul telefono interno, un ronzio leggero echeggia subito fuori dalla stanza.

La porta si apre, la signorina della reception si affaccia, dice: «Desidera, professore?»

«La signora è molto turbata. Può accompagnarla nella saletta e offrirle un tè prima che vada via? E per favore, mi mandi Carla, prima del prossimo paziente».

La voce della donna adesso è uno strillo acuto: «Non finisce qui, dottore, mi creda, non finisce qui!»

La segretaria le posa un braccio intorno alle spalle, in un gesto che sembra protettivo e che la spinge inequivocabilmente verso la porta.

«Arrivederci, signora», dice Prandi. «Per favore, signorina, non dimentichi Carla».

La porta dello studio si chiude dietro le due donne, e subito si riapre: la signora delle pulizie ha un camice celeste e una cuffietta bianca, un panno in mano.

«Carla, la prego, pulisca queste impronte sul vetro prima che entri la prossima paziente», dice Prandi.

2.

Alle otto di sera Eva apre lo sportello dell'incubatore, tira fuori le sue sei fiasche di cellule, tiepide dei trentasette gradi costanti dell'interno, chiude a ognuna il tappo arancione e le posa impilate sul bancone, accanto al microscopio. Bottiglie piatte e rettangolari, di plastica trasparente, all'interno pochi centimetri di liquido di coltura rosato.

Cioè, veramente il liquido adesso è giallo e torbido in modo preoccupante.

Si siede, ci guarda dentro col microscopio, una per una.

Lo sconforto le monta nello stomaco.

Contaminate.

Tutte e sei.

Attraverso le lenti, vede le cellule navigare nel liquido: rade, malridotte, gli orli irregolari. Invece, un brulichio di granelli appena visibili si agita frenetico per tutta la fiasca.

Batteri.

Schifosi figli di puttana. Hanno divorato le sue inermi cellule.

Che cazzo sarà, pensa. Gli antibiotici scaduti. Oppure un ceppo resistente.

Si guarda intorno.

Sarà la cappa sterile, è vecchia come il cucco, e l'allarme suona ogni due per tre. I filtri anti-particolato non tengono più, e non ci sono soldi per cambiarli.

Oppure la maledetta centrifuga: la refrigerazione non va e dentro ci si riformano muffe in continuazione.

Oppure quei farabutti della microbiologia sono venuti a lavorare i loro batteri qui di nascosto, un'altra volta. Sono mesi che protesta col Vecchio, quello gli fa il vocione per finta, e loro continuano a fare come cazzo gli pare. Lo spazio non ce l'hanno, dicono, non hanno abbastanza cappe, e delle cellule mie a loro sai quanto gliene frega.

Dall'alto, le plafoniere polverose avvitate sul soffitto macchiato proiettano una luce isterica. Dei quattro tubi al neon, due sono fulminati e il terzo frigge in un'agonia scricchiolante piena di lampi lividi. Con un po' di fortuna presto si fulminerà pure quello, almeno starà zitto e buio.

Il laboratorio è grande, i soffitti di sei metri, ogni angolo soffocato di macchine e apparecchi: centrifughe, frigoriferi, incubatori attaccati alle loro bombole con sottili tubicini trasparenti che fanno un suono lieve di risucchio. Al centro della stanza, sul bancone da lavoro coperto dalle piccole piastrelle bianche lucide montate settant'anni fa, bottiglie, scatole, provette, contenitori di ogni forma e dimensione sembrano volersi montare addosso l'un l'altro.

Tutto quello che vede è vecchio, sporco, rotto o peggio, semirotto. Che almeno, pensa, quando un apparecchio è andato te ne fai una ragione, invece se continua a funzionare così così, insisti a cercare di farlo andare alla bell'e peggio, a metterci ancora un'altra pezza.

Un mese di lavoro buttato, e per ottenere quelle cellule dall'ospedale ha dovuto fare i tripli salti mortali.

Avvita i tappi arancioni fino in fondo, infila le fiasche in un sacco trasparente che annoda stretto – cerchiamo almeno di non spargere i figli di puttana per ogni dove – e butta tutto nel grande secchio nero con la girandolina gialla dei rifiuti biologici.

Il corridoio è deserto, le luci di sicurezza mandano macchie di chiarore verde sul marmo lucido del pavimento. Di lato, la lunga fila di finestroni guarda sul giardino: un paio di lampioni proiettano luci fiacche sulle palme, sulle aiuole dai paletti dissestati, tra l'erba selvatica che cresce a ciuffi irregolari. Sui vialetti da cui la ghiaia è scomparsa da tempi immemorabili, ora rimangono solo strisce di terra nuda su cui di giorno si accatastano i motorini degli studenti e le automobili dei professori, tutti parcheggiati a casaccio.

Dipartimento Distaccato: a due o tre strade da qui, la città universitaria è sovraffollata fino a scoppiare, rigurgita prefabbricati cresciuti come funghi, bracci di edifici di plexiglas anni Settanta appiccicati qua e là, scale di sicurezza di zinco anni Novanta infilzate sulle facciate di marmo, e lamiere ondulate ovunque, a proteggere cantieri bloccati da decenni.

Questo dipartimento, invece, è Distaccato davvero: questa palazzina anni Venti, marmo bianco e mattoncini color ocra, quattro scalini davanti all'entrata principale, grandi finestre. Questa palazzina sta qui, ancora identica a sé stessa, intatta, in mezzo a questo giardino di un'altra epoca. Immersa nel proprio quieto disfacimento, in una specie di sonno vegetativo suggestivo e morboso.

Specialmente di sera, tra queste ombre.

Eva si abbottona il cappotto, chiude la porta a chiave dietro di sé. Scende i quattro gradini di marmo bianco, su metà dei quali è sovrapposta la rampa per disabili coperta di linoleum nero a bolle, con la sua ringhiera tubolare gialla. L'unica testimonianza di regolamenti moderni qui, nel regno del passato.

Incatenato alla ringhiera, il suo motorino è l'ultimo rimasto sul vialetto sterrato.

La serata è gelida, Eva si annoda stretta la sciarpa intorno al collo, incassa la testa nelle spalle, mette in moto.

3.

Eva apre la porta di casa. Guido sta lì, raggomitolato nella sua poltroncina girevole, il maglione colorato che tiene sempre in casa, a giocare una versione rammodernata di Tetris al pc. Intanto, il profumo dello spezzatino si sparge per l'aria, sui fornelli il coperchio della pentola tintinna, le finestre della cucina appannate di vapore. Il suono collassato della pistola (racchetta? astronave?) che muore per l'ennesima volta segnala il game over.

«Che rabbia, stavo per battere il record», dice lui, alzandosi con i movimenti irrigiditi di uno che è stato lì imballato a giocare per metà pomeriggio. «Avevi detto che avresti fatto tardi», aggiunge.

«Già, invece mi si sono marcite le cellule. Era un mese che stavo lì a coltivarmele».

«Dopo le cavallette, la grandine. A volte mi sembra di convivere con una contadina».

«Piantala. Tu l'hai finito, il tuo articolo?»

«Ecco...», lui fa un sorrisetto storto.

«Hai giocato a Tetris tutto il giorno?»

«Non riuscivo a concentrarmi. Deve essere l'età».

«Deve essere che ormai hai dato fondo alle tue chiacchiere».

«Vuole un aperitivo, intanto che apparecchio, mia dolcissima?», dice lui ironico, ma come per gioco, una specie di finto ironico e vero comprensivo.

Eva sa che lui lo ha capito al volo quanto è nero il suo umore, stasera.

«Grazie, magari sì».

Lo Scrittore, con un gesto ampio, ha già steso la tovaglia giallina sul tavolo tondo davanti alla finestra. Tira fuori dal mobile i piatti di porcellana bianca.

L'aperitivo arriva in un bicchiere di cristallo inciso a tralci di foglie, il vino bianco è gelato, piccole bollicine salgono lungo il vetro, intanto lui dispone i bicchieri per l'acqua, il cestino del pane. Per lui è inconcepibile mangiare senza tovaglia e tovaglioli di stoffa, senza bicchieri e caraffa di cristallo, senza i piatti di sua madre.

Eva deve essere onesta con se stessa: questo armamentario ha una perversa capacità di sedurla.

Lo spezzatino di vitello con piselli, cipolle fresche e chiodi di garofano manda un profumo inebriante, tutto il pranzo di Eva è stato un tramezzino alle tre. Lui la serve, le riempie di nuovo il bicchiere, le sorride mentre si siede di fronte a lei, le spalle erette.

Eva se lo ricorda, l'effetto che le ha fatto quando ha visto la sua casa la prima volta: questo appartamento vecchio, dai soffitti alti, le stanze larghe e quadrate aperte le une sulle altre, e grandi finestre da tutte le parti, incassate dentro muri di un metro. I pavimenti di graniglie colorate a disegni floreali. Gli infissi di legno duro che avrebbero bisogno di essere rifatti da dieci anni, ma lui dice meglio tenersi questi, vecchi e malridotti, che prendere infissi nuovi fatti al modo scadente di adesso. E il grande divano di cuoio invecchiato e pieno di grinze, che continua a perdere polvere di paglia: a ricomprarlo, sarebbe un alieno luccicante e micragnoso. Questo qui ha un suo fascino che oggi nessuna fabbrica saprebbe riprodurre. La scrivania intarsiata con i cassettini. Sia pure con la sedia girevole di Ikea davanti.

Questo scenario un po' impolverato di un'agiatezza passata le piace.

Le dà sicurezza.

Anche quel lieve senso di colpa, quella vaga ironia con cui lo Scrittore conserva i pochi resti del lusso della sua famiglia le piace.

Un mese dopo aver visto la sua casa, si è trasferita da lui.

Lui era innamorato pazzo, si vedeva.

L'aveva abbordata a una conferenza, una conferenza sull'evoluzione umana. Lei ci era andata per curiosità, era lì accanto, all'università, e aveva un'ora libera. Lui l'aveva abbordata, ma lei lo aveva capito solo molto tempo dopo, lì per lì sembrava solo un signore cortese, seduto al posto accanto al suo, che alla fine, mentre tutti si alzavano, le aveva chiesto se fosse una ricercatrice – lei non si era tolta il camice quando aveva attraversato la strada per venire all'aula magna – lui era un giornalista e veramente aveva capito molto poco di quello che era stato detto, forse lei poteva chiarirgli qualche dubbio?

«Be', questo non è il mio campo», aveva detto Eva, gentile anche lei: come si poteva essere bruschi con un signore così pacato, che la guardava con quell'aria piena di attenzione? «Forse dovrebbe rivolgersi a qualcuno più esperto di me».

«Eh, ma io sono così distante da questi argomenti, mi sentirei in imbarazzo a domandare...»

Ah, la faccia tosta, a ripensarci adesso: lo Scrittore, a posteriori, è uno che non si metterebbe in imbarazzo neanche davanti al Grande Ambasciatore dei Padroni dell'Universo, sceso giù con un'astronave a protestare che l'effetto serra gli disturba il transito lungo i corridoi dello spazio-tempo.

«...e le mie domande sono proprio di base. Vorrei scrivere un articolo su alcuni aspetti della comunicazione scientifica moderna e...», aveva sorriso in un modo così simpatico, «forse lei mi permetterebbe di offrirle un caffè e di rubarle solo pochi minuti».

Si era presentato chinando il capo con un gesto vecchio stile che lei aveva trovato incantevole, mentre le stringeva la mano. Avevano preso il caffè in un piccolo bar due strade dietro l'università, un po' defilato dal caos degli studenti, lui le aveva chiesto le solite cose che chiedono tutti: che diavolo è questo benedetto gene, quanti cromosomi ci sono dentro un gene, sì, no, ah, certo sono i geni che sono contenuti nei cromosomi, non viceversa, lei si era messa a ridere, e lui aveva riso insieme a lei. A un tratto, dalla tasca del camice di Eva, il timer aveva preso a trillare, lei si era scusata, doveva correre in laboratorio, doveva fermare una reazione che durava da due ore. Ah, ma certamente, lui le era davvero grato del tempo che gli aveva dedicato, forse la dottoressa era disposta a lasciargli il suo indirizzo e-mail, nel caso lui avesse avuto bisogno di altri chiarimenti per il suo articolo? Lei aveva un modo di spiegare così chiaro, e lui non l'avrebbe disturbata se non in caso di stretta necessità.

Già, non lo aveva mica capito che la stava abbordando, a ripensarci adesso le viene da ridere. Lui aveva quell'aria così seria e gentile, le aveva mandato una mail la settimana successiva, le chiedeva di spiegargli qualche riga di un'agenzia stampa. Eva non aveva capito bene come, ma in poche settimane si era trovata in un serrato scambio di mail quotidiane, in cui lui le inviava brani tratti da riviste scientifiche di cui chiedeva la traduzione corretta, mescolati con frammenti di poesie ignote – ma del resto, a Eva tutto è ignoto della poesia. Quello che lei sa di poesia, in generale, è un placido e tondo nulla. E queste che le mandava lui erano così curiose: non parlavano di fanciulle moribonde, di città in fiamme o di tombe illustri come quando Eva andava alle medie. All'improvviso, pareva che le poesie avessero preso a occuparsi di roba curiosamente lì sotto gli occhi di chiunque. Tipo paia di pigiami, o prugne in frigorifero.

I have eaten
The plums
That were in the icebox

And which
You were probably
Saving
For breakfast

Forgive me
They were delicious
So sweet
And so cold.

Era passato al tu, intanto: stava dismettendo progressivamente buona parte della sua aria formale, faceva battute sempre più buffe, e alla fine l'aveva invitata a un concerto.

Poi a un balletto.

Poi l'aveva portata a cena in un ristorante bellissimo, silenziosissimo, dove si mangiava benissimo.

Lei si sentiva abbastanza sicura che i suoi abiti non fossero adeguati a quel tipo di circostanze, ma se era così lui non sembrava minimamente preoccupato, anzi, rideva soddisfatto davanti ai suoi capi più strampalati, le scarpe viola coi fiori gialli attaccati, le gonne un palmo sopra il ginocchio.

Le regalava fiori, tutte le volte. Le apriva le porte, sempre. Anche lo sportello della macchina, nonostante l'apertura centralizzata.

La guardava come fosse un'aliena incredibilmente interessante caduta dallo spazio lì davanti al suo naso. Intanto però aveva quest'aria di prenderla sempre un po' in giro. E di prendere un po' in giro se stesso.

Però si stava innamorando, si capiva benissimo.

Una sera, l'aveva invitata a cena a casa sua. Il mese dopo, lei si era trasferita da lui.

D'altra parte, in quel periodo divideva con altre tre ragazze un appartamento miserabile in un palazzone di dieci piani su via Tiburtina.

E con lo stipendio che le passava l'università, che altro avrebbe potuto permettersi?

Adesso Eva sta lì da un anno. Non si sente in colpa per quel lusso in cui all'improvviso si è ritrovata a vivere. Sì, per lei è lusso, quello.

In colpa per cosa?

Non è solo la casa, è lo Scrittore stesso che le dà sicurezza.

Lui sa citare capitoli interi dell'*Anabasi* in greco originale. Cita a memoria Dante, Omero, tutto l'armamentario. Sa un sacco di cose. Insomma, così sembra. Lei certo non è in grado di controllare. E poi Sartre, Foucault, Marcuse. Gente che occasionalmente Eva deve andare a sbirciare su

Wikipedia per capire chi è. Gente che perde paglia dall'imbottitura, si direbbe.

Eva è in un rapporto ambivalente con quelli della generazione di Guido. Quelli che definisce genericamente nella sua testa: gli ex-sessantottini. Ne ha conosciuti tanti, molti erano i suoi insegnanti alle medie, al liceo, quelli che volevano che gli si desse del tu, quelli che nulla rendeva più felici che essere contraddetti dagli studenti: «Dovete sviluppare il senso critico, ragazzi», dicevano, «dovete imparare a difendervi dall'appiattimento delle idee che la società cerca di indurre».

Invitavano gli studenti a casa loro, la sera, e gli fumavano le loro canne. Intrecciavano storie di sesso con le studentesse. O con gli studenti, se erano donne.

Loro, sembrava che tenessero il futuro nelle mani come l'uovo di un uccello strano che stesse lì lì per schiudersi, e che avrebbe avuto penne dai colori mai visti, quattro ali, il becco di cristallo.

Invece poi.

Adesso, Eva lo intuisce, si sentono sempre impercettibilmente un po' in colpa per tutto. E questo, chissà perché, le piace.

Noi siamo diversi da loro.

Noi non ci abbiamo creduto mai, neanche per un attimo. Non abbiamo nessun ideale infranto alle spalle.

Siamo più avveduti? O siamo solo più stronzi?

E comunque, cos'altro avrebbe dovuto fare? Prendersi uno dell'età sua, probabilmente invasato di windsurf, di moto veloci, di free climbing? Uno con cui si finisce appesi per un chiodo sopra un burrone ghiacciato d'estate, e in fondo a cento metri d'acqua d'inverno, naso a naso con pesci sull'orlo dell'estinzione, con i quali a lume di buon senso un essere umano non si sarebbe mai dovuto incontrare? Uno che invece dello spezzatino coi chiodi di garofano le avrebbe servito compresse di aminoacidi ramificati?

A tutto c'è un limite.

Eva ha ormai finito lo spezzatino. La sua parte, e anche metà di quella di lui.

Guido tira fuori le coppette e serve la macedonia di pere con le mandorle a scaglie.

4.

La donna che si fa chiamare Bibi siede rannicchiata sul divano color avorio, è così magra che uno solo dei cuscini sembra avere più volume del suo corpo. Stringe in mano un mazzetto di fazzolettini di carta e piange con piccoli squittii da più di mezz'ora, il mascara le è ormai colato su tutto il viso, i capelli sfuggono a ciocche dalla coda di cavallo tirata che le fa sembrare il viso ancora più ossuto. Sua madre è seduta accanto a lei: sotto il caftano di seta a fiori verdi su fondo azzurro e la sciarpa celeste che le avvolge le spalle, ha il corpo ossuto quanto quello della figlia, però ha il mascara ancora a posto, così come il rossetto e i capelli corti dal taglio perfetto, la cui tinta argentea è stata ritoccata dal parrucchiere anche ieri.

«Tesoro», dice, allungando una mano, il gesto non del tutto sicuro, «basta piangere, adesso».

Bibi si ritrae di scatto. «Lasciami stare!» La madre ritira il braccio, è rassegnata e al tempo stesso sollevata: neanche lei ama il contatto fisico.

«Bevi la tua tisana», dice, sollevando dal vassoio la tazza di porcellana. Marife ha portato la camomilla dieci minuti fa e si è ritirata in tutta fretta in cucina.

Bibi si stringe nelle spalle ancora di più, fa cenno di no con la testa.

«Tesoro», sospira la madre mettendo giù la tazza, «è mezz'ora che piangi. Piangere non serve a niente».

No, piangere non serve, sono altre le cose che servono.

E le cose che servono davvero sono sempre state fatte, tutte, per Bibi.

Le tate, le scuole, le vacanze. E poi la danza, il pianoforte, il cavallo, lo sci.

Le amicizie.

Tutto è stato scelto, da sempre, a costo di sacrifici e notti insonni, per costruire a questa unica figlia un posto preciso nel mondo e per insegnarle a starci come si deve. Qualunque cosa potesse servirle: oggi o tra dieci anni o tra venti.

Era così carina quando era piccola, quell'anno che aveva quel cappottino rosso, i capelli sulle spalle, tutte le signore la guardavano incantate, volevano farle una carezza, Bibi si ritraeva, come adesso, ma con quel suo modo garbato, chinando la testa con un gesto timido che faceva tenerezza. Aveva solo tre anni, già allora aveva inventato il suo sistema per sottrarsi rimanendo seducente.

Era già la bambina che avrebbe avuto *tutto*.

Invece adesso.

La madre sospira.

No, si risponde, adesso invece andrà come è sempre andata in passato. Troveremo una soluzione. Come abbiamo sempre fatto.

Non è per questo che hanno annodato relazioni, lei e suo marito, coltivato amicizie, chiesto e fatto favori, senza mai dire un no a niente e a nessuno. Non è per questo che il padre di Bibi si è fatto venire un infarto cinque anni fa. Non è per una figlia unica, sterile, incapace di darle nipoti, che adesso piagnucola lì sul divano come un gatto bagnato.

«Bibi, mia cara, ti ho detto di smetterla. Dobbiamo pensare, invece. Ci deve essere un modo. C'è sempre un modo. Dobbiamo solo pensarci con calma».

«Non è vero», mugola Bibi, «anche quando hai mandato l'avvocato, avevi detto...»

«L'avvocato è un idiota», scatta la madre, «e il professore è un delinquente. Prenderemo un altro avvocato, se può servire, oppure cercheremo un altro sistema».

Ora la madre parla con quel tono duro, senza inflessioni, quello con cui la sgridava quando era bambina, quando prendeva la posata sbagliata per mangiare o dimenticava di tenere la schiena bella dritta: «Adesso basta con le sciocchezze, Bibi! Adesso ci riflettiamo su con calma e decidiamo cosa si può fare. Io non ti permetto di lasciarti andare. E poi, bevi la tua tisana, ora».

Bibi allunga il braccio, prende la tazza.

5.

La mattina dopo Eva si sveglia, come al solito, con la mente annebbiata e i capelli dritti in testa, in ritardo e nevrotica, il che fa molto ridere lo Scrittore – qualche volta invece scatena litigi improvvisi, violenti e privi di contenuto rilevante – e si stropiccia gli occhi davanti al caffè che lui le ha versato nella tazza di porcellana tedesca sottile, queste benedette tazze che continuano a rompersi almeno una ogni tre mesi. La prima volta che è successo, che gliene è sfuggita una di mano andandosi a frantumare sul pavimento in mille schegge delicate ed eleganti, color panna, Eva ha strillato per il senso di colpa, e le è venuto in mente un angelo che volando all'indietro si schianta contro un palo della luce. In quell'occasione, però, le è stato detto che la ditta tedesca le produce ancora, quelle tazzine, sempre uguali, da un secolo e mezzo. Non c'è nessun problema a sostituirle quando si rompono. Basta pagarle.

Insomma sta lì, seduta al tavolo della cucina, la tazza del caffè in mano e davanti a lei il grosso bicchiere di succo d'arancia che Guido le ha appena spremuto. Con l'altra mano accende il cellulare, e il cellulare, appena acceso, prende a sparare una raffica di trilli brevi uno dietro l'altro, che neanche un contatore Geiger davanti a una fonte di plutonio.

Nove chiamate perse, dalle undici di ieri sera.

«Bibi».

«Mio dio», dice lo Scrittore, «come si fa a tenersi sulla rubrica una persona che si fa chiamare Bibi?»

«Quella mia vecchia compagna di scuola, ti ricordi...»

Non fa in tempo in tempo a finire la frase che il cellulare prende a suonare come un forsennato.

«Ma io devo essere al lavoro tra venti minuti esatti!» Eva si passa una mano tra i capelli, drizzandoseli ancora di più in testa, e preme il tasto «spegni». L'oggetto tace, lei corre di là, si infila una maglietta, il maglione, un paio di pantaloni. «La richiamo dopo».

«Voglio dire, per me puoi anche non richiamarla, eh», lo Scrittore ridacchia.

La porta sbatte, Eva è andata.

Il succo d'arancia sta lì, intatto.

«Mi sembra che anche oggi tu ti sia dimenticata di fare la doccia, tesoro mio», dice lo Scrittore alla casa vuota.

La mattina il caos del dipartimento è al picco di massima.

Nella palazzina risiedono quattro professori associati dalla carriera bloccata, e due ordinari, e poi il direttore, detto il Vecchio. I quattro professori associati sono in effetti quattro professoresse, donne esangui intorno alla sessantina che parlano con tono basso ed educato, salvo poi esibire accessi di crudeltà diabolica agli esami, quando fanno ammattire gli studenti con domande il cui significato è impossibile da decodificare a chiunque se non a loro stesse. Si impuntano nel tentativo di ottenere una certa risposta, solo quella e nient'altro che quella, una risposta che se ne sta incastrata in un anfratto della loro mente e che sono le uniche a conoscere, essendo un pezzetto di biologia oscuro e irrilevante sul quale loro e solo loro hanno ricamato a lungo nel secolo scorso, talché viene il dubbio che i rarissimi studenti che riescono a rispondere siano dotati di poteri medianici. Gli studenti normali, invece, incorrono in sfuriate bestiali, che le dame, che perlopiù si dichiarano di idee progressiste, non si sognerebbero di fare alla cameriera peruviana. E ce l'hanno, la cameriera peruviana, visto che provengono tutte da famiglie agiate.

«Un tempo alle signorine di buona famiglia si insegnava a ricamare e a suonare il pianoforte, poi a un certo punto, non si sa bene perché, si è deciso di metterle a fare la biologia».

Lei l'ha sentito bisbigliare una volta all'Ordinario Fico, l'unico del dipartimento che è riuscito a raggiungere un certo credito internazionale.

Che stronzo.

Difficile dargli torto, però.

L'anno scorso, comunque, l'Ordinario Fico si è fatto trasferire a Genova, e buonanotte.

I due ordinari rimasti sono, naturalmente, maschi. Non per questo meno frustrati: e non ci sono soldi, e l'istituto casca a pezzi, e gli studenti di oggi. Eccetera. Lo ripetono in continuazione.

Il direttore, detto il Vecchio, detto anche l'Uomo Rana per i suoi famosi studi sui girini, che datano agli anni Sessanta, si barcamena come può tra litigi e malcontenti vari, e si è tenuto uno dei laboratori per sé, la stanza più grande del dipartimento, che poi è quella in cui lavora Eva.

In quella stanza, oltre a lei, lavorano tre studenti e due dottorande. Inoltre, ci gravitano una serie di personaggi che vengono da tutto il dipartimento a prendere in prestito questo e a chiedere se per favore possono usare quell'altro per mezz'ora. Tipo quei farabutti della microbiologia, che si lasciano dietro la loro fetida e invisibile bava di batteri che le contamina le cellule in due esperimenti su tre.

Il Vecchio sta rintanato tutto il giorno nel suo studio, di solito mette la testa nella stanza per un attimo nel primo pomeriggio, dice: «Tutto bene, ragazzi?», e scompare. Sembra gli manchi il cuore anche solo per attraversare la soglia.

Il tecnico anziano è l'unico di tutto il dipartimento a portare ancora sempre il camice bianco, da quando entra a quando esce. Si avventura raramente negli *outer spaces*, perlopiù se ne sta arroccato alla sua scrivania, incastrata nello stretto spazio tra una finestra e un bancone, chino sul suo computer un po' vecchiotto, come tutti i computer del dipartimento. Gli è stato comprato qualche anno fa per tenerci le schede degli acquisti e dei reagenti, ma in realtà lui per la maggior parte della giornata ci scruta su i risultati delle corse dei cavalli.

«Ettore, sai dov'è Betta?»

Ettore alza il suo sguardo azzurro dallo schermo, le pupille imbottite di pixel stentano a mettere a fuoco.

«Ha telefonato adesso, dice che non viene, non si sente bene».

«Ma come non viene? E le cellule chi le prepara?» Eva sente la furia che le monta in testa.

La studentessa meridionale ha vissuto diciannove felici anni sotto le gonne della mamma, in un villaggio su uno splendido mare di meridione, dove il concetto di scadenza o di impegno di lavoro non sono mai penetrati: sono più le volte che chiama per dire che non viene che quelle che. E qualche volta neanche chiama.

Eva la detesta, e la ragazza nutre nei suoi confronti un misto di terrore e odio puro, ma il Vecchio gliel'ha appiccicata e non è stato possibile restituirgliela, cosa che Eva ha tentato di fare dopo una settimana.

«Sai, è la figlia di un agricoltore, giù al paese, brava gente che si rompe la schiena per farla studiare, questa ragazza, cerca di darle una mano come puoi, l'ho capito anch'io che non è brillantissima, ma è brava gente, diamole una mano».

Ecco qui.

Il Vecchio va in vacanza laggiù, l'estate, e ogni anno riporta come souvenir dal paese un nuovo caso umano.

«Senti», dice Ettore, «magari te le preparo io le cellule, dai».

Ettore ormai gli manca poco alla pensione, è stato per quarant'anni il tecnico personale del Vecchio, dai tempi gloriosi dei girini. Non senza le sue brave ragioni, a lui del laboratorio ormai non gliene frega assolutamente il più microscopico nulla. Osserva le generazioni di studenti avvicendarsi di anno in anno come le foglie sugli alberi, in attesa di poterli abbandonare senza remore alla loro certamente miserabile sorte, e potersi dedicare in pace al suo campicello a Monterotondo.

Tuttavia, non si è ancora liberato di un certo qual riflesso condizionato a evitare al laboratorio i danni più gravi, tipo incendi, esplosioni, contaminazione da radioattivi. Si capisce che vorrebbe arrivare al punto di fregarsene completamente, che si sforza, ma è più forte di lui: continua a tenerli d'occhio in automatico quando armeggiano malamente con le sostanze più tossiche o i bisturi più affilati.

Inspiegabilmente, poi, Ettore è affezionato a Eva. Lei non sa bene se è una qualche stima professionale, o se gli fa semplicemente pena, a vederla che sputa sangue in mezzo al caos, oppure se gli piace proprio: quando si presenta con una maglietta un po' più scollata lui fa certi sorrisi beati che viene da ridere anche a lei.

Qualche volta, quando la vede proprio disperata, si spinge fino al gesto estremo di darle una mano.

Se ci si mette a ragionare su, a Eva non pare proprio il massimo che Ettore decida di lavorare spinto da pietà nei suoi confronti, però questo non è un posto dove si può stare a fare tanto i sofistici, e insomma alla fine anche lei gli è affezionata: lui è uno che nel dipartimento ci ha passato la vita intera, che ci lavora da sempre, e sa ogni sorta di storie dei tempi andati, da quando il Vecchio e le sue rane ricevevano premi a tutti i congressi, e lui, un giovane tecnico entusiasta, correva appresso ai girini nella vasca del giardino per conto del capo. Dai tempi che in laboratorio ci si veniva in giacca e cravatta, e sopra il camice abbottonato fino all'ultimo bottone. Dai tempi che gli studenti non solo davano del lei ai professori, ma se lo davano anche tra loro.

Sì, c'è stato un tempo, pensa Eva, in cui questa palazzina era nuova di zecca.

Ettore una volta le ha fatto vedere certe vecchie foto, venute fuori da un armadio che stavano dismettendo, foto in bianco e nero: gli studenti degli anni accademici dell'inizio del secolo scorso. Stanno lì in due file, in posa, sparuti gruppetti di ragazzi che sembrano già vecchi, vestiti di nero. E le donne, rarissime, non più di una o due per corso, vestite di nero anche loro, i colletti bianchi, i capelli lunghi raccolti sulla testa in pettinature molli, seni abbondanti da madri di famiglia. Studentesse di medicina. Il corso di laurea in biologia ancora neanche esisteva. Si saranno sentite importanti, fiere di sé, ha pensato Eva. Le pochissime che ce l'avevano fatta.

Tutto doveva sembrare bello, e nuovo, lucido e lanciato nel futuro, allora.

Quanto sono infantile. La vita è dura per tutti, in un modo o nell'altro. Lo è sempre stata.

Adesso, il dipartimento sembra una repubblica dei bambini, il sogno perverso di un pedagogo suonato dell'Ottocento. Ognuno dei ragazzi e delle ragazze che vengono a chiedere la tesi, dall'alto dei suoi quindici esami, è profondamente convinto di essere l'unico e il solo predestinato a risollevare le sorti della ricerca mondiale. Lui e solo lui, lei e solo lei, avrà ragione dell'ottusità, della mancanza di energia, della pochezza di immaginazione di tutti gli altri ricercatori mai partoriti dalla facoltà.

La cosa si traduce in un forsennato dispendio di entusiasmi ed energie, nel consumo dissennato di materiali, pipette, capsule e provette, nei maltrattamenti a strumentazioni e apparati dei quali nessuno si è mai preso la briga di dare ai ragazzi la minima istruzione d'uso. I loro esperimenti sono dei miracoli di irrazionalità, senza progettazione, senza controlli. Lasciano i frigoriferi aperti per ore a sforzare i motori in una guerra impossibile per refrigerare il mondo, lasciano ogni bottiglia di reagente vuota dietro il loro passaggio come se il loro fosse sempre l'ultimo test di cui la scienza avrà bisogno, quello capace di dare una risposta definitiva a qualsiasi domanda sulla natura sia possibile formulare. Dimenticano salme di topi avvolti nelle garze a marcire negli angoli dei banconi per giorni, finché il fetore non costringe tutto il laboratorio a lunghe cacce al cadavere alla *Cold Case*. Buttano i rifiuti biologici nei cestini della carta straccia, e la carta straccia nei bidoni speciali dei biologici, alcuni usano i guanti di lattice anche per andare in bagno, altri pescano a mani nude nelle vaschette di radioattivo.

Nessuno ha autorità su di loro, il concetto stesso di autorità gli è sconosciuto. Del resto, Eva riconosce che non è facile dargli torto, a questi ragazzi. Sono gli adulti che li circondano, i primi a dubitare della propria autorità: insicuri, delusi, incapaci di formulare una norma di qualunque genere, anche soltanto di indicare una direzione. Chessò, azzardare un parere. Salvo ogni tanto dare di matto e fare sfuriate da centro di igiene mentale – che peraltro starebbe qui a due passi, traversata la strada. Adulti che non hanno più il coraggio di aprire bocca, immersi in una specie di attesa messianica di una salvezza impossibile, che germini in qualche modo miracoloso da una di queste menti vergini. Come se da una montagna di roccia a un tratto si cominciassero a staccare pietre squadrate, che montando allegramente le une sulle altre in pile ordinate si associassero spontaneamente nella forma della cattedrale di Chartres, intanto che la sabbia si scioglie in lastre e vetrate multicolori che, oplà, si fissano da sole ai fori delle finestre.

La verità, pensa Eva, è che di questi ragazzi la vita farà presto spezzatino. Diventare ricercatore è una meta poco meno ambiziosa che diventare giocatore di calcio in serie A. Tranne che non si fanno gli stessi soldi. Di questi ragazzi, novantotto su cento tra dieci anni saranno rappresentanti e venditori di aziende di vario genere, lavoreranno nel negozio di ferramenta di famiglia, lavoreranno in nero per improbabili laboratori privati di analisi cliniche, faranno supplenze nelle scuole religiose, oppure saranno semplicemente al parco coi bambini a guardare la giostra che gira. Il novantotto per cento del due per cento rimanente, tra dieci anni saranno ancora lì a pasticciare con pezzi di topo, provette piene di muffa, a farsi il fegato marcio sui loro settecento euro al mese, sul blocco di assunzioni che in ogni caso nessuno si sognerebbe di dargli, e sull'articolo che gli è stato rifiutato per la quarta volta dalla rivista inglese o americana.

Eva pensa che qualcuno dovrebbe farsi coraggio e dirglielo, a questi ragazzi, che la società non ha bisogno di loro. Tipo una circolare che dice: carissimi, il paese in questo momento non è in grado di formare biologi, né saprebbe cosa farsene se li avesse. Pertanto, si è deciso di chiudere la facoltà per cinque anni, dieci magari, e di pensarci su con calma.

Ma del resto ormai lavoro non ce n'è più, di nessun genere. Forse è questo il punto. L'istruzione universitaria è un utile limbo che rimanda di cinque anni il problema di dove ficcare queste forze superflue. Dieci, se poi si specializzano o riescono ad avere un dottorato.

Eva sospira.

Due dei ragazzi stanno litigando per una presa di corrente a cui ciascuno vuole attaccare il proprio apparecchio, e ciabatte non ce ne sono e non si possono comprare; una volta Eva ne ha comprata una di tasca sua, dopo una settimana era già scomparsa: rubata o perduta. Una ragazzina trasporta provette in una vaschetta del gelato piena di ghiaccio, ma la vaschetta è bucata e un'acqua sporchiccia cola sul pavimento.

Un ragazzo impreca perché non c'è più una provetta di plastica che sia una, e l'accordo era che chi apre l'ultimo pacco avverte, adesso deve andare a chiederle in prestito nell'altra stanza, ed è la terza volta questo mese, e quelli già si erano scocciati alla seconda. Un'altra ragazza, attaccata al telefono da più di un'ora – l'unico telefono della stanza – piange con grandi singhiozzi nella cornetta. Dicono che si sta lasciando col ragazzo.

Eva guarda Ettore: ha cominciato la sua carriera in giacca e cravatta, e adesso passa le sue giornate tra ragazzine di vent'anni con la pancia di fuori e il taglio del sedere che fa capolino dai pantaloni. E mai che si sia beccato non dico una denuncia per aggressione sessuale, ma neanche il minimo sospetto di comportamento scorretto. Manco un filosofo dell'antica Roma, pensa Eva.

«Grazie Ettore, non so come ringraziarti. Non so come farei senza di te».

Lui le guarda la scollatura, sorride calmo, occhi celesti e camice bianco.

6.

Eva ha riacceso il cellulare all'ora di pranzo, cioè all'ora in cui ha mangiato la sua pizzetta bruciacchiata e bevuto la sua acqua minerale nel bar sporco pieno di cartacce per terra, lì nella via sotto l'istituto.

Ha riacceso il cellulare, e quello ha preso a squillare di nuovo: c'erano altre cinque chiamate di Bibi. Con un sospiro, finalmente, si è decisa a richiamarla.

Così adesso, alle otto di sera, Eva incatena il motorino sotto casa di Bibi, nella viuzza elegante dietro piazza Euclide, si toglie i guanti, il casco, scuote i capelli e suona il citofono del grande palazzo dal portone di legno scuro.

Bibi aveva la voce tesa, ma del resto Bibi ha sempre la voce tesa, da quando era ragazzina, e quel modo di trasfondere emergenza in tutte le cose che la riguardano, che in genere si rivelano poi una montagna di cazzate, tipo la mostra di un pittore veramente sconosciuto amico suo che bisogna andare a vedere assolutamente, il nuovo parrucchiere in centro che ha una lista di attesa di sei settimane, le vacanze di Capodanno da prenotare per tempo. Bibi sembra sempre muoversi in acque basse, come tra i ripiani di cristallo di una profumeria, illuminati da fasci di faretti al neon, ripiani di acqua bassa su cui stanno allineati i suoi vestiti, i suoi gioielli, i suoi cosmetici.

Insomma, alla fine Eva ha promesso di passare da lei per cena, così adesso si toglie il casco, scuote i capelli e suona il citofono.

All'ultimo piano la porta è già aperta, la minuscola filippina di Bibi saluta con un sorriso timido, l'accompagna nel grande soggiorno, tutto divani color avorio e legno chiaro, tre portefinestre sulla terrazza piena di piante.

«Tesoro, grazie per essere venuta!»

La madre di Bibi si alza di scatto con un sorriso troppo largo, Eva non si aspettava che ci fosse anche lei. Non è che l'abbia mai sopportata tanto: secca come la figlia, il viso coperto di rughe, i polsi sottili come matite, e porta questi rossetti color ciliegia, le ciglia nere di rimmel, e questi abiti strampalati, colorati e svolazzanti. E poi i suoi modi, sempre un po' intrusivi: la sua cortesia ingessata non basta a coprirli. Abbraccia Eva, le dà due baci secchi come gusci di noce: «Vieni», dice, «io vado via subito, così voi ragazze parlate tra voi», invece non va via per niente. «Sai, Eva», continua senza prendere fiato, ma lei parla sempre così, in questo modo convulso, con questa pronuncia così priva di accento che sembra un'annunciatrice radio degli anni Cinquanta, e Bibi parla esattamente come lei, tutte esse soffiate e ci anoressiche, senza uno straccio di accento, di radici, senza un minimo di riconoscimento verso la città in cui, dio buono, vivono da quando sono nate, «spero tanto che tu possa darle un buon consiglio, questa situazione è così ingiusta, ci deve essere qualcosa che si possa fare, capisci, è un'ingiustizia troppo grossa verso Bibi, con tutto quello che ha passato, tu lo sai, adesso ha diritto a un po' di serenità, le persone possono essere così maligne, a volte, ma io glielo dico sempre: non lasciarti abbattere dagli altri, una via si trova sempre...»

«Mamma», Bibi è uscita dalla porta della cucina, la madre fa un sorriso stirato: «Sì, certo, hai ragione, parlo sempre troppo, io, raccontaglielo tu, a Eva, spiegale bene, falle capire. Eva, mi raccomando, tu sei una ragazza così in gamba, e seria, vedi se puoi aiutarla, darle un consiglio, sai, io sono sua madre, vederla così mi...»

«Ti accompagno, mamma».

«Sì sì, certo, vado, fate le brave, parlate tra voi, vedrai che Eva può darti qualche buon consiglio, Bibi, spiegale bene, però, spiegale bene tutto...»

Eva sente lo strascico del dialogo sussurrato nel vestibolo:

«*Mamma, ti dico che è meglio se tu adesso...*»

«*Ma sì, certo, però se preferisci che io...*»

«*No, ti ho detto che...*»

«Ciao Eva, stai bene, mi ha fatto tanto piacere vederti!», grida la madre per l'ultima volta, e finalmente si sente la porta che si chiude alle sue spalle.

«Scusa, sai», dice Bibi rientrando in sala.

Quanto è magra, pensa Eva guardandola. Le fa impressione vederla così, senza trucco, senza rossetto, con la tuta da ginnastica nera, i capelli stretti in una coda di cavallo che cominciano a mostrare – Eva non lo aveva mai notato prima – qualche millimetro di grigio alla radice.

«Ma di cosa parlava? Che cosa è successo?»

La ragazza filippina si affaccia alla porta, un cappottino nero regalato da Bibi che la fa sembrare ancora più piccola: «Signora, io vado, allora».

«Si, Marife, vai. Ricordati di rientrare per mezzanotte», e

appena la ragazza è andata aggiunge: «Le ho dato la serata libera, così siamo più tranquille».

«Sì, ma che diavolo...»

«Vieni, dai, mangiamo in cucina, ti va?»

Eva non ha mai mangiato in cucina a casa di Bibi. Invece, ha mangiato tante volte nella sala con le portefinestre sul terrazzo, oppure sul terrazzo: le sue famose cene in piedi, servite da camerieri in giacca nera.

In cucina, i mobili hanno ante di un bel ciliegio chiaro, i ripiani di marmo lucido color crema. Eva nota distratta le riviste di ricette alla moda ordinatamente allineate su uno scaffale, i piccoli accessori di design sistemati qua e là: lo spremiagrumi dalla forma strana, il tritaghiaccio avvitato al muro, il tostapane, cromati, senza un granello di polvere. Tutto il meticoloso apparato delle donne che non cucinano mai.

Eva si sente preoccupata, adesso, perché Bibi due anni fa si è operata di tumore al seno.

Oh certo, ha reagito, ha reagito bene, sua madre l'ha molto sostenuta, e lei non si è mai lasciata andare, lo dicevano tutti. Del resto Bibi lo ripeteva in continuazione come un mantra, che l'atteggiamento con cui affronti la malattia è la cosa più importante, così si è fatta operare in fretta e furia in una clinica svizzera, poi si è presa un maestro di yoga, e una psicologa – certo – e non ha perso la forza d'animo, neanche per un istante. Impossibile dire, a vederla sempre così sicura e propositiva, fino a che punto si lasciasse davvero convincere dalle parole incoraggianti della psicologa e dai manuali di *self-help* americani, o fino a che punto fosse il suo addestramento da leva obbligatoria nella buona società a tenerle tappata dentro la paura.

Il bancone della cucina è apparecchiato con una piccola tovaglia arancio, piatti color pesca, tovaglioli color crema.

«Marife ci ha preparato un'insalata, c'è anche formaggio e prosciutto».

Per un attimo Eva pensa con rimpianto alla pasta al forno con i funghi che lo Scrittore aveva detto di voler preparare, ma sa che per Bibi aver consentito l'ingresso in casa al prosciutto, e addirittura al formaggio, è già un gesto anomalo fatto solo per amor suo. Bibi mangia quasi esclusivamente yogurt sgrassato alle fibre e barrette al mirtillo, e fa tipo venticinque ore di palestra a settimana. Un po' di tempo fa l'allenatore l'ha presa da parte e le ha detto: se non ti dai una regolata ti taglio gli accessi. Bibi l'ha raccontato a Eva col tono da: pensa tu questo idiota.

Bibi versa due bicchieri di un vino bianco profumato, serve l'insalata, ci sono dentro pinoli e uova, Marife ha avuto un pensiero pietoso verso l'ospite, ma Bibi rimesta nel suo piatto, segrega i pezzetti di uova da una parte, spinge di lato i pinoli, finalmente infila una foglia di lattuga, poi la lascia lì.

«Eva, ho bisogno di aiuto. Davvero».

«Che è successo?»

«Sono stata a Villa Boccioli, ieri».

Il seno, ecco, lo sapevo.

«Stai male».

«Non ti ricordi? Villa Boccioli? Mi ci hai mandata tu».

«Io?»

«Da quella tua amica, Bianca».

«La clinica della fertilità!»

La clinica della fertilità, sì. È vero. Ma è stato quattro anni fa... o di più?

«Non mi ricordavo più come si chiama. E scusa, che ci sei andata a fare?»

«Ho visto il professore e...»

«Ma per cosa?» Eva ancora non riesce a capire.

«Volevo riprovarci, no?», scatta Bibi, il tono rabbioso.

Riprovarci? Bibi vuole riprovare un impianto? Bibi vuole riprovare un impianto.

«Eva, io non ho alternative, lo capisci? È la mia unica chance. L'unica!»

La chemio. La chemio, sì. Non può più avere figli.

Gli zigomi di Bibi sembrano appuntiti come pomelli di un flipper, le labbra due fettine livide, sottilissime.

«Per via della...», Eva non ha voglia di pronunciare la parola.

«Per via della chemio, sì. I miei ovuli sono andati, e se per caso ce ne fosse ancora qualcuno, chissà che diavolo ne uscirebbe fuori. Non potrò mai più rimanere incinta. Mi sono rimasti solo quegli embrioni. Mi sono rimasti solo quelli».

Gli embrioni, sì.

Adesso Eva ricorda, sembra siano passate ere geologiche.

«E ha detto di no, lo capisci? Ha avuto il coraggio di dire di no!», continua Bibi, e ora la sua voce si fa stridula. «Perché il padre non c'è più, e la legge, adesso, permette l'impianto di embrioni solo se i genitori sono entrambi viventi, e allora i miei embrioni, i nostri figli, devono marcire in fondo al loro maledetto congelatore, e...»

«Scusa, Bibi, non immaginavo che stessi pensando a una cosa del genere. Marco, ecco... insomma, è morto da quattro anni. Mi sembrava che cominciassi a fartene una ragione, ormai...»

«...ma quelli sono i miei figli, lo capisci, sono i miei figli! I figli miei e di Marco! Lui era mio marito, io l'ho sposato, i figli li volevamo. E li abbiamo fatti! Ma tu lo sai», Bibi parla veloce, rabbiosa, «che cosa significa, attraversare tutte le procedure per la fecondazione in vitro? Te lo immagini, mesi di analisi ed esami, decine di colloqui. Lasciarti rivoltare come un calzino. Poi i trattamenti ormonali, e i prelievi degli ovuli, l'impianto, e poi stai lì ad aspettare di vedere come finisce...»

Eva ha aperto la bocca per dire qualcosa, ma si accorge che non sa cosa.

«Per non parlare dei soldi, già, tutti i soldi che è costato. E adesso», la voce di Bibi si piega, «i miei embrioni se li tengono chiusi lì, a farsi più vecchi ogni giorno che passa. No», alza la voce di nuovo, il tono di chi non ammette altre possibilità, «gli embrioni sono miei! Miei e di Marco. Sono i figli che volevamo quando ci siamo sposati, e sono quelli che voglio adesso!»

Eva ha capito, ora.

Il marito di Bibi.

Quel pariolino imbecille, figlio e nipote di palazzinari e cementificatori.

Bel ragazzo, sì. Alto, il fisico sempre fresco di palestra, i denti sempre scintillanti sull'abbronzatura presa la settimana scorsa sul Mar Rosso o ai Caraibi o a Cortina, e se proprio non s'è potuto far di meglio, al salone di bellezza. Fissato col calcetto, i motori potenti, i gadget elettronici: di tutti i distintivi più deprimenti del maschio acefalo contemporaneo, non gliene mancava uno.

E sarò snob, si dice, alzando le spalle mentalmente.

Con quel modo disgustoso di fare il simpatico, di prendersi confidenza. Che per Eva, poi, aveva una predilezione tutta speciale, per quanto lei lo guardasse brutto e lo coprisse di battute sarcastiche tutto il tempo. Figurarsi, probabilmente era la cosa che lo attraeva di più. In effetti, lei neanche lo faceva apposta: le veniva proprio di cuore.

Bibi, sembrava non darsi pensiero di nulla. Anzi, pareva che tutte quelle belle manifestazioni di vitalità del suo ragazzone le dessero una specie di soddisfazione personale.

Bleah, pensa Eva.

Anche il giorno del matrimonio, già. Eva freme solo a ripensarci. Lui aveva bevuto talmente tanto che barcollava, verso la fine, e si era messo a fare tutte quelle battute sempre più esplicite sull'intesa sessuale del tutto eccezionale, sì, ma animalesca, proprio, che correva tra lui e Bibi, tra le risate scomposte dei suoi amici e il gelo degli invitati più anziani.

E quella cretina di Bibi, rideva pure lei.

Insomma, alla fine, quando ormai quella corsa a ostacoli di pranzo grazie a dio volgeva al termine, Eva lo aveva incrociato nel piccolo vestibolo davanti ai bagni. Col pretesto del bacio allo sposo, lui l'aveva stretta contro la parete: «Tesoro», aveva sussurrato, «adesso è proprio arrivato il momento che ti sistemi anche tu», e prima che Eva potesse rendersi conto di cosa stesse facendo, le aveva poggiato la mano piena sul sedere e se l'era stretta contro strofinandole addosso la sua erezione.

È ubriaco, aveva pensato lei. Dal corpo di lui emanava l'odore nauseante dell'alcol misto al sudore. E poi, subito: *no, lo sto difendendo, non è ubriaco, è proprio stronzo.* Era rimasta lì, impalata, stordita dalla sorpresa. Furibonda per non riuscire a dire nulla, a fare nulla.

Lui in un attimo si era allontanato, con una risatina acuta tipo Arancia Meccanica, aveva attraversato la sala tranquillo, un po' barcollante, era tornato al tavolo, ad abbracciare la sua Bibi che stava lì, raggiante nell'abito bianco, che lo prendeva per mano, gli bisbigliava qualcosa all'orecchio. Si era chinato a darle un bacio sul collo, si erano guardati nel viso, sorridenti. Sullo sfondo, la madre di Bibi svolazzava allegra nel suo vestito colorato tutto volant, si prendeva cura degli ospiti, dava i suoi baci secchi a fior di labbra qua e là, bisbigliava all'orecchio delle sue amiche, tutta risatine: la famiglia cresce, continuava a ripetere, la famiglia, la famiglia, la famiglia, la famiglia cresce, ripeteva. L'aveva detto anche a lei: Eva, tesoro, vedi Bibi? Adesso ci devi pensare anche tu a farti una famiglia.

Non se l'era dimenticato, Eva, quell'attimo: nella sua mente rimaneva un po' l'immagine simbolo del matrimonio.

Quanto sono stronza.

E così Bibi aveva iniziato la sua vita matrimoniale, mentre Eva cercava rapidamente di battere in ritirata. Un conto era stato tener dietro a Bibi e alle sue idee balzane di ragazza viziata, svaporata e divertente. Ma vederla immergersi sempre di più nella parte della giovane signora di buona famiglia, tailleur firmati e messa in piega sempre fresca, no. Dover incontrare tutte le volte il baldo giovanotto di Arancia Meccanica, soprattutto.

E nonostante tutto, non avrebbe mai immaginato...

Erano passati solo ventiquattro mesi dal matrimonio, ed Eva aveva ricevuto quella telefonata in piena notte: Bibi era al pronto soccorso, urlante e sotto shock. Marco si era schiantato contro un muro sulla sua Porsche nuova di zecca al ritorno dalla birra dopo-calcetto. E fine dei giochi.

Eva sospira tra sé, adesso ricorda meglio: solo qualche mese prima, lui e Bibi avevano provato il loro primo ciclo di fecondazione in vitro.

Già, Bibi si era confidata con lei, preoccupata, una sera che erano uscite da sole, il fatto è che ormai era già passato più di un anno, dal matrimonio, e, ecco... Bibi aveva esitato un po': insomma, il fatto è che ci stavano provando, ce la mettevano tutta, eppure non succedeva mai nulla. E loro ci tenevano ai figli, cioè, aveva detto Bibi, veramente io ci tengo più di lui, ma insomma, eravamo d'accordo che una famiglia, prima o poi... e invece niente, niente di niente, e ormai lei era sempre più ansiosa, e stava diventando un incubo, tutti i mesi lì, ad aspettare con le dita incrociate, e ogni volta una delusione, e adesso stavano anche cominciando a litigare, loro due, perché lei, sì, lo doveva riconoscere, lei era sempre così tesa, e stressata, non riusciva più a divertirsi, a godersi nulla, sempre con quel pensiero fisso in testa...

«Ma dai, non fare drammi adesso», aveva detto Eva, cercando di darsi un tono tranquillo, «al giorno d'oggi si possono provare tante cose. Ho un'amica che lavora in una clinica per la fertilità. Una clinica molto quotata, a quanto pare. Vai a parlare con lei, vedi cosa ti consiglia, ci sono tanti sistemi, vedrai che tutto si risolve».

Ecco, aveva pensato, vedi un po' il bel maschio virile, tutto calcetto e macchine potenti.

Ma subito si era rimproverata, perché Bibi era proprio depressa, e poi vai a sapere da chi dei due dipende, e magari a volte da nessuno dei due, non si capisce e basta.

Comunque, Bibi aveva seguito il suo consiglio, era andata a parlare con l'amica di Eva, Bianca, e Bianca l'aveva indirizzata a uno dei medici della clinica, e insomma alla fine qualche mese dopo Bibi aveva fatto il suo primo tentativo.

L'impianto non aveva funzionato, ma non c'era da preoccuparsi, avevano detto i medici, succede spesso. Abbiamo altri embrioni. Congelati. Riproviamo tra qualche mese.

Già, ricorda Eva, in quegli anni si poteva. Congelare gli embrioni extra. La legge di adesso non c'era ancora.

Ma poi Marco era andato a finire in quel modo.

E subito dopo, che le famiglie non avevano neanche finito di sistemare la successione, era arrivata quell'altra storia del tumore al seno.

Sì, pensa Eva, è stata veramente dura per Bibi.

Pensa che nonostante tutto la ammira, l'ha sempre ammirata, per la sua capacità di attraversare quel periodo drammatico. Lei, la ragazza tutta abiti e rossetti.

E intanto il resto della sua famiglia, i suoi embrioni, se ne sono rimasti lì, sotto azoto liquido a -196°C.

«Possibile che in una situazione così non siano disposti a fare uno strappo?», dice. «Non mi pareva che i medici di queste cliniche fossero i più limpidi tra i figli di Ippocrate».

«Eh, non sono mica un'ingenua. Ho mandato l'avvocato a parlarci, gli ho fatto offrire una cifra, ti assicuro, impossibile da rifiutare. E invece il professore l'ha rifiutata, e poi quando ci sono tornata, ieri, ha minacciato di denunciarmi per tentativo di corruzione». Adesso Bibi ha gli occhi duri come sampietrini. «Mi devi aiutare a trovare una soluzione».

«Io?»

«Questa cosa è importante per me. La cosa più importante della mia vita. Devi parlare con la tua amica, Bianca. Ci parlerei io, ma l'ho incontrata solo un paio di volte, alla clinica. Non sono in confidenza, non si ricorderà neanche chi sono. Voi invece siete amiche, ci puoi parlare a cuore aperto, no?»

«Per dirle cosa?»

«Senti, Eva, non fare la ragazzina. Centomila euro».

«Centomila euro cosa?»

«Se trova il modo di farmi riavere i miei embrioni».

Eva rimane in silenzio, cerca aria.

«Ringrazierei anche te, ovviamente», aggiunge Bibi, veloce.

«Ma che dici?», scatta Eva. «Non scherziamo. Ringraziarmi come? Non me le dire nemmeno queste cose».

«Ah, ma non ti offendere», adesso Bibi fa il tono affettuoso, «sarebbe il minimo, ricompensarti per un favore, no?»

«Senti, non me lo dire più».

«Scusami, allora. Però con Bianca ci devi parlare».

«Bibi, io non devo nulla. Sei fuori di testa».

«Non sono affatto fuori di testa», dice Bibi, di nuovo calmissima. «Gli embrioni stanno invecchiando, presto potrebbero diventare inutilizzabili. I miei embrioni, capisci? Per Bianca è una cosa da nulla, ci scommetto. Tu prova solo a dirglielo, è l'unica cosa che ti chiedo, devi solo dirglielo. Vedrai che centomila euro sono un argomento convincente».

«Ma non è il tipo, lei è una brava ragazza, una di quelle che ci credono, di quelle oneste, ingenue, e poi... ti rendi conto del rischio che correrebbe? Metterebbe a repentaglio il suo posto, e...»

«Tu prova solo a dirglielo», taglia corto Bibi. «Ti prego, Eva».

Adesso il suo tono è di supplica pura.

È pazza, è fuori di testa del tutto.

«Non lo so, Bibi, non so, mi sembra così assurdo».

Ora Eva desidera solo andarsene, andarsene di lì al più presto possibile, sottrarsi allo sguardo delirante di Bibi: «Si sta facendo tardi, devo scappare davvero, adesso, tra un po' Guido comincia a preoccuparsi. Ti chiamo, ecco, ci penso su e ti chiamo...»

Si infila la borsa a tracolla e si alza in piedi, in un attimo è fuori. Corre veloce, sul motorino, l'aria fredda le sbatte in faccia, sente un buco allo stomaco, ha mangiato solo poche foglie d'insalata, vuole tornare a casa in fretta, subito, lo Scrittore un po' di pasta al forno gliel'avrà lasciata, certo. Sarà caldo, in casa.

7.

Prende il blocchetto dal congelatore, un cubetto di due centimetri di resina bianca che sembra vinavil congelato. Dentro, c'è un cuore di topo, lo ha prelevato e incluso nella resina il giorno prima.

Lo deve tagliare tutto, oggi pomeriggio, a fettine di dieci micron di spessore. Ne verranno diverse centinaia di fettine, allineate dieci per vetrino. Vuol dire almeno trenta vetrini, e ci vorrà una settimana a guardarli tutti al microscopio.

E chissà se ne verrà fuori davvero qualcosa.

Eva gira la manovella sul fianco dell'apparecchio, a ogni giro la lama fa un movimento di saliscendi contro il cubetto congelato, come l'ago di una macchina da cucire, ne taglia via una fettina trasparente, sottile come domopack. Ecco, non proprio a ogni giro: l'apparecchio non è più perfettamente allineato, una fettina su tre si raggrinzisce contro la lama e bisogna buttarla. Invece quelle che vengono belle distese le posa delicatamente sul vetrino con un piccolo pennello.

Il primo vetrino è completo, Eva lo alza contro la luce della finestra, lo osserva in trasparenza: eccole lì le piccole sezioni di cuore, in due file da cinque, traslucide, perfette. Si vedono addirittura le cavità degli atri e dei ventricoli.

Tagliare le sezioni è il lavoro più noioso che la tecnologia moderna riservi a un ricercatore. Non tanto moderna, veramente, si fa da decenni. In compenso l'apparecchio per tagliare sta incastrato in un braccio di corridoio dove nessuno passa mai, di fronte a una delle grandi finestre che danno sul giardino. Lontano dal casino. Lontano dalla repubblica dei bambini.

Oltre la finestra, Eva vede il giardino, i vecchi ciuffi d'erba scarmigliati.

Se il primo impianto di Bibi avesse funzionato, quello che ha provato prima che Marco morisse, adesso lei sarebbe esattamente quello che desidera: la giovane vedova di quell'imbecille, con il figliolino di quell'imbecille.

Invece adesso lui è morto, e la legge non le consente di riprovarci.

La legge sta lì, in preda a questo suo delirio di onnipotenza, e crede davvero di poter dire chi può riprodursi, e come, e quando, e chi può tenere bambini, e quali, e perché.

C'è un grande paradosso dentro tutto questo, pensa Eva, chinando di nuovo la testa sulla macchina e riprendendo a girare la manopola.

C'è Carla, per esempio, questa sua amica gay, lei vive con la sua compagna da diversi anni, e voleva avere un figlio, e aveva un amico gay anche lui, allora hanno deciso che potevano farlo insieme. Alla compagna andava bene, solo si è impuntata che non voleva che Carla avesse rapporti sessuali con un uomo – questo sembra particolarmente buffo a Eva: c'è da credere che Carla non si sarebbe divertita granché, e poi, suvvia, Parigi val bene una messa, ma insomma, fatti loro. Alla fine, hanno deciso tutti insieme che lui poteva andare da loro e, come dire, produrre il seme in bagno – Eva ridacchia tra sé e sé – poi la compagna lo avrebbe inoculato a Carla con una siringa.

Senza ago, ovvio, Eva ridacchia di nuovo.

Insomma, quando aveva sentito il piano Eva non ci avrebbe scommesso una lira.

Oltretutto, Carla non era più una ragazzina.

Invece.

È rimasta incinta al primo tentativo. Cioè, al primo tentativo: al primo tentativo.

Nel frattempo, nugoli di giovani spose con la fede al dito e i documenti in regola stanno in fila nelle sale d'attesa dei centri di fertilità, dopo aver avuto rapporti col marito a sere alterne per i due anni di rito, secondo le istruzioni canoniche dei ginecologi, senza risultato.

Eva alza il secondo vetrino contro la luce, controlla le sezioni. Sì, sono a posto.

Adesso il bambino di Carla è nato da poco, Eva è stata a trovarli una sera, in casa c'era un gran casino, giocattoli e pannolini da tutte le parti, sembrava fosse appena esploso un petardo in salotto. Il padre sta lì da loro tutte le sante sere, spesso si porta il suo nuovo fidanzato poco più che ventenne, e tutti e quattro stanno intorno a questo benedetto bambino. Lui, il padre, Eva non lo aveva mai incontrato prima. A dire la verità, ha questo aspetto così completamente *frocio*, con la sua sciarpa di seta rosa ricamata e la sua pila di braccialetti coi ciondoli al polso. Lì per lì le aveva fatto strano pensarlo come padre, eppure poi a vederlo col bambino era così affettuoso, e mentre lo teneva tra le braccia, in qualche modo, ecco, era così... *naturale*.

Naturale, sì.

La natura.

La natura fa esattamente come le pare.

Queste leggi che si dicono fatte per frenare l'onnipotenza umana contro l'ordine naturale, sembrano costruite su un'idea di natura tutta loro. Tutta di fantasia.

Leggi più realiste del re.

Già, il giorno prima che alzassero la ghigliottina per Luigi XVI.

A una coppia, anzi, a due coppie come quelle, gli assistenti sociali non avrebbero dato da tenere neanche un criceto.

Invece, madre natura gli ha scodellato un bambino nuovo di zecca, da farci quello che vogliono.

E quindi?

8.

Guido non è in casa. Un post-it appiccicato all'ingresso dice: «Ho appuntamento con Nardi, sarò a casa verso le nove», e sono già le otto e mezza.

Eva ha fatto la doccia – neanche stamattina ha avuto il tempo di farla prima di uscire – si è versata un bicchiere di vino bianco dal frigo, e adesso controlla la pentola sui fornelli spenti – riso thai con spezie e verdure – girella un po' per casa accendendo le luci. Sulla scrivania, un mazzetto di fogli impilati, gli orli pareggiati con ordine maniaco. I fogli sono scritti in inchiostro stilografico blu, con una calligrafia nitida e veloce, pochissime cancellature. Lo Scrittore, alla sua età, ha scoperto da poco il computer e si dedica con entusiasmo e dedizione alle gioie del Tetris, tuttavia è ancora incapace di scrivere la prima stesura di alcunché, se non a mano.

Legge qualche riga: sono appunti sulla fine del marxismo, tutti zeppi di citazioni di una falange di pensatori che Eva ovviamente non ha mai sentito nominare in vita sua. Per fortuna, nei casi estremi, come al solito c'è Wikipedia.

Eva sbircia spesso tra i suoi fogli, non legge mai tutto, le piace dare un'occhiata, indovinare l'argomento. È affascinata dalle cose che lui scrive. Le sembra che i suoi ragionamenti, il modo in cui le sue frasi si incatenano le une alle altre abbiano qualcosa di magico, come le foglie che spuntano da uno stelo secondo un'armonia matematica. Lui dice per forza, non ha fatto altro che quello, per quarant'anni di seguito: scrivere. Ma lei pensa che neanche in sette vite imparerebbe a scrivere in quel modo, così complesso e limpido al tempo stesso. No, deve essere un talento naturale. Probabilmente lo Scrittore ha l'area verbale del cervello particolarmente sviluppata, pensa. Con una risonanza magnetica magari un giorno si riusciranno a vedere anche cose di questo tipo.

Però, dopo averlo letto, raramente riesce a ricordare cos'è che diceva, lo Scrittore, in quella pagina, in quel tale articolo, in quel tale libro.

Come un meraviglioso castello di bolle di vetro: ne ha sognato uno, una notte, gettato su per l'aria in mezzo a una pianura di ghiaccio, contro un cielo nero brillante di stelle. Guglie e pinnacoli e sfere leggerissime, di un azzurro appena luminescente, traforati di finestrelle di ogni forma e dimensione.

Non se l'è più dimenticato, quel sogno.

Invece nei palazzi veri ci sono i mattoni, l'acciaio, il cemento. Palazzi che stanno in piedi, pesanti sulla propria struttura, lo sforzo di carico di ogni elemento da calcolare e ricalcolare, forze di trazione e forze di tensione da mettere in equilibrio.

Palazzi che crollano.

Costruttori disonesti che ritoccano i calcoli sulla qualità

del cemento, i tondini d'acciaio un millimetro più sottili di quello che c'era scritto sul progetto.

Si chiede se le pagine che lui scrive sorreggano davvero qualcosa, o se siano solo castelli fantastici, di cui l'unica cosa che conta è la bellezza.

No, lo Scrittore non è uomo da rubare sul cemento o sui tondini.

Eppure, può darsi che per quanto lavori sulle cose che scrive con pazienza e ingegno, come dovessero sostenere carichi gravosi, nessun peso sia destinato ad appoggiarcisi sopra, nella realtà – come dire – reale.

Non posso saperlo, pensa Eva.

Come se dovessi decidere dell'autenticità di una tavoletta ittita, quando non so neanche chi erano, gli ittiti.

Sta lì, un po' imbambolata tra i cuscini del divano, i fogli dello Scrittore in mano, lo sente che apre la porta, lui entra, si china a darle un bacio.

«Ciao piccolina. Com'è andata la giornata?»

«Come al solito. Scrivi proprio bene, tu», dice, poggiando il fascio di fogli sul tavolino.

«Sì, lo so, me lo dici sempre», dice lui, intanto si capisce che gli fa piacere. «Apparecchio la tavola. Vuoi ancora vino?»

«Grazie, sì».

A tavola, lei gli ha raccontato di Bibi, dei suoi embrioni.

Lui pesca dal suo piatto i cubetti di ananas uno a uno, li guarda come fossero ossicini di ominide non identificati. «È proprio una storia dei tempi moderni», sospira, «davanti a queste cose mi sento un uomo di un'altra generazione».

«Si, be', non è che anche a me sembri una storia tutta normale. Un caso su un milione: il marito morto, la chemio... Eppure, è strano che le facciano tutte queste storie, è proprio un caso patetico. Sai, sentivo di questa tipa, una che con lei tutti i tentativi erano falliti... chi me lo raccontava?» Eva stringe gli occhi, cerca di ricordare, poi rinuncia. «Insomma, alla fine il medico le ha detto che si poteva ancora tentare l'ovodonazione. E lui era disposto a fargliela».

«Cos'è?»

«Ti impiantano gli ovuli di un'altra donna, fecondati in vitro con lo sperma di tuo marito. Così almeno la gravidanza te la porti avanti tu».

«Ma che schifo!», lo Scrittore alza gli occhi al cielo. Scherza, ma Eva sa che fa sul serio. Lui, figli, non ha mai voluto averne. Neanche al modo normale. Lei lo sa, lui gliene ha parlato, una volta.

«E da dove li prendono questi ovuli?»

«Ah, non ne ho idea. Forse sono gli avanzi delle donne che sono riuscite a rimanere incinte, e non gli servono più».

«Ma è legale?»

«Ma no, da noi no. Figurati. In altri paesi, in Inghilterra, credo. Ma è per dire che evidentemente qualche volta se ne fregano, delle leggi, capisci?»

Guido si è alzato, ha preso una bottiglia di cognac e due bicchierini dal mobile di lato.

«Ne vuoi?»

Eva scuote la testa. Guarda la luce giallina della lampada a stelo che cade sulla tavola, sul legno rosato dei mobili, sulle foglie della kentia nel suo portavasi di terracotta smaltata, e crea complicati giochi d'ombra sulla tenda della finestra. Tutto sembra così caldo e quieto e rassicurante, in questa stanza.

Invece, pensa Eva.

Invece, qui fuori.

«Non so proprio che fare», dice, e parla a se stessa più che a lui.

Lui posa il bicchierino, spalanca gli occhi: «Scusa, Eva, che vuol dire “non so che fare”? Non penserai mica davvero di andarti a immischiare con questa storia?»

«Sì, lo so, però è che... Non lo so, lei è mia amica, e ha chiesto il mio aiuto, e...»

«Ma che diavolo dici? Ma che significa “ha chiesto aiuto”? È una pazza, e ti ha chiesto di fare una cosa da matti, questo è quanto!»

«...era così sconvolta, che mi ha fatto pena. In fondo, mi ha chiesto solo di fare una telefonata. Cosa mi costa? E poi, senti...» Adesso Eva corruccia il viso, senza accorgersene alza la voce: «...non è solo quello. Sono queste leggi odiose, queste regole senza senso, assurde. Non lo posso sopportare, mi fanno ammattire. Lo sai come la penso su questi argomenti».

«Come no, il tuo articolo unico sulla bioetica: “Fate come cazzo vi pare”».

Eva ride: «Sì, ecco...»

Lui, però, non sta ridendo affatto.

Ma il fatto è che lei li ha visti. Gli embrioni.

9.

Sì, Eva li ha visti gli embrioni, qualche mese dopo che Bianca aveva lasciato il dipartimento per andare a Villa Boccioli. Bianca ci aveva lavorato per diversi anni, all'università: era lì che avevano fatto amicizia, loro due. Quando le era capitata quell'occasione però l'aveva presa al volo: un lavoro pagato decentemente, uno stipendio sicuro, puntuale tutti i mesi, invece di questi contratti di un anno che devi stare sempre lì a vedere che succede la prossima volta. Insomma, Bianca se ne era andata a Villa Boccioli, e un po' di tempo dopo Eva le aveva chiesto se poteva andarla a trovare, andare a vedere, sì, mi piacerebbe tanto vedere, vedere con i miei occhi, ecco, anche se l'ho letto sui libri, sulle riviste mediche. Ho visto le foto, sì, più o meno lo so come funziona, però sai, vederlo è sempre una cosa diversa.

Bianca aveva risposto, sì, è proprio così, è diverso, vieni quando vuoi, basta che me lo dici prima che avverto gli altri, quando lo vedi è diverso, sì, è molto diverso quando lo vedi davvero.

L'ingresso di Villa Boccioli sembrava una cartolina pubblicitaria, un cartoncino pop-up per bambini: al di là del grande cancello di ferro battuto, un sentierino di ghiaia così dritto e liscio che veniva da pensare che i sassolini fossero stati scelti uno per uno, spolverati e poggiati per terra con le pinzette, in mezzo a un praticello colorato a olio, di un verde smeraldo irreale, i fili d'erba dritti come se qualcuno passasse tutte le mattine a controllarli col righello, e cespugli di rose multicolori, così nitide che le api si mettono le pattine prima di posarcisi sopra.

Niente da fare, i soldi sono sempre soldi. Eva aveva pensato alla sterpaglia che continuava a crescere libera e bella, lì nel giardino del dipartimento.

In cima ai quattro scalini di marmo color panna, lucidati a piombo il giorno prima, oltre la vetrata dell'ingresso, Bianca l'aspettava nell'atrio, in camice bianco. Eva si era guardata intorno, gli occhi rotondi di stupore. Uno splendore che balza addosso da ogni angolo, prende alla gola. Le pareti di un color crema delicato, non un'increspatura, non la più invisibile crepa. Le maniglie delle porte di ottone luccicanti, come sgusciate in quel momento da un uovo delle maniglie. Le poltroncine di cuoio morbido verde salvia, le luci di design, gli acquarelli astratti.

Quanto costa una manutenzione di questo genere? Quanto costano inservienti ditte della pulizia giardinieri elettricisti operai pronti a ricontrollare ogni vite ogni chiodo ogni interruttore? Quanto rende questa baracca per poter sostenere i costi?

«Vieni, Eva, saliamo di qua».

Erano salite per le scale, al terzo piano c'era questa grande porta blu, con la cornice metallica, Bianca l'aveva aperta col tesserino magnetico, si erano spogliate e avevano indossato tute bianche, mascherine, e guanti di gomma, e c'era questa doccia d'aria, il getto era così improvviso che Eva aveva strillato.

«Forte, eh?», aveva riso Bianca.

«Ugh», aveva farfugliato Eva.

Oltre la doccia, un corridoio e stanze bianche, e un muoversi felpato e rapido di figure avvolte nelle tute.

«Guarda», le dice Bianca a voce bassa, indicando al di là di una grande porta aperta, «stanno prendendo gli ovuli».

Un passo solo e sono dentro la sala operatoria. Eva sobbalza, non se l'aspettava, non pensava che permettessero l'ingresso agli estranei, ma Bianca avrà chiesto il permesso a tutti, e c'è questa donna sdraiata sul lettino, e intorno a lei, nella semioscurità, tre o quattro figure affaccendate, l'anestesista le tiene una maschera di gomma trasparente premuta sul viso, «Ok, dorme», dice.

Il ginecologo, seduto tra le gambe di lei, così terribilmente spalancate – *ma non immaginavo che la vulva femminile fosse così grande, e priva di grazia, e...* – muove la sonda nel corpo della donna, attraverso lo speculum, gli occhi fissi sul monitor dell'ecografia, dove tremola l'immagine delle sue ovaie.

Eccoli lì, anche Eva riesce a riconoscerli facilmente, i follicoli: piccole cavità nell'ovaia, piccole bolle scure sul monitor. In ogni bolla naviga un ovulo, troppo piccolo per essere visibile, ma c'è, loro lo sanno: dove c'è un follicolo c'è anche un ovulo. Eva vede nel monitor l'ago che si muove, che entra nella bolla scura, allora il medico preme un tasto e l'ago risucchia il liquido dal follicolo, che si svuota e collassa come un minuscolo palloncino. Con un sibilo le poche gocce di liquido succhiate via corrono lungo un tubicino trasparente, colano in una provetta poggiata lì accanto, su un ripiano di metallo.

«Uno», conta il ginecologo a voce alta: è lì dentro, adesso, l'ovulo, nella provetta, e intanto lui ha già infilato l'ago un po' più in là, sta già succhiando da un altro follicolo. Si sente di nuovo il breve gorgoglio della pompa, il gocciolio nella provetta. «Due», dice.

«Sta per svegliarsi», dice l'anestesista.

«Dammi un altro minuto», dice il ginecologo. L'anestesista preme una valvola, si sente il gas soffiare nella maschera, sul viso della donna addormentata. Il ginecologo infila l'ago più in fondo.

Affaccendati intorno alla donna, i medici si muovono concentrati, non stanno pensando a nulla, Eva lo sa, se non al punto esatto in cui deve arrivare l'ago, al momento esatto in cui premere il tasto dell'aspirazione, della bombola dell'anestetico – *certo, come me, come quando lavoro con i miei topi, non penso a nulla, se non ai gesti delle mie mani, non penso ad altro, in quel momento, non penso mai a loro, a loro come topi, come animali veri, vivi, e se mai mi venisse di pensarci, vorrebbe dire che non sono concentrata, che sto per commettere qualche errore, e così fanno questi due medici, pensano alla sonda, a trovare il prossimo follicolo, a che punto sta l'anestesia, se pensassero ad altro allora sarebbe rischioso, per la paziente e...*

«Tre», dice il ginecologo, «finito». Ritira la sonda con l'ago dal corpo della donna con un gesto così fluido e veloce che non si è certi di averlo visto. L'anestesista le ha tolto la maschera dal viso, adesso la chiama a voce alta, la scuote: «Chiara! Chiara! Mi senti? Chiara, alzati», dice con questo tono imperioso, prepotente; la donna mugola qualcosa, apre gli occhi, l'anestesista continua a scuoterla.

Tutta la procedura è durata pochi minuti, il ginecologo si sta togliendo i guanti di lattice, la donna è già in piedi: «Venga», dice l'infermiera, se la porta via attraverso una porta più piccola, di lato.

Eva ha un senso di vertigine, ma Bianca ha già preso la provetta dal vassoio: «Vieni», le sta dicendo, «andiamo».

Eva la segue attraverso un breve passaggio: ecco, qui c'è il laboratorio.

Tre o quattro persone, le tute di carta e le mascherine: lavorano veloci, i colleghi di Bianca, qui dove gli ovuli vengono fecondati, si muovono con gesti rapidi. Bianca ha versato gli ovuli dalla provetta in un piccolo recipiente piatto di plastica trasparente, guarda nel microscopio, li conta. C'è un monitor, collegato al microscopio, Eva nello schermo vede tutto quello che Bianca fa, nel momento in cui lo fa.

«Sì, sono tre, ci sono tutti, vedi?», Eva li vede, avvolti in una specie di membrana. «Ora li libero», dice Bianca; armeggia con una sottile siringa di vetro, li succhia e li risputa, finché ognuno dei tre ovuli è sgusciato dalla membrana.

Eccoli lì, adesso sono così uguali alle cellule con cui Eva lavora tutti i giorni, cellule di sangue di topo, magari, o di cervello di ratto: sono quasi identiche. Impossibile riconoscere queste cellule, tonde, traslucide come microscopiche bolle di sapone, impossibile dire che queste non sono cellule di rana o di topo o di zebra, ma sono, sì.

Sono uova di donna.

Eva ha visto tutto, ha visto quando Bianca ha scelto gli spermatozoi: in quel forsennato correre per il recipiente, gli occhi piantati nel microscopio, Bianca, uno alla volta, ne ha scelti tre. A ognuno ha spezzato la coda con un colpo d'ago per immobilizzarlo, lo ha succhiato su per la sottile punta di vetro.

E poi, ecco, questo è il momento, li ha iniettati negli ovuli.

A ognuno dei tre ovuli ha bucato la parete, in ognuno ha iniettato uno spermatozoo.

Eva lo ha visto, nel monitor.

Come si vede sempre nei filmati.

Ma è completamente diverso, vederlo con i tuoi occhi.

È così diverso, Eva non saprebbe spiegare perché, ma è così incredibilmente, infinitamente diverso.

I colleghi di Bianca stanno compiendo le stesse operazioni con gli ovuli delle altre donne della mattina. Ce ne erano dieci in lista, e in un paio d'ore i medici hanno prelevato gli ovuli a tutte, e adesso Bianca e gli altri biologi li stanno fecondando. Tra poco avranno finito. Le uova, ognuna nella sua minuscola piastrina di plastica, ognuna immersa nella sua goccia di liquido nutriente rosato, verranno messe a crescere dentro questi apparecchi che mantengono la temperatura e l'umidità, tutte siglate e allineate in ordine sui ripiani di metallo.

E tra poco è già ora di cominciare gli impianti: c'è una nuova lista di donne nel pomeriggio, a cui bisogna impiantare gli ovuli fecondati tre giorni fa. Solo che adesso non sono più ovuli, ora sono embrioni. In tre giorni la cellula fecondata si replica, si divide. Una cellula ne dà due, e due ne danno quattro. Così, eccoli qui, gli embrioni, questi grappoli di quattro cellule, così brillanti, e lucidi, e nitidi.

Hanno un fascino ipnotico, a guardarli, pensa Eva.

Forse il fascino della simmetria, della loro regolarità quasi magica. Forse lo stupore di pensare che da così piccola cosa potrebbe scaturire una vita intera, tutto l'infinito peso di una mente, dei gesti, dei pensieri, di una memoria. Eppure sono così piccoli. Eva li guarda, ingranditi sullo schermo, ma sono così piccoli, pensa. Solo cento micron. Frazioni di millimetro, lo spessore di una pagina di quaderno. Questi embrioni che Bianca adesso velocemente controlla, e fotografa al microscopio, e qualcuno lo scarta.

Li scarta se non ce l'hanno fatta, e invece del gruppetto regolare e ordinato c'è solo un ovulo inerte e moribondo che non è mai riuscito a partire. Li scarta se invece di quattro cellule tonde e lucide ne vede tre, o cinque, o sette. Asimmetriche, minuscole, oppure gigantesche.

Eva pensa a quei pesci femmina, che rilasciano milioni di uova nel mare, nubi infinite di uova che si disperdono nell'acqua come volute di fumo, in attesa dello sperma che le fecondi. Solo poche incontrano lo sperma, nel mare infinito.

Un terzo delle gravidanze naturali delle donne normali vengono abortite prima che la donna stessa se ne possa accorgere.

La natura abbonda, scialacqua. La natura non risparmia, va a casaccio.

La legge, adesso, vorrebbe che tutto quello che è stato prelevato e fecondato venisse reimpiantato. La legge, pensa Eva, non si è mai presa la briga di venire fin qui, a guardare queste cellule così strane che Bianca, con un gesto secco e preciso, elimina.

I colleghi di Bianca stanno facendo quello che fa lei: ombre bianche chine sui microscopi, controllano gli embrioni da reimpiantare tra poco, alle donne della lista del pomeriggio, che stanno fuori e aspettano il loro turno e ribollono di ansia.

Loro invece lavorano veloci.

Sì, pensa Eva, me lo aspettavo, certo, ma poi solo quando

lo vedi con i tuoi occhi capisci davvero, solo quando lo vedi con i tuoi occhi ti rendi conto che.

I gesti con cui si fabbrica un essere umano non sono diversi da quelli con cui un artigiano infila le sue perle sul filo di una collana.

10.

«Tu non li hai mai visti, gli embrioni», dice Eva allo Scrittore guardandolo dritto in faccia, la voce dura. «Io invece sì, io li ho visti».

11.

Alle sei del pomeriggio, Eva si affaccia alla porta del Vecchio.

«Vieni, Eva, siediti. Come stai, cara? So che mi hai cercato, ieri».

Lo studio è piccolo, le suppellettili malmesse. La scrivania del Vecchio è una cattedra di legno da poco, come quelle di scuola, con quella vernicetta lucida scheggiata da tutte le parti e la targhetta col numero di inventario dei beni di proprietà dello stato fissata di lato con due minuscole viti. La poltrona di quella finta pelle verde anni Settanta, che mostra la trama della stoffa sugli angoli e dà sempre l'impressione di puzzare di plastiche tossiche e fuori legge da anni. Scaffali di legno piegati sotto il carico di chili e chili di libri dei tempi di Falloppio.

Forse è proprio per quell'aria spartana e senza fronzoli che lo studio conserva una sua misteriosa aura di autorevolezza. O forse è la finestra con la grata di ferro antico lavorato, che dà su uno scorcio di giardino: una grande pianta di oleandro, ciuffi d'erba malcresciuti qua e là. Ancora pochi anni, pensa Eva, prima che ci piazzino un altro prefabbricato, nuove aule. Aule d'emergenza per questi nuovi studenti che aumentano ogni minuto, sempre più frastornati, sempre meno in controllo della propria vita. Aule torride d'estate, gelide d'inverno, le grandi vetrate di plexiglas sempre rigate di un'eterna sporcizia, perché quello che le ha disegnate il problema di chi le avrebbe pulite di certo non se l'è mai posto.

Comunque adesso, in attesa che il cammino della storia faccia il suo corso, nello studio del Vecchio i visitatori si godono la loro mezz'ora di viaggio nel tempo: vedono l'oleandro del giardino, lì nel punto in cui è stato piantato nel 1927, e questo anziano signore dai capelli corti senza un filo fuori posto, il camice immacolato – un vezzo, naturalmente: lui non prende più in mano una provetta da trent'anni – il tono di voce pacato, lo sguardo mite.

È stato uno scienziato importante. Quarant'anni fa.

Sì, lui è diventato famoso, quarant'anni fa, per i suoi studi con gli embrioni di rana.

Embrioni di rana.

Pescavano i girini su dalla vasca del giardino, e se li facevano crescere nelle catinelle di zinco della biancheria rubate in casa. Lo avrà raccontato un milione di volte. Anche Ettore lo racconta sempre.

Alla parete c'è questa fotografia in bianco e nero, un po' sfocata: un cerchio di uomini in camice che sembrano anziani e invece sono giovanissimi. Lo festeggiano, mentre mostra la targa di un premio che ha appena ricevuto, ed Ettore è lì subito alle sue spalle.

1966.

L'anno dopo, lui ha avuto la sua cattedra e il suo studio.

Questo studio qui.

Sono quarant'anni che tutte le mattine apre questa porta con la sua chiave e si siede a questa scrivania.

Quarant'anni fa, certo, una laurea in medicina equivaleva per lustro e potere alla concessione di una provincia orientale sotto Augusto. Significava una famiglia abbiente alle spalle, una famiglia che poteva mantenere un figlio per anni. Sapendo con certezza che la ricompensa sarebbe giunta. Un investimento oculato. Una cattedra a trent'anni. Embrioni di rana.

Adesso, questi studenti che vengono fuori a raffica, come sputati dal nastro di una fabbrica di scatolame.

Uno squalo d'altri tempi, che è stato educato a mordere con garbo. Nuove generazioni di squali splatter stanno salendo alla ribalta qui accanto, squali che imbrattano i muri di schizzi di sangue, fanno rumore di ossa frantumate.

In fin dei conti, si tratta solo di gusti: *Psycho* o *Kill Bill*?

Il Vecchio, come tutto il dipartimento, vive in un film in bianco e nero, e lo sa. È un uomo acuto, non se ne fa un cruccio, e *Psycho* se lo guarda ancora un sacco di gente, su Rai Tre, la notte. È ancora un cult: come lui, questo Vecchio prossimo ai settanta che ha ancora da tenere in piedi il suo mondo per qualche anno, e dopo di me il diluvio.

E lo tiene in piedi bene, il suo mondo, certo.

«Credo di sì, professore. Credo di avere qualche dato interessante. Se ha tempo la prossima settimana mi farebbe piacere farle un quadro del punto a cui sono arrivata. Oggi veramente le ho chiesto qualche minuto per una questione urgente».

«Dimmi».

«Quando vedrà i dati potrò spiegarle meglio, ma il fatto è che secondo me non possiamo fare a meno di aggiungere un'altra serie di esperimenti, e per farlo ho bisogno di comprare un nuovo set di anticorpi. Con una certa urgenza, altrimenti sono bloccata».

«Uhm. Hai un'idea dei costi?»

«Sì, certo, ho i preventivi della ditta. Siamo sui cinquemila euro».

«Cinquemila euro? Sono un sacco di soldi».

Il Vecchio spalanca gli occhi in un gesto esagerato, fasullo. Sta mimando di pensare quello che secondo lui Eva dovrebbe aspettarsi che pensi. La sorpresa di un uomo anziano che ha lavorato per cinquant'anni sulle rane che gli assistenti gli andavano a prendere gratis nei fossi.

Brutto bastardo. Cinquemila euro sono noccioline, per la tecnologia di oggi. Se no, puoi tornare a contare piselli verdi come Mendel, e lo sai. Dimmi che non ce li hai, ma non mi dire che sono un sacco di soldi.

«Non hai chiesto un po' in giro, se c'è qualche altro gruppo, qui o negli altri dipartimenti, all'ospedale magari, che te li può prestare? Lo sai in che ristrettezze ci troviamo».

Lo so in che ristrettezze ci troviamo, e lo sapevi pure tu, quando hai mandato la tua dottoranda a mangiare crêpes a Parigi per una settimana, a fare rappresentanza a quell'inutilissimo congresso di mummie amiche tue. Duemila euro ti è costato, quello scherzo. Per quello non eravamo così in ristrettezze, e...

«Certo che ho cercato in giro, professore, ho scritto anche a qualche amico a Milano. Reagenti di questo tipo non si trovano, è un argomento su cui lavorano in pochi».

Eva guarda il Vecchio dritto in faccia, cercando di fare il suo sguardo serio e accorato: «Guardi, professore, ho provato tutte le strade e non c'è verso. Bisogna proprio comprarli. D'altra parte, ne sono sicura: questi esperimenti sono indispensabili, se vogliamo andare avanti non possiamo farne a meno».

Il Vecchio sospira, fa la faccia del vecchio padre di famiglia, quello che farebbe di tutto per far contenti i suoi rampolli: certo, lui li ama, li stima, capisce che la loro intelligenza scalpita, capisce che il futuro è loro, che le loro energie sono la riserva più preziosa della società. E però, non è lui, sono le circostanze che lo costringono a dire di no, suo malgrado.

«Ho capito. Senti, vediamoci lunedì pomeriggio, mi spieghi tutto per bene. Poi vedrò se riesco a trovare una soluzione. Non ti prometto nulla, beninteso, lo sai in che situazione siamo. Ma cercherò un modo per risolvere il tuo problema».

Eva sfodera il suo sorriso raggiante di giovane ricercatrice entusiasta, gli deve dare soddisfazione, deve fargli capire che se ne rende conto di tutti gli sforzi che fa per lei, per tutti loro, nel dipartimento: «La ringrazio moltissimo, professore, grazie. Sono convinta che è davvero importante, lunedì le faccio vedere tutto».

Brutto bastardo, cercherai di risolvere il mio problema un paio di palle, quando c'è da spendere soldi il problema è il mio, quando si ottiene uno straccio di risultato il dipartimento è tuo.

La devo assolutamente smettere di farmi il fegato marcio, si dice, mentre va a prendere la giacca e il casco e a chiudere la stanza, che è deserta, adesso: la repubblica dei bambini intorno alle sei di solito sloggia, vanno a casa a bisticciarsi con gli amici per decidere il cinema o la discoteca.

La situazione la conosco a menadito, il ballo è questo e si balla così. Sorridi, ringrazia, non ti costa niente, arrabbiarmi mi fa solo perdere tempo, arrabbiarmi mi fa solo perdere tempo, sorridere e ringraziare non mi costa nulla.

Se lo ripete cento volte al giorno, questo mantra, e intanto continua a farsi il fegato marcio.

Devo decidermi a chiamare Bianca, pensa.

12.

Bianca allunga le gambe e alza il viso verso il sole tiepido, gli occhi socchiusi. Il tempo sembra non passi mai per lei, i capelli leggeri sempre scarmigliati ad ogni filo d'aria, e sempre quel visetto da bambina col sorriso lì lì per spuntare, ancora uguale a quella che Eva ha conosciuto ormai diversi anni fa, tra le muffe del dipartimento. La giornata è splendida, le tovagliette azzurre dei tavolini oscillano al venticello; davanti a loro le coppette di gelato vuote, ancora rigate di gocce di umidità. Si sono date appuntamento all'uscita dal lavoro, lì dalle parti di Villa Boccioli, che sta un po' in periferia. Come è verde questa zona, pensa Eva.

«Sì, sono contenta di lavorare alla clinica», dice Bianca. «Ho delle responsabilità, mi sento importante. Adesso non ci tornerei neanche morta all'università», sorride, a occhi chiusi, «anche se ci siamo divertite, eh?»

«Già, ma eravamo più giovani, di certe cose non ce ne

accorgevamo neanche. Adesso mi sembra che tutto vada peggio ogni anno che passa. Sempre meno soldi, sempre più caos».

«Me lo immagino. E insomma, qual è il problema?», Bianca apre gli occhi, si volta a guardarla.

«Sì, be'... non è una cosa che riguarda l'università. Non riguarda nemmeno me, veramente. È Bibi, quella mia amica che è stata da voi per la fecondazione qualche anno fa, te la ricordi?»

Bianca stringe gli occhi: «Sì, vagamente. Come è andata a finire? Non era quella che poi le era morto il marito in un incidente?»

«Sì, proprio lei. Ha fatto solo un tentativo, e non ha funzionato. Doveva riprovarci poco dopo. Solo che poi le sono successe un sacco di cose...»

Eva le racconta tutta la storia, Bianca ascolta con gli occhi sgranati: «E adesso non può più avere figli?»

«Pare di no».

«Poverina. E ti ha detto che quando è andata da Prandi lui l'ha minacciata?»

«Non penso che abbia alzato la voce o cosa, però ha detto che faceva paura. E lei gli aveva fatto offrire una montagna di soldi».

«Ah, questo è buffo, effettivamente. Non ho mai saputo che il direttore si tirasse indietro, davanti ai soldi», Bianca ridacchia.

«Non ti sembra strano che almeno per un caso come questo non trovino modo di fare uno strappo? E poi, questa idea che siccome il padre è morto, allora gli embrioni non si devono più usare, senti...»

«Non so», Bianca fissa lo sguardo sul bicchiere davanti a sé, «in altri paesi la legge è diversa. Forse da noi hanno fatto così per evitare tutti gli impicci relativi all'eredità, sai. Un bambino che nasce ti scompiglia tutto l'asse ereditario».

«Ah, ecco. E meno male che la vita umana era sacra. E poi, comunque, non è mica vero: Bibi i beni del marito li ha già ereditati...»

«Sì, ma sai, c'è di mezzo anche l'eredità dei genitori di lui, se hanno altri nipoti... Pensa se lei se ne esce fuori con un altro erede a sorpresa».

«E già, e allora quelli che gli si ripresenta la sconosciuta con cui hanno fatto la botta e via dieci anni prima? Adesso qualunque giudice, se l'esame del DNA dice che sono figli loro, li obbliga a riconoscerli. E loro in fin dei conti pensavano che fosse una botta e via. Invece un uomo che si è sobbarcato tutta la procedura di fertilizzazione in vitro, mica mi puoi dire che però non lo voleva, il bambino».

«Be', in Inghilterra per esempio, all'inizio di tutto, quando la coppia firma tutte le carte, il padre firma anche se vuole dare o no il consenso a far nascere i figli dopo la sua morte. Qui però è diverso».

«Ecco. E allora non potevano darglieli, i suoi embrioni, a Bibi, che se li andasse a far impiantare da qualche altra parte all'estero? La clinica si toglieva il problema e tutti erano contenti. Del resto, se lei ci fosse andata fin da principio, all'estero, probabilmente adesso la questione non si sarebbe proprio posta».

«Che ti devo dire? È un po' strano in effetti. Questa legge è fatta in modo tale che è praticamente impossibile da rispettare alla lettera, e per un caso così avrei pensato che in qualche modo...»

«Tu eri giovane quando l'hai fatto. Cosa avevi, trent'anni?»

«Trentadue. In effetti, a un'altra donna avrebbero detto di aspettare almeno un altro anno, ma te lo ricordi, io li desideravo follemente i figli, quando ho visto che ormai era un po' che provavo, con Gianni, e non succedeva niente, ho dato di matto: ho tampinato talmente tanto uno dei nostri ginecologi, che alla fine non ne ha potuto più e mi ha detto di sì. "Anche se le linee guida non sono di questo avviso, mia cara, come ben sai...", ha detto», Bianca ridacchia facendo la voce del ginecologo. «Le linee guida, come no: a dar retta alle linee guida, devi avere avuto rapporti sessuali una sera sì e una no per almeno due anni senza che sia successo nulla, prima di cominciare a pensare alla fecondazione in vitro. Almeno le donne più giovani». Bianca sbuffa e ridacchia insieme, «Linee guida un corno. Io volevo andare sul sicuro».

«Eh già», sorride Eva.

«Lui mi ha fatto l'impianto gratis, e gli ovuli me li sono fecondati con le mie mani».

«Sì, me lo ricordo. Che impressione».

«E ho fatto anche le fotografie».

«Ecco, così i gemelli da grandi possono far vedere ai fidanzati le proprie foto allo stadio di quattro cellule», sogghigna Eva.

«Eheheh, sì. Comunque per il momento le ho nascoste, non ho voglia di stare a spiegare perché e percome a bambini di tre anni, tu capisci».

«Già. E anche a te sono rimasti altri embrioni congelati?»

«Certo. Prima che uscisse la legge se ne fecondavano una decina, se ne impiantavano due o tre, e il resto si congelavano per usarli dopo, se la prima volta non aveva funzionato. Nel mio caso ha funzionato subito, così ne ho ancora sei da parte. Anche se a dire la verità...», Bianca alza gli occhi al cielo, fa una risatina, «con tutto quello che mi danno da fare i gemelli, l'ultima cosa che mi verrebbe in mente è mettermi a farne altri».

«Me lo immagino».

Eva fa una pausa, inspira.

«Senti, Bianca, Bibi mi ha chiesto di farti una proposta...»

«Che proposta?»

«Lei è disposta a tutto per riavere questi embrioni. E tu hai accesso ai congelatori».

«Ma siete impazzite?»

«Mi ha chiesto di dirti che lei ti offrirebbe...»

«Cosa?»

«Centomila euro». Eva fa un sorriso imbarazzato. Poi, svelta, aggiunge: «Ambasciator non porta pena».

«Centomila euro?», la voce di Bianca è stupefatta.

«Senti, non mi dire nulla, e soprattutto non te la prendere con me. È completamente fuori di testa, le ho dovuto promettere che almeno ti avrei parlato...»

Ecco, lo sapevo, adesso finisce che se la piglia con me. Ecco come finisce. Per aver dato retta a quella pazza di Bibi.

«...però, guarda, lascia perdere, le dico che non se ne fa niente e la chiudiamo qui».

«Centomila euro...», lo sguardo di Bianca vaga sul prato di fronte a loro, sembra quasi spaventata.

Oddio, ci sta pensando davvero.

«Ma dal punto di vista strettamente pratico, tu potresti farlo?», chiede, esitante.

«Sì, certo», dice Bianca, il tono quasi remoto, «io ho l'accesso ai congelatori e tutto... però capisci, è una follia...»

Dio, finisce che lo farà per davvero. E se va in galera la colpa sarà mia.

«Non mi devi rispondere adesso. Pensaci su con calma».

Perché mi sono presa questo incarico, se non volevo che Bianca accettasse? Per tentarla, per metterla alla prova?

«Tu al mio posto che faresti?»

«Non lo so», dice Eva, «non lo so davvero. Dipende quanto ti servono i soldi. A me in questo momento non cambierebbero granché».

«Sì, ma tu non hai figli».

«Già».

Che me ne importa dei soldi, a me, no, io se facessi una cosa così, la farei solo per la rabbia che mi fanno queste regole sadiche e senza senso.

«Vediamo le situazioni più strane, ti assicuro. E di strappi ne ho visti fare. Non so perché stavolta Prandi si è ostinato così».

Bianca butta uno sguardo all'orologio, di scatto si raddrizza sulla sedia. In un attimo il suo viso è cambiato completamente: «Devo correre! Gianni torna a casa coi bambini tra poco, e deve riuscire subito. Devo scappare».

Cerca affannosamente il portafoglio nella borsa.

«Lascia perdere», dice Eva, «ci penso io a pagare, tu vai».

«Grazie, scusa, dio mio, è così tardi».

«Ci pensi su?»

«Sì, certo che ci penso. Mamma mia che situazione».

«Chiamami appena puoi».

«Sì, ti chiamo».

Bianca ha il viso spaurito, in un istante è andata.

Eva rimane lì al sole, guarda le rondini che scorrazzano nell'aria, i cespugli ai bordi del giardinetto.

Il serpente tentatore.

13.

Bianca entra in casa, la porta urta contro un giocattolo, una catena di cerchi di plastica intrecciati. Uno strillo doppio la accoglie.

La femminuccia le balza addosso, le si abbarbica alle gambe, Bianca la tira su. Il maschietto, in braccio a Gianni, si spenzola tendendo le braccia, si butterebbe di sotto, Gianni glielo avvicina e il bambino le infila le dita negli occhi, le si aggrappa ai capelli, lei prende anche lui, e adesso ha tra le braccia questa specie di gomitolo sgambettante con quattro mani e quattro piedi, come una piccola piovra grassoccia. Si lascia cadere sul divano, loro le si rotolano addosso.

«Tutto bene?», chiede a Gianni, da sotto al mucchio.

«Sì, tutto benissimo. Ma devo scappare subito».

«Ok, ci vediamo per cena».

La porta si chiude dietro di lui, Bianca scorre lo sguardo sulla grande stanza: giocattoli dappertutto, il tappeto a sghimbescio, un ciuccio per terra, in un lato lo stendino collassato sotto il peso dei panni bagnati.

Una casa più grande, certo, sarebbe tutto più semplice.

Una stanza in più, una babysitter a tempo pieno.

«Bimbi, vi va di giocare un po' tra voi mentre faccio la cena?», chiede.

«Noooo!»

Che razza di vita, pensare che mi piaceva tanto l'ordine, in casa.

Che pena quella Bibi.

Non credo che ci possa essere cosa più orribile che desiderare i figli e non poterli avere.

Sarei impazzita, se fosse capitato a me.

Quell'anno in cui provavo e non riuscivo.

Dio.

Avrei finito per lasciarlo, Gianni, se loro non fossero arrivati.

Ero completamente fuori di testa.

Centomila euro.

Una babysitter a tempo pieno.

Poveretta, quella Bibi.

Telefona a Eva quattro giorni dopo.

«Eva? Sì, sono io, Bianca. Senti, no, non riesco ad avere nessuna informazione. Niente voci, no, niente. Però senti, in effetti, forse... sì, forse la cosa si potrebbe sistemare. Ecco, ne ho parlato con un mio amico, un ginecologo di Milano. Uno che lavora da noi, forse lui ci darebbe una mano... Sì, è vero, lo conosci: quello che avevo invitato a cena una sera che c'eri anche tu, è quello, sì, quello bello, che somiglia a John Kennedy. Già, chi se lo scorda un uomo così bello. Be', lui è uno che non si fa tante fisime, ed è un amico, uno di cui mi fido. E poi lui viene da noi solo qualche giorno al mese, non fa proprio parte del personale della clinica... Senti, vediamoci, così ti dico tutto per bene. Puoi venire da me stasera? Gianni non c'è, ha un incontro di lavoro. No, non parliamone per telefono, vediamoci, e ti dico. No, non portare Bibi, preferisco non incontrarla».

14.

Il tipo magro ha i segni di un'acne vecchia sul viso e il pomo d'Adamo che sporge sopra la cravatta che sembra strangolarlo e la fronte sudata. Cammina lungo il marciapiede con quella velocità scomposta di chi ha una fretta terribile ma non vuole mettersi a correre, la giacca sgualcita gli svolazza sui fianchi e lascia intravedere una camicia troppo larga, strizzata dentro una cintura troppo lunga.

Scende a salti giù per la rampa del garage, il garagista sta lì che lo aspetta a braccia conserte: tozzo, la sigaretta accesa stretta tra i denti, piantato giusto sotto il grande cartello con scritto: Vietato Fumare. «Dottò, j'ho detto che quanno sò le otto la machina da qua me la deve da avè levata!»

Non una traccia di sorriso in faccia, ha tutto l'aspetto del vecchio romano che quando è troppo è troppo.

Il tipo magro deglutisce, butta un'occhiata all'orologio: «Sì, mi scusi signor Bruno, ma sono solo le otto e dieci...»

«Le otto e dieci nun sò le otto! Qui i patti erano chiari, alle otto ariveno quelli degli uffici e lei ha da esse sortito, io nun me posso mette a fà er gioco der quindici tra chi entra e chi esce. Si vvede che nun jela fà a rispettà l'orario, lassamo perde e amici come prima».

Lasciamo perdere un corno, pensa il tipo magro, che per trovare posto in questo garage è stato in lista d'attesa per mesi, senza contare le mance al portiere del condominio che a sentire lui senza la raccomandazione sua nel garage del sor Bruno nun ciariva manco er papa. E purtroppo il garage è l'unico nel raggio di due chilometri, e i patti in effetti erano chiari: «Alle otto la macchina me la deve da avè sortita, sinnò nun ne famo niente».

Peccato che non c'è nessuno che avrebbe voluto essere fuori dal garage prima delle otto più di lui, che stamattina ha la prima visita alle otto e mezza, e magari faceva pure in tempo a prendere un caffè, invece di tirare dritto digiuno fino all'ora di pranzo come quasi tutti i giorni. Il fatto è che se è in ritardo la colpa è proprio del portiere, che gli si è parato davanti mentre usciva, sicuramente stava in agguato da tempo, e ha cominciato tutta una lunghissima storia sul suo ginocchio sinistro: «Lo vede dottò? Nun se move, è come si se fosse incastrato».

Hai voglia a dire: senta, ne parliamo stasera quando torno, ci vuole un attimo di calma, bisogna vedere le lastre: ci è voluto un buon quarto d'ora prima di riuscire a liberarsene. E d'altra parte, niente portiere benevolente niente garage, eccetera.

Come dio vuole, il tipo magro si è sistemato in macchina, e sono ormai le otto e venti, e il caffè della mattina se lo è giocato anche oggi.

Al semaforo dove c'è sempre fila stamattina la fila è veramente chilometrica. Da dove si è fermato, vede la lucina lontanissima che passa lentissima dal verde al rosso e dal rosso al verde, e ogni volta gli sembra di avanzare solo di un tratto submicroscopico, rispetto a quella distanza siderale. Di solito, a questo semaforo, la mattina lui suda, si agita e smania, perché, non si sa come mai, mentre sta qui, fermo proprio a questo semaforo, gli si proiettano davanti alla mente in bella sequenza ordinata tutti gli errori della sua vita, ma proprio tutti. Le seccature, gli impicci, la volta che avrebbe dovuto dire e quell'altra che avrebbe dovuto fare. L'incontro che ha accettato per la prossima settimana, consapevole che non avrà assolutamente nulla da dire. La telefonata che arriverà nel pomeriggio, da parte di una persona con la quale non vorrebbe parlare per nessuna ragione al mondo. Mille volte si è chiesto senza venirne a capo quale sia la perversa magia nera che scaturisce dalla fila di questo semaforo.

Eppure oggi senza rendersene conto sta sorridendo, fermo nella fila del semaforo siderale, perché il pensiero che gli ha attraversato la mente, invece, è l'appuntamento delle dieci.

La signora bruna, già, quella con la ragazzina sedicenne che ha il ciclo irregolare. Bella donna, alta, occhi scuri, elegante. La ragazzina invece è ancora grassottella, i segni dell'acne sulle guance.

«Le diamo la pillola, signora, vedrà che si aggiusta tutto, non si preoccupi».

«Dice che le passerà anche quest'acne?»

«Ma sì, certo, stia tranquilla. Sono cose dell'adolescenza, solo un po' di pazienza. Una breve cura e tra poco sua figlia diventerà una bella donna come lei».

Si era stupito, a sentirsi pronunciare quella frase. Lui, fare il galante con una paziente, anzi, con la madre di una paziente.

È che lei è proprio un tipo fuori dal comune. Una donna che ti fa sentire a tuo agio.

La signora era scoppiata in una risata vivace: «Ah, meno male che mi rassicura lei, dottore».

Con la coda dell'occhio, lui aveva visto la figlia stringere la mascella in un movimento istintivo.

Intanto però, lo sguardo della signora, quella sua bella risata squillante che lo fa sentire un giovane medico comprensivo e affidabile...

Soddisfatto, aveva riso insieme a lei.

Insomma la visita di controllo della figlia della signora bruna è oggi alle dieci, e nel frattempo, sebbene sembri impossibile, la distanza dalle lucine rosse e verdi del semaforo si è considerevolmente ridotta. Il sorriso inconsapevole sul suo viso si è allargato. In questo momento il cellulare squilla.

«Dottore? Mi sente? Il suo cellulare fruscia terribilmente».

La segretaria del professore, con quel solito tono brusco e nasale da professoressa di latino.

E poi non è il cellulare, che fruscia, è il sistema di risposta automatica dell'automobile nuova, non ha mai funzionato bene e lui non trova mai il tempo di portarla dal concessionario e tra poco la garanzia sarà scaduta. Poi dicono che le macchine tedesche.

«Mi dica, signora, io la sento bene».

«Il professore dice che c'è bisogno che lei vada in aeroporto. Con una certa urgenza».

«In aeroporto? Adesso? Ma non posso...»

«Sì, adesso. Sa, il dottor Durand arriva da Parigi alle nove e mezza e c'è lo sciopero dei taxi».

«Ma io non posso! Ho la prima visita tra mezz'ora, ho la mattinata piena...»

«Il professore ha detto di non preoccuparsi, ha già chiesto a Franchi di sostituirla».

«Ma non si può mandare un'auto privata...? Guardi, mi passi il professore, ci parlo io».

«Il professore sta visitando, adesso. Dottore, non la sento molto bene, devo lasciarla. Mi raccomando, faccia in modo di arrivare puntuale, l'aereo arriva alle nove e mezza».

Click, è andata.

Rastrello rimane lì fermo, a pensare alla signora bruna con l'appuntamento delle dieci, della quale si occuperà Franchi al posto suo.

Quel bavoso.

Quel bavoso di Franchi.

Intanto, le macchine dietro cominciano a suonare istericamente: un altro semaforo verde, un altro esiguo segmento di strada si è liberato di fronte a lui. Salvo che ora che ha finalmente guadagnato una discreta posizione nella maledetta fila di questo maledetto semaforo, l'aeroporto è giusto alle sue spalle, nella direzione dalla quale è venuto.

Con un gesto rabbioso fa inversione a U sulla doppia striscia, il motorino che stava arrivando veloce dall'altra parte inchioda, il guidatore gli lancia grida di maledizione.

15.

«Ma che diavolo dici?», urla lo Scrittore, Eva non riesce a credere a quello che vede: Guido è fuori di sé, per un attimo lei pensa che stia per afferrarla, invece si ferma lì, che urla a venti centimetri dal suo viso. Lei non lo ha mai visto così furibondo, non immaginava neanche che potesse esserne capace.

«A me non mi incanti con i tuoi sofismi da quattro soldi, con chi ti credi di avere a che fare? Vuoi fare una stronzata, questo è quanto, è inutile che cerchi di rigirarmela, a me non me la puoi rigirare come ti pare! Questa cosa ti può mettere in guai molto grossi, può rovinarti la vita sul serio, possibile che non te ne rendi conto? Questa è una cosa da codice penale, non lo capisci?»

Eva arretra due passi per sottrarsi all'incombere del corpo di lui, cerca di fare il tono tranquillo: «Ma non è vero, ti dico che abbiamo pensato per bene a tutto. Che vuoi che succeda?

Non può succedere nulla. E poi, lo capisci, la mia responsabilità è ben poca, e...»

«Ma lo vedi che non ragioni? Ma non ti rendi conto di tutte le questioni che ci sono dietro? Non capisci come ci andrebbe a nozze la stampa, la televisione, su una storia come questa? Non te le immagini, le trasmissioni della sera, a rimestare nella fanghiglia tutte le sere che dio mette in terra per mesi e mesi?»

Lui cammina a grandi passi per la stanza, adesso, si passa le mani sul viso.

«Senti», dopo lo stupore iniziale, adesso anche lei si sta arrabbiando, «il fatto è che per te io sono solo una stupidella esaltata...»

«Tu *sei* una stupidella esaltata! Non uno straccio di senso della realtà, non uno straccio di senso dell'autorità: tu pensi di poter fare tutto come cazzo ti pare, hai il delirio di onnipotenza, tu e quelle sceme delle tue amiche, e invece non è così, non è così, lo capisci? La vita è una cosa che se non ci stai attento ti viene addosso come un treno a duecento all'ora!»

Adesso gridano tutti e due, lei è sconvolta, non riesce a capire cosa sta succedendo, chi diavolo è questo signore che le parla di principio di autorità. Che diavolo ne è stato del gentiluomo tranquillo, ironico, distaccato?

«Senti chi parla di senso dell'autorità, che sei tu il primo che se n'è sempre fregato di tutto, che ha fatto sempre come gli parso e piaciuto, il signor superiore a tutti!»

Lui la guarda in faccia: «Parli di cose di cui non capisci un cazzo. E comunque, io ho quasi sessant'anni, non ce l'ho più un'autorità davanti a me, non c'è più niente davanti a me, c'è il fine corsa davanti a me, riesci a capirlo? Tu invece ne hai trentotto, e rischi che la tua autorità finisca per essere la direttrice di un carcere di qui a quando avrai l'età mia».

«Ma quanto sei esagerato! Ma manco se dai fuoco a un passante con una latta di benzina stai in galera vent'anni, al giorno d'oggi».

«Ecco, sì, brava, scherzaci sopra, con quella tua ironia così furba! Vedi dove ti porteranno, tutti questi scherzi. Il problema è che sei uguale a tutti quelli della tua generazione: completamente sconnessi da qualunque principio di realtà!»

«Ah, io sono sconnessa dalla realtà? Guarda che qui se c'è uno sconnesso dalla realtà sei tu! Eh già, è comodo per lui fare il difensore dei diritti civili, finché se ne sta seduto in pantofole alla scrivania, a scrivere i suoi articoli del cazzo sulle sue riviste del cazzo. Poi però quando si trova di fronte ai fatti veri, quando le cose gli arrivano vicino, allora si mette paura. Sai che ti dico: a me questo modo di fare mi dà la nausea!»

Lo Scrittore prende fiato. «Sei proprio stronza», dice poi, allontanandosi verso la cucina.

«Scusami, dai, scusami», dice lei andandogli dietro, «non ti devi preoccupare, vedrai che andrà tutto bene...»

...perché, veramente, lei lo sa che i suoi errori li ha pagati, lui, li ha pagati cari, e li ha pagati tutti, e quando parla di carcere, non è per sentito dire. E adesso, ha paura per lei. Però adesso che c'entra, pensa Eva, è una cosa che non c'entra niente, no, è una cosa completamente diversa, e allora è inutile che...

Lui fa scorrere l'acqua nel lavandino, riempie un bicchiere e beve. «Ti giuro, avrei la tentazione di chiamare la polizia. Non me lo perdonerò, se qualcosa va storto». Ma Eva adesso dice in fretta: «Senti, devo finire di fare la valigia».

Guido esce dalla cucina, Eva sente la porta dello studio che sbatte alle sue spalle.

16.

Bianca, incartata da capo a piedi nella tuta di sicurezza, mascherina, cuffia, come un grosso insetto nel bozzolo, fa scivolare la tessera magnetica nello slot, apre la porta e se la richiude alle spalle. Accende l'interruttore, le lampade al neon sul soffitto lampeggiano un paio di volte e una luce bluastra invade la piccola stanza. Fa freddo: l'aria condizionata tiene la temperatura tra i dieci e i quindici gradi. I due bidoni dell'azoto liquido, tozzi cilindri metallici, sono contro la parete di fondo. Ognuno con un display a lettere rosse che indica la temperatura, e una piccola luce verde che segnala che l'azoto è al livello giusto.

Bianca infila gli zoccoli di plastica dura anti-schizzo, spessi occhiali di plexiglas e guanti anti-congelamento. Le norme di sicurezza sono rigide: l'azienda non vuole incidenti, e se poi ci fossero, vuole poter dimostrare di aver fatto tutto quello che si doveva per prevenirli. C'è anche una telecamera, fissata sopra la porta: la stanza è stata costruita secondo i criteri più moderni, ma poi, siccome le leggi non obbligano a metterla in funzione, la telecamera in realtà non è mai stata attivata, e Bianca lo sa.

Va diretta a uno dei bidoni, preme un tasto sul coperchio, la spia da verde si fa rossa. Alza il coperchio, ci sono quattro ganci appesi all'orlo del contenitore, ne afferra uno e lo tira su. Cautamente, estrae la rastrelliera metallica che contiene una pila di scatole quadrate, di plastica. Nubi di vapore d'azoto sbuffano intorno e piccoli rivoli di azoto liquido colano friggendo giù nel bidone.

Ha estratto la rastrelliera completamente, la poggia su un tavolino di metallo lì accanto. Tira fuori una delle scatole. Dentro, in una griglia squadrettata di spaziatori, un centinaio di minuscole provette di plastica opaca. Bianca ne sfila una dozzina, le butta nel thermos pieno di azoto liquido che si è portata dietro apposta. Al loro posto, nella griglia, mette altre provette, indistinguibili dalle prime: ci ha copiato sopra una per una le stesse sigle.

Rimette la pila di scatole nel bidone e lo richiude, preme il tasto di sicurezza: la spia rossa torna verde.

Poi avvita il tappo del thermos, lo prende, esce.

Eva scende dalla macchina parcheggiata in doppia fila senza chiudere a chiave lo sportello. Percorre quasi di corsa il vialetto di brecciolino. Oggi il cielo non è azzurro e il prato non è color smeraldo: tutto è nubi nere e pioggia battente che le cola in faccia. C'è un sacco di movimento nell'atrio della clinica, un sacco di gente che entra e esce, il portiere neanche la vede. Lei si infila veloce su per la rampa di scale che porta ai laboratori, Bianca è lì che la aspetta, subito fuori dalla doppia porta blu con lo slot magnetico, il camice aperto, un thermos azzurro in mano.

«Eccoli», dice, porgendole il contenitore. Eva se lo infila nello zaino. «Guarda che l'azoto liquido non ti regge più di ventiquattr'ore, al massimo».

«Sì», dice Eva, «lo so, non c'è problema, vado direttamente alla stazione. Grazie», aggiunge, «grazie davvero».

«In bocca al lupo, e sbrigati».

«Sì».

Eva corre via, si infila in macchina. Incastra lo zaino sotto il sedile del passeggero, mette in moto e parte.

Il traffico della città sotto la pioggia è lentissimo, strangolato: buche piene d'acqua sull'asfalto dissestato, macchine parcheggiate qua e là in doppia, in terza fila.

«Eva, un modo per risolvere la questione ci sarebbe...»

Ai semafori le automobili si tagliano la strada a vicenda, si intersecano inestricabilmente, finché ogni relazione tra i loro movimenti e il rosso o il verde dei segnali è dissolta, e si procede come seguendo un lancio di dadi nascosto e imperscrutabile.

Dicono che dio non gioca a dadi, ma chi lo ha detto non viveva a Roma.

«...il problema non sarebbe prendere gli embrioni, casomai è trovare dove farseli impiantare. Il mio amico ginecologo, sì, quello che somiglia a John Kennedy, dice che lo farebbe lui. Nella sua clinica di Milano, per lui fare l'impianto è una stupidaggine. Dice che non ha problemi a fare uno strappo, per un caso così penoso... Deve solo controllare che gli embrioni siano a posto, impiantarli poi è una banalità...»

Tutto è così lento che sembra che ere geologiche stiano passando, e viene da pensare che tra poco si riusciranno a vedere gli esseri viventi che si evolvono. Nuovi uccelli nel cielo, uccelli che volano lenti, su traiettorie casuali, e nuove razze di gatti, di cani, di altre forme e colori, che camminano piano.

«...sì, certo, è un rischio. È illegale, sì. Ma gli embrioni di Bibi stanno invecchiando, oramai, tra un po' non si potranno più usare... E poi, chi diavolo dovrebbe accorgersene, e come? E poi...»

Roma sotto la pioggia è un ecosistema a ritmi completamente diversi dal resto della terra, privo di direzione nello spazio e nel tempo, un criceto che gira su una ruota che si dissolve alle sue spalle. Chi è che pensa che tutto in natura serve a qualcosa?

Eva lo sapeva che oggi il traffico sarebbe stato così. Ha programmato ogni cosa con larghissimo anticipo.

Quando arriva alla stazione, lascia la macchina al parcheggio a pagamento. Non importa quanti giorni ci rimarrà, i soldi sono l'ultimo dei problemi, su questo Bibi è stata chiara.

Eccola lì, Bibi, la sta aspettando davanti al binario uno, livida in faccia, dritta e magra nel suo tailleur verde chiaro, una sciarpa di seta color prugna al collo.

Eva mostra lo zaino col thermos, Bibi glielo prende dalle mani, lo stringe tra le braccia come fosse un bambino, e in effetti, pensa Eva, è un po' così: sono quasi i suoi bambini, questi...

«Andiamo», dice Bibi, «il treno è già pronto, parte tra venti minuti».

Hanno i posti prenotati in prima classe, pochissima gente a quest'ora, tutto tranquillo, silenzioso, la pioggia batte violenta contro i finestrini. Bibi tiene stretto lo zaino. «Meglio che lo metti via», sussurra Eva togliendoglielo di mano, «meglio che lo mettiamo sotto il sedile».

Bibi fissa lo sguardo fuori dal finestrino, sui rivoli di pioggia che scivolano sul vetro. Quando il treno comincia a muoversi, sembra che neanche se ne accorga.

Eva accende il suo mp3 player, allunga le gambe. Si lascia cullare dalla musica e dal rombo leggero di questo treno vuoto che corre sfrenato sotto la pioggia battente.

Si chiede a cosa stia pensando, adesso, Bibi. Adesso, in questo momento, mentre sta qui seduta accanto a lei, e solo pochi centimetri d'aria separano i loro corpi, i loro gomiti poggiati sul bracciolo che a tratti si sfiorano seguendo il dondolare del treno, adesso mentre guarda oltre il vetro la campagna zuppa d'acqua che scivola via, e tiene lo sguardo fisso su una distanza lontanissima. Si chiede, Eva, cosa ci sia lì, dentro la mente di Bibi, qualcosa che Eva non conosce, non riesce a indovinare, e che la spinge così ossessivamente a cercare la gravidanza, questa gravidanza.

Bibi, con quel suo istinto naturale di aderire a certe regole, quasi senza bisogno di sapere quali siano: i biglietti di Natale, gli auguri di compleanno, la macchina lavata ogni settimana e ricomprata ogni tre anni, le adozioni a distanza, l'abbonamento alla rivista di arte, anno dopo anno, da anni e anni.

Una volontà d'acciaio, sì, pensa Eva, quella l'ha sempre avuta. Deve essere la convinzione di vivere in un mondo ordinato, si dice, che dà a certe persone quell'impulso cieco di impegnarsi con ogni propria fibra per cercare di rimetterlo nei binari – in quelli che credono siano i binari – tutte le volte che gli sembra stia deviando.

Eppure.

Eppure, perché Bibi rifiuta la sterilità con tanto orrore? È una cosa che accade a tante donne, e lei lo sa. Perché adesso è così pronta a valicare tutte le regole?

No, c'è qualcosa dentro Bibi, qualcosa che stava chiuso e nascosto, e ora all'improvviso si è scoperchiato. Qualcosa, qualcosa in questa storia della gravidanza, qualcosa che non le dà tregua.

E io non arrivo a capire che cos'è.

Qualcosa davanti a cui, adesso, neanche le leggi contano più nulla, per lei. Per non parlare dei principi del buon senso.

No, ora Bibi segue d'istinto imperativi ignoti, scolpiti dentro di lei chissà quando, chissà come, senza che nessuna parola venisse mai pronunciata.

Chi può saperlo. Forse non lo sa neanche lei.

Eva pensa a questa Bibi sconosciuta, che siede a pochi centimetri di distanza dal suo corpo, con in mente non si sa cosa, e prova tenerezza, e un senso di solitudine liscio come una biglia di vetro.

17.

Quando arrivano a Milano il temporale è appena finito, un orlo di sole tramonta dietro le cime dei palazzi, uno spicchio di cielo cobalto tra nuvole color cenere, la piazza luccica di gocce d'acqua che finiscono di colare giù da ogni foglia e da ogni spigolo di palazzo. Chiamano un tassì per la clinica. È solo una delle varie cliniche in cui lavora l'amico di Bianca, la più piccola, periferica, l'aria dimessa.

Eva se lo ricorda, JFK, l'ha conosciuto a casa di Bianca una sera a una cena qualche mese fa: chi se lo scorda, un uomo così bello? È il ginecologo fico, quello di Milano. Bianca dice che l'ha conosciuto perché lui va a Villa Boccioli da quasi un anno, ci va tre o quattro volte al mese, fa alcuni interventi speciali. E insomma sono diventati molto amici. È uno di cui ti puoi fidare ciecamente, uno serio, stai tranquilla, ha detto Bianca. Se non sapesse quanto ci tiene alla sua famiglia, Eva penserebbe che Bianca abbia una cotta per lui. O una tresca, addirittura.

Avrà una quarantina d'anni o giù di lì, alto, sorriso aperto, ha questa giacca grigio chiaro, oggi, la cravatta lilla, un po' slacciata, e il taglio di capelli alla John Kennedy, in effetti ricorda John Kennedy un po' in tutto, Eva l'ha pensato subito quando lo ha conosciuto a casa di Bianca. E quel modo di ascoltarti, quando gli parli, pieno di attenzione, come se non ci fosse nient'altro al mondo che gli possa interessare più di quello che gli stai dicendo tu adesso. Sì, somiglia proprio a JFK. Bell'uomo.

Le sta aspettando davanti al banco della reception, l'hanno avvertito dal tassì con uno squillo di cellulare.

«Non si preoccupi, signorina», dice alla ragazza dell'accettazione, «le signore vengono con me».

Fa loro strada nel suo studio, bacia Eva sulla guancia come fossero vecchi amici, stringe la mano a Bibi: «È andato bene il viaggio?», chiede, il tono premuroso.

«Tutto bene, sì», dice Eva, «ecco il thermos, c'è ancora azoto, è tutto a posto».

«Bene, lo porto subito in laboratorio. Mi ha portato le sue analisi, Bibi?»

Bibi ha con sé un pacco di analisi che sembra l'elenco del telefono di Città del Messico, ma JFK le scorre rapidissimo, solo un paio di volte si ferma a leggere qualche riga, e subito passa oltre. Eva si è sempre chiesta quali saranno mai i pochi segni speciali, le poche parole chiave che i medici setacciano ed estraggono da incartamenti giganteschi che peraltro sono stati loro stessi a richiedere.

«Tutto a meraviglia», dice JFK, rialzando la testa con un grande sorriso. «Direi che possiamo vederci qui domani alle tre».

Bibi gli fa un sorriso che sembra provenire da qualche altra parte che non è lei, da un mondo in cui si fabbricano sorrisi per altri tipi di esseri, alieni dalla faccia più grande.

Sono passate in albergo, poi sono andate a cena, un ristorante di lusso.

«Peccato che non posso bere alcol, ne avrei proprio voglia», dice Bibi. Ha ordinato un piatto di pasta e ne ha addirittura mangiata metà. I suoi occhi fanno pensare a mine sul punto di brillare.

Parlano poco.

In albergo, hanno preso una sola stanza. A Roma, Bibi aveva chiesto a Eva se volesse una camera per sé, ma con un tono da cui si capiva subito che invece avrebbe preferito averla vicina, così Eva aveva detto che no, una stanza sola andava benissimo. Adesso, comunque, Bibi indossa la sua camicia da notte celeste, si infila in uno dei due letti gemelli e crolla addormentata in un istante.

Eva rimane lì, rimesta un po' nella sua valigia, tira fuori il libro che si è portata, poi lo rimette dentro. Prende il cellulare, scende nella hall, chiama Guido.

«Ciao...?»

«Eva. Come vanno le cose?»

«Tutto bene, fin qui».

«Meno male. Quando torni?»

«Non lo so ancora. Presto, spero».

«Fammelo sapere, se vuoi che ti vengo a prendere alla stazione».

«Sì, ti richiamo domattina».

Eva sorride mentre chiude la chiamata: lui non è più arrabbiato.

Torna in camera, scivola tra le lenzuola bianche, lisce e tese, in un istante dorme anche lei.

La mattina dopo, Bibi vuole andare in centro, è elettrica, vuole vedere i negozi, comprare questo e quello.

«Prendilo, questo vestito, te lo regalo io. Ti sta così bene», dice Bibi.

«Ma no, poi chi se lo mette? Provalo tu, a te starà ancora meglio, scommetto».

«Io in un vestito come questo spero di non poterci entrare per un po'», Bibi è tutta risolini, le piace sentirsi stupida, stamattina, si direbbe che abbia bevuto, invece no: «Neanche una goccia, non posso assolutamente».

Alle tre in punto sono nello studio.

«Sedetevi, ragazze. Ecco...»

Niente sorriso smagliante, adesso, sulla faccia di JFK. Guarda in faccia Bibi, lo sguardo serio.

«Che cosa? Che c'è?»

«Bibi, non so come dirglielo. Le provette non contengono embrioni. Solo il liquido di congelamento. Sono vuote».

«Non è possibile! Non è vero! Si è sbagliato, non ha controllato bene!»

«Bibi, mi creda, le ho aperte io stesso, ieri sera, una per una. Sono vuote. Ho chiamato Bianca a Roma, stamattina, è rimasta di sasso. Non abbiamo la minima idea di cosa possa essere successo».

18.

«Ce ne andiamo, Bibi, sì, ora ce ne andiamo, soltanto smetti un secondo, lì, ti stai graffiando tutte le braccia, aspetta un secondo, la signorina ci sta cercando il posto, sì, guarda che lì hai dimenticato la camicia da notte, infilala in valigia».

Ce ne torniamo a casa, sì, torniamo a casa il più presto possibile. Niente treno, per questo ritorno, niente azoto liquido da trasportare con cautela, soltanto tornare a casa, e tornarci subito, subito. Adesso.

La musichetta d'attesa continua a srotolarsi dal telefono, il prossimo volo per Roma è tra un'ora soltanto, la signorina della compagnia aerea ha detto che sì, due posti in prima classe dovrebbero esserci ancora, attenda in linea che controllo, però ci vorranno almeno venti minuti dall'albergo all'aeroporto, e se la signorina se la piglia comoda un altro po' non ce la faranno in ogni caso, e bisognerà comunque prendere l'aereo successivo, il che significa aspettare in albergo un'altra ora, e intanto Bibi continua a piangere con questi strani squittii, sembra un animale che non si riesce a far smettere o a curare. Si passa le unghie rosse di lacca sulle braccia e non sembra rendersene conto, intanto sottili strie di sangue cominciano a comparire sulla sua pelle liscia e soda di palestra e di salone di bellezza, e Eva pensa che se rimane ancora un po' lì, in quella camera d'albergo che trasuda disperazione, attaccata a quel filo di telefono con quella musichetta che non smette, e Bibi che cammina avanti e indietro graffiandosi le braccia, subito fuori dal raggio in cui Eva riuscirebbe a prenderle le mani per farla star ferma appena un istante, se questa stradannata musichetta non s'interrompe e la stramaledetta signorina non si fa sentire ancora per due minuti, e perdono l'aereo, Eva pensa che ammattiranno tutt'e due. Ammesso che Bibi non sia già ammattita.

«Le confermo i due posti, le ho fatto il check-in, l'imbarco è al gate 9 alle 17.45, ritirerete i biglietti lì».

Così per fortuna adesso c'è uno scopo, preciso e difficile, su cui concentrare ogni energia. Uno scopo del tutto fittizio a pensarci bene, perché l'aereo successivo è soltanto un'ora dopo e non c'è nulla, assolutamente niente che le aspetta a Roma, non c'è proprio nulla che debbano o possano fare quando saranno a Roma. Però pensarci bene, pensare bene a quello che è successo, o meglio a quello che *non* è successo, è esattamente quello che Eva non vuole fare adesso. Al contrario, in questo momento quello che serve è focalizzarsi su uno scopo sia pure futile, ma difficile e preciso, che può benissimo essere quello di arrivare al gate entro venti minuti, e soprattutto cercare di focalizzarci anche Bibi, in modo che la smetta di strusciarsi le unghie sulle braccia e di mandare quegli squittii terrorizzanti. Perciò Eva attacca il telefono e fa la voce concitata e dice: «Sbrigati, Bibi, prendi la camicia da notte e mettila in valigia, l'aereo parte tra un'ora», intanto chiama la reception e chiede un tassì, il più presto possibile, assolutamente, la prego, il nostro aereo parte tra un'ora, non possiamo perderlo, è assolutamente essenziale che riusciamo a prendere quell'aereo, e calmati Bibi, non riusciamo a partire se sei in queste condizioni, ci tocca rimanere qui.

E siccome JFK, allo studio, ha dato a Bibi due pastiglie, e ne ha data anche qualcuna a Eva da tenere per più tardi in caso ce ne fosse bisogno, lei adesso in effetti gliene fa prendere un'altra, cosicché durante la corsa forsennata in tassì Bibi a un certo punto smette di squittire e semplicemente rimane muta, silenziosa, lo sguardo fisso, e appena hanno passato il fatidico check-in, quando finalmente è seduta con la cintura di sicurezza legata, reclina la testa da una parte e si addormenta. Allora Eva, mentre l'aereo decolla tra le nuvole color piombo, fissa lo sguardo sulla nebbia densa oltre il finestrino, e adesso finalmente si ferma a chiedersi che diavolo è successo, che diavolo può essere successo, come è possibile che le provette fossero vuote. Si chiede se è possibile che la persona che avrebbe dovuto congelare gli embrioni, all'epoca, quando Bibi aveva fatto il suo ciclo di fertilizzazione, li abbia rovinati per errore, e per coprire la cosa abbia congelato le provette vuote, come una studentessa qualunque, Eva ne aveva una che combinava ogni genere di casini, il che non sarebbe stata la cosa peggiore, la cosa peggiore era che cercava di coprirli malamente, allora sì che erano problemi grossi: cercare di capire cosa diavolo fosse successo davvero, cosa fossero veramente le cellule o i reagenti che la studentessa le portava, visto che di sicuro non erano quello che dovevano essere. Questo è veramente l'inferno: non l'errore ma la menzogna sull'errore, perché insuffla una tale quantità di caos nella sequenza degli eventi, e un caos così inestricabile, che può riuscire a spuntare definitivamente ogni potere ordinatore della ragione. Eva aveva mandato via la studentessa dopo un paio di mesi, con una scusa. Inutile discutere con lei, parlarle, cercare di farle capire qual era il punto. Forse era una pazza mitomane, forse era idiota, non c'era tempo o modo di indagare sui baratri che si celavano dietro il suo sorriso ingenuo.

Impossibile, pensa Eva, non può accadere in una clinica come quella.

Anche se Eva non ha mai lavorato in un posto di quel genere sa che ci sono procedure precise, linee guida, direttive della comunità europea, e le buone pratiche di laboratorio, e questo e quello. I gesti più stupidi previsti, pianificati, scritti nero su bianco, appiccicati ad ogni singolo strumento, rapporti da compilare quotidianamente, e il personale è selezionato per la precisione sovrumana. Come Bianca, per esempio, che non si perderebbe un'attache in un'acciaieria. Ma se poi un errore umano dovesse accadere, è già previsto il modo in cui deve essere gestito, riportato, computerizzato, analizzato: Bianca ne avrebbe trovato traccia sui registri.

No, la verità è che se gli embrioni non ci sono è perché sono stati presi per qualche ragione.

Eva si chiede se è possibile che siano finiti in pancia a un'altra donna.

Embriodonazione.

Ma non è permessa.

Però gli embrioni stavano per scadere.

Roba da capogiro, roba che neanche in un romanzo dell'Ottocento, roba da passare la vita ad ammattircisi dietro.

Eva stringe gli occhi, guarda un orlo di nube che fila via e l'orlo gonfio della nube successiva che si fa avanti, pensa a quei piccoli grumi di nulla, lievitati dentro una donna ignota, in chissà quale parte del mondo, sgusciati fuori dal corpo di un'altra, il travaglio, le doglie del parto, e sangue che cola, tutto come se il bambino che sta uscendo da quel corpo tra sangue e urla fosse di lei, davvero della donna dalla quale il bambino sta venendo alla luce. Lo stato lo registra come se fosse suo, invece è un piccolo estraneo, e nessuno lo sa, soltanto lei, lei se lo attacca al seno, se lo porta a casa, lo mette in un lettino in una cameretta fatta apposta per lui, e si chiude la porta dietro.

Come rintracciarlo, tra tutti i milioni di bambini, come ritrovarlo, il piccolo visitor?

C'è questa storia, una storia che Eva ha visto una notte in televisione, ci è capitata su facendo zapping prima di andare a dormire. Si odia quando si fa intrappolare da certe trasmissioni morbose che vanno in televisione la notte tardi, ma ormai ha capito che non c'è niente da fare, non è capace di resistere, così ormai neanche ci si sforza più di tanto, e Guido dormiva già di là in camera e lei ci è rimasta incollata su fino alle due. Una storia accaduta veramente, in America. La patria del Controllo Qualità, già. C'era questo padre, rimasto vedovo con una bambina, e la bambina si era ammalata di leucemia, e mentre le facevano analisi e poi ancora analisi e poi ancora analisi, era venuto fuori che la bimba non era davvero figlia sua. Ma non che la moglie l'avesse tradito: la figlia non era proprio la loro, era di qualche altra coppia. E insomma cerca cerca, la bimba era stata scambiata con un'altra, nata nello stesso giorno nella stessa clinica: un errore, sì, nonostante le procedure, e il personale selezionato, e i doppi controlli – però l'errore umano, è stupido non riconoscerlo, trova sempre il modo di accadere – e insomma alla fine la vera figlia dell'uomo era stata rintracciata, era in un'altra famiglia, viveva con padre madre quattro fratelli e sorelle, e invece la bambina rimasta al vedovo intanto era morta, e lui ora non aveva più nessuno, solo come un cane, e voleva indietro la sua figlia vera. Ogni tentativo di trovare un accordo pacifico era fallito immediatamente: il padre e la famiglia della bambina erano entrati in una sanguinosa guerra legale, nel tripudio di stampa e televisione. Le sentenze si erano succedute alle sentenze, ognuna contraddicendo la precedente, finché, come accade, la natura aveva tagliato corto con le cazzate, la ragazza era diventata maggiorenne: il giorno stesso se n'era andata di casa e aveva dichiarato che non voleva vedere mai più né il padre biologico né la famiglia apocrifa.

Come darle torto.

Roba da ammattircisi dietro, pensa Eva, roba da romanzo dell'Ottocento.

Pensa a quanto è vecchia la trama: il figlio scambiato, il figlio perduto, Romolo e Remo allevati dalla lupa, il piccolo Mosè, e gli zingari che rubano i bambini per venderli ai circhi, e indietro indietro, chissà chi è stato il primo a raccontare questa storia. A viverla, anzi, perché sarà ben successo, qualche volta, già, deve essere successo un sacco di volte: il Figlio Scambiato, il Figlio Rubato. Succedeva quando gli uomini vivevano nelle caverne, e tutti gli esseri umani sulla terra messi insieme erano meno degli abitanti di Frascati, ma già si perdevano i figli, o almeno, già avevano paura di perdersi i figli. È che l'anima dell'uomo è un appartamento di due camere e cucina, rimastica sempre le stesse paure, dal tempo delle caverne fino a ora, nulla è cambiato nella paura in sé e per sé, cambiano i *modi* in cui le cose accadono, così adesso invece di una culla vuota ti ritrovi con dodici provette in cui c'è solo liquido di congelamento.

Eppure il punto è un altro, pensa Eva, il punto è se arriverà mai il momento in cui questa storia avrà un termine: questa paternità, questa maternità in cui gli esseri umani danno sfogo a tutti i propri istinti più morbosi. Questo possesso cieco, il trionfo dell'irrazionale.

Sono sei anni, oramai, che Eva non parla più con sua madre.

19.

Poi Eva, quella sera, dall'aeroporto, ha accompagnato Bibi fino a casa in tassì, per riconsegnarla a sua madre, depositarla nelle mani di un'autorità superiore e tornarsene finalmente a casa. Bibi, stordita dai tranquillanti, sembrava una bambola di pezza, la madre l'ha presa tra le sue braccia secche, in un tintinnio di braccialetti: «Vieni tesoro, la mamma è qui», ma è stato solo un attimo, subito ha chiamato: «Marife, per favore, accompagna mia figlia in camera, aiutala a svestirsi, io vengo subito».

La piccola filippina si è portata via Bibi sfiorandola appena, con un viso spaventato che neanche il direttore degli Uffizi le avesse detto: portami un attimo questo Leonardo nell'altra sala. Poi, non appena la madre di Bibi è rimasta sola con Eva, lì nell'ingresso di casa, all'improvviso l'ha guardata con questi occhi che sembrano schizzarle dalle orbite, e le ha sibilato sulla faccia: «Tu! Tu e queste tue amiche che fanno promesse che non possono mantenere, io vi faccio passare dei guai, lo capisci? Ve li faccio passare, i guai che meritate, te lo prometto! Lo capisci cosa hai fatto a mia figlia o non lo capisci? E non ti vergogni? Ci hai preso in giro, noi, due donne sole! La tua amica di infanzia: bella amica! Se ci fosse ancora mio marito le cose non sarebbero andate così! Ma me lo dovevo aspettare, sì, da una come te, che sei sempre stata una saputella superba e presuntuosa fin da quando eri bambina, me lo ricordo, cosa credi?»

Eva è rimasta lì, basita, a guardare quella faccia contorta, a sentire quel veleno pazzo che fluisce spontaneo, che spilla da chissà quale ghiandola che se ne stava lì, rigonfia, nascosta tra le sue pieghe e le sue rughe.

Poi di scatto si è voltata e se n'è andata, sbattendosi dietro la porta. O forse neanche.

20.

«Insomma, che diavolo può essere successo secondo te?»

JFK oggi aveva il suo giorno di interventi a Villa Boccioli. Ci viene in aereo da Milano una volta a settimana, visita le pazienti, fa qualche intervento e se ne va la sera o il giorno dopo col primo aereo. Quando si sono incrociati nello spogliatoio la mattina, lui e Bianca, si sono dati appuntamento all'uscita con poche parole bisbigliate, così adesso lei gli sta dando un passaggio con la sua macchina verso l'albergo, per parlare un po' con calma. Con *molta* calma: il traffico delle sei del pomeriggio è così congestionato che il tempo che ci vorrà ad arrivare fin laggiù basterebbe a un comitato bioetico internazionale a stilare una direttiva di cinquanta pagine.

«Non lo so, ti assicuro che mi ci sono rotta la testa, ma non riesco proprio a capire», dice Bianca.

«Quante persone possono entrare nella stanza dei congelatori, oltre te?»

«Difficile dirlo. Noi cinque biologi che facciamo le fertilizzazioni, ovviamente. Ma secondo me non è stato nessuno di noi. Lo sai, noi siamo tecnici, facciamo il nostro lavoro e ce ne andiamo a casa, nessuno dei miei è il tipo da andarsi a mettere in un impiccio del genere. No, secondo me è stato uno dei medici della clinica. Loro in teoria non avrebbero nessun motivo di andare ad aprire i congelatori, quella è la nostra parte di lavoro, ce ne occupiamo noi. Però volendo non gli sarebbe difficile trovare quello che gli serve: ci sono i registri, è tutto scritto, ogni provetta è identificata e schedata. Vai lì una sera quando tutti se ne sono andati e ti prendi quello che ti pare. I tesserini magnetici sono personali, ma ce n'è uno extra nascosto in un cassetto per ogni evenienza, non si dovrebbe sapere, ma lo sanno tutti».

«E cosa ci avrebbe fatto, uno dei medici, con gli embrioni?»

«Ah, questo è un altro mistero. Potrebbe averlo usato per un impianto eterologo, ma dove? Non in clinica, secondo me: avrebbero dovuto chiedere aiuto a uno di noi per scongelarli, o almeno usare i nostri apparecchi. Ce ne saremmo accorti. No, se li hanno usati per un'eterologa se li sono portati da qualche altra parte. Come volevamo fare noi, del resto. Oppure semplicemente li hanno regalati a qualcuno che fa ricerca. Un universitario, vai a sapere».

«C'è una cosa che non capisco: ma alla clinica lo sapevano che il marito di Bibi è morto? Se qualcuno ha preso i suoi embrioni per darli via, come mai ha scelto proprio i suoi?»

«Sì, lo sapevano, l'ho trovato scritto sulla scheda. Non mi chiedere come: forse l'hanno contattata qualche mese dopo il primo impianto, per prendere accordi per il successivo, e glielo ha detto lei. Può darsi addirittura che lo abbia detto io a qualcuno, a un medico o a una segretaria, che lo ha segnato sulla scheda. Io lo sapevo, deve avermelo detto

Eva. Ma ormai chi si ricorda più, sono passati quattro anni. Del resto...»

«Del resto cosa?»

«Che ne sappiamo che quelli di Bibi sono gli unici embrioni che sono stati presi? Dovresti riaprire tutte le provette una per una e vedere cosa c'è dentro».

«Già», JFK alza le spalle. «E insomma tu un candidato non ce l'hai».

«Senti, non lo so proprio. Forse, l'unica cosa che mi può venire in mente...»

«Cosa?»

«Mah, Rastrello, ce l'hai presente?»

«Il direttore sanitario? Quello col pomo d'Adamo, con quell'aria nevrotica, che corre sempre? Ci ho parlato solo una volta o due, ogni volta che lo incontri sta sempre scappando da un'altra parte».

«Sì, quello. Lui è specializzato in tecniche di fertilizzazione in vitro. In teoria tra le altre cose avrebbe dovuto anche supervisionare il mio gruppo, ma in realtà Prandi lo carica di tante di quelle rogne burocratiche e incombenze del cavolo che non ha neanche il tempo di respirare. Da noi viene a mettere il naso una volta ogni tre mesi sì e no, e ormai il lavoro ce lo gestiamo da soli da un pezzo. Però ha questa collaborazione all'estero, con un gruppo straniero, va fuori almeno una volta al mese. Sì, un gruppo di ricerca inglese, credo. Non so, se dovessi pensare a qualcuno, lui è l'unico che mi verrebbe in mente, però non è che...»

«Forse potremmo...»

Bianca si gira verso di lui, bruscamente, come se si fosse scossa da un sogno strano: «Senti, non potremmo nulla. Io di questa storia non ne voglio sapere più niente. Qualunque cosa sia successa c'è qualche grosso casino dietro, e io non ho nessuna intenzione di andarmici a infilare di più di quello che è già stato. Ho la mia famiglia, i bambini, e questo lavoro mi serve».

JFK la guarda, lei ha questo visetto da ragazzina che è caduta dalla bicicletta, spaventato e arrabbiato.

«Ma figurati, Bianca! Scusami, è solo la curiosità. Da parte mia, te lo giuro su quello che vuoi, non uscirà una parola con anima viva. Fidati, siamo amici. E poi, siamo sulla stessa barca. Era solo la curiosità».

Le fa una carezza sulla spalla, guarda avanti: «Parti, dai, il semaforo è verde».

21.

Guido, invece, era l'unico che era felice, di come erano andate le cose. Cercava di non farlo vedere, troppo acuto per dare segni aperti di soddisfazione, ma da quando Eva era tornata da Milano era tutto gentile e affettuoso. Insisteva, la sera, per andare a cena in quel suo ristorante prediletto e silenziosissimo, e le portava dei fiori, quei mazzetti di roselline color crema che le piacevano tanto, dischi appena usciti, oppure dolci speciali comprati in qualche posto superspeciale. Poi, le aveva chiesto di accompagnarlo a Venezia, cinque o sei giorni. Doveva vedere una certa mostra per scriverci un articolo. Eva fa sempre un sacco di storie quando deve prendere giorni di ferie: il lavoro, gli esperimenti programmati, le cellule, i topi, ma lui sembrava tenerci così tanto, così alla fine aveva detto va bene, in effetti quanto tempo era che non si fermava un attimo?

Così erano partiti in macchina, con calma, si fermavano spesso. Lui voleva farle vedere questo e quello, lei non conosce bene l'Italia, così andavano lentamente verso nord fermandosi qua e là. Come quei viaggi di nozze in seicento che facevano le coppie negli anni Sessanta. Si erano fermati un giorno intero a Ravenna, lei non ci era mai stata e non capiva neanche bene la necessità imprescindibile di fermarcisi. Così, quando si era trovata davanti ai mosaici, senza preavviso, era rimasta basita, ferma a guardare per mezz'ore intere quegli schermi di schegge d'oro e smalto, sprazzi di colori lisci e piatti, che sembravano aprirsi e richiudersi, come fossero piani su altri mondi, e altri, e altri.

Guido sorrideva, sornione: «Tesoro, ho fame, se vuoi ti ci riporto dopo pranzo».

«Sì, ancora un minuto».

Lei stava lì, e si chiedeva cosa ci fosse, appiccicato su quei muri: in fin dei conti solo pezzetti di pietra colorata e foglia d'oro e vetro, attaccati lì da artigiani analfabeti morti e sepolti da secoli. Perché, si chiedeva, sembravano così *belli*, così pieni di incanto e di vita? Mentre invece, a pensarci, sono fatti dei più fissi e immobili tra i minerali: e del resto, se no, non sarebbero rimasti ancora così, nuovi di zecca e lucidi e scintillanti dopo tutti questi secoli. Ecco, così è Ravenna, pensava: di fuori pietre, e dentro questo fulgore inaspettato e incomprensibile.

La sera, avevano mangiato focacce calde e salumi in un'osteria a due passi dalla tomba di Dante, lei era stata addirittura capace di riconoscerla, stupendo sé stessa, da una foto che aveva visto in qualche vecchio sussidiario di scuola, finito distrutto chissà dove chissà quanti anni fa, certo. Lui le versava il vino rosso, tenendole una ciocca di capelli tra le dita, senza stringere; la prendeva in giro: «Davvero la contemplazione delle opere dell'ingegno non ti toglie l'appetito...»

Invece a lei sembrava quasi di sentirle in bocca, quelle opere dell'ingegno, insieme alla focaccia, le sembravano, sì, incredibilmente materiali, incredibilmente reali, qualcosa che si può mangiare, stringere tra i denti. Invece, non c'è nessuno che ti sappia dire come nascano *davvero*, come *funzionino*, quale sia il *meccanismo*.

Guido la lasciava parlare senza intervenire, curioso e contento di sentirla parlare a ruota libera, un po' rossa in viso per il vino. Già, il meccanismo, è una parola che lei ripete spesso, quando parla di lavoro: lo studio dei meccanismi molecolari di questo e quello, lui glielo ha sentito dire tante volte.

Invece, il meccanismo molecolare della bellezza non lo conosce nessuno.

Non ancora.

Il giorno dopo, erano arrivati al mare, una laguna color piombo che sembrava dimenticata lì da due secoli, come se nessuno ci fosse più passato, e fossero rimasti solo gli strilli dei gabbiani. Villaggi dai moli deserti, impregnati dell'odore umido di sale e di marcio, le barche dei pescatori immobili nell'acqua. Lui guidava per strade strette e deserte, in una nebbia che si diradava e si infittiva e a tratti diventava così densa che sembrava che il mondo fosse scomparso, e poi all'improvviso si apriva di nuovo. Abbazie sperdute in mezzo alla campagna, fatte di mattoni consumati e dentro, inattesi, affreschi in cui si schiacciano folle di angeli colorati.

Alla fine, erano arrivati a Venezia. Eva ci era già stata, un'estate tanti anni prima, che faceva caldo da impazzire, e tutto era disordine di turisti e ronzio di macchinette fotografiche giapponesi. Invece adesso, un giorno qualunque di una primavera un po' umida, che le nuvole si stirano nel cielo come sfiancate, e quel tramonto così denso di strati di rosso e di viola sulla piazza, ogni cosa sembra irreale, un mondo immaginario fatto di acqua e cupole. Eva vede l'Oriente, nella piazza, le navi di seta e di spezie, il pepe, la cannella, i chiodi di garofano, e Marco Polo e il Moro e il Mercante.

E i Turchi sempre lì, che premono da Est.

Si sente sfiorare da mille mondi, tutti diversi dal suo, mondi che non conosce ma che ci sono, da sempre, da molto prima che il suo nascesse. Mondi a cui lei non pensa mai, eppure è bastato che si lasciasse portar via dal suo buco per due giorni ed ecco, le balzano addosso da ogni parte, nell'aria, nelle pietre, nella foglia d'oro, nell'acqua di questa città. Sono mondi che lo Scrittore conosce bene, lei lo sa, e di cui lei non si preoccupa mai.

Il fatto è, riflette, *che lui è curioso del mio mondo, molto più di quanto io non sia del suo.*

E mentre pensa questo si sente un po' triste. Per tutto quello che non sa del passato, degli uomini morti che appiccicavano le foglie d'oro del mosaico, del piccolo mausoleo che tiene chiuse le ossa di Dante, di queste cupole sotto le quali, secoli fa, si venivano a ormeggiare vascelli che avevano fatto il giro della terra col solo respiro delle proprie vele. Si sente un po' triste, e al tempo stesso le sembra che non ci sia nulla da fare, uno spazio dentro di lei di cui adesso all'improvviso avverte il vuoto: grande, incolmabile.

Quella sera, se ne stanno abbracciati nel grande letto dell'albergo, nella stanza piena di fiori e stoffe azzurre e verdi e legno dorato. Attraverso la finestra ad archi Eva vede le cime dei palazzi decorate di marmi bucherellati contro un cielo pieno di stelle, sospira: «Proprio un viaggio di nozze degli anni Sessanta».

Guido la stringe più forte e dice: «Senti, ma non ti andrebbe di fare un figlio?», e subito si stupisce delle parole che ha appena pronunciato.

Lui non lo aveva mai voluto, un figlio. Non gli era mai importato. Erano state altre, le cose importanti, per lui, da sempre, per tanto tempo. Le idee, le parole. Il modo in cui credeva che le idee potessero cambiare il mondo. Sì, lui ci aveva creduto, che le idee potessero servire a rendere il mondo migliore. Da condividere con tutti, da far arrivare sempre più lontano, finché tutti sarebbero stati padroni di sé stessi.

Liberi.

Un salto molto più grande di un figlio.

E ci ho creduto per tanto tempo. Ci abbiamo creduto in tanti, sì. Quanto tempo ci è voluto per capire, i fallimenti non bastavano mai. Eppure fallivamo sempre, e ogni volta peggio della volta precedente.

E quando finalmente ho capito, il mondo all'improvviso non era più mio. Era nelle mani loro, ormai. Di questi giovani...

Guido sa che Eva a volte non capisce neanche di cosa lui parli.

E, pensa, forse è meglio così.

Pensa che adesso il futuro appartiene a lei, il futuro sono le cose che lei fa. Il resto non importa più.

Eppure, poi si accorge che neanche Eva riesce, non riesce a prenderlo, il mondo.

La vede che stringe le mani, e tutto è come se le sfuggisse dalle dita.

Come prima, come noi.

E adesso, questa stupida storia di questa sua amica ricca e pazza e sterile.

Questa ossessione per i figli.

Cosa c'è, in questa storia, che la ossessiona tanto?

Perché si è lasciata coinvolgere in questo pasticcio assurdo?

Ma se io perdessi Eva, adesso...

Lei si è irrigidita appena percettibilmente tra le sue braccia.

«Non lo so. Ci devo pensare. Più avanti, forse».

«Non può essere tanto più avanti, Eva, lo sai».

«Sì, lo so. Ma ci devo pensare. Forse, più avanti».

22.

Dopo che erano tornate da Milano, Eva aveva parlato con Bianca solo brevemente, per telefono. Bianca era stata gentile come sempre, ma Eva aveva capito che di tutta quella storia ne sapeva quanto lei e non aveva più voglia di discuterne. Eva la capiva bene.

Bibi, non l'aveva più sentita. Sperava che non stesse troppo male.

Dopo, era stata distratta dal viaggio a Venezia, da altre cose.

Ma Bibi, evidentemente, non stava troppo male, oppure, comunque, the show must go on, perché adesso l'ha invitata alla sua festa di compleanno come tutti gli altri anni, le ha fatto una telefonata allegra e gentile, senza una parola su niente di quello che è successo il giorno che sono state a Milano. Non si è scusata per la scenata di sua madre. Ma forse neanche lo sa. Meglio così, ha pensato Eva, chi ha voglia di mettersi a discutere di cosa è stato?

Perciò adesso Eva è lì, come ogni anno, sulla terrazza di Bibi: enorme, traboccante di piante di gelsomino che mandano il loro profumo all'impazzata. Fiaccole accese in ogni angolo, e uno sfarfallio di gonnelle corte: le donne, tutte belle, tutte magre. Scheletriche, veramente.

Con la coda dell'occhio vede la madre di Bibi: è lì che sfarfalla in mezzo alle altre, lo stesso taglio di capelli e le stesse perle alle orecchie, lo stesso fisico da giocatore di calcetto quattordicenne e sottoalimentato.

Eva non se l'aspettava che ci fosse anche lei, non le era neanche passato per la mente che Bibi la lasciasse venire a una serata come questa, chissà, forse si è messa in testa che deve stare accanto alla figlia in questo periodo così difficile, comunque eccola lì che gira tra gli ospiti, si ferma a chiacchierare con tutti: le ragazze chinano il capo, i maschi le fanno il baciamano, lei ride tutta garrula, mentre Eva si sta impegnando a far finta di non averla vista, invece eccola qui, dritta davanti a lei:

«Ciao Eva, tesoro», dice, e sembra che non sia rimasta traccia nella sua mente dell'altra volta, che lei... «Molto carino questo vestito. Tutto bene cara? È sempre un piacere vederti qui, divertiti, e non ti perdere il gelato di pistacchio, è speciale, lo so che ti piace e... ah, ma i camerieri non hanno ancora servito i crostini, fammi andare a vedere cosa succede in cucina», è andata.

Ormai Eva ha già baciato e abbracciato una sfilza di ex compagne di classe, come stai, come va il lavoro? I bambini, sì, stanno bene, il grande è in montagna con la scuola, la piccola sta da mia madre in campagna, eh, una settimana senza di loro è davvero una vacanza, sì mi mancano ma sai com'è, poi fa bene anche a loro, imparano a rendersi autonomi, a stare con la gente, io e Roberto andiamo a cena fuori tutte le sere, certo tu puoi farlo tutto l'anno, per te è normale, ma quando hai figli sai, tutto cambia, certe volte è da impazzire, però poi a volte ci penso, la mia vita senza di loro che senso avrebbe, tu non lo sai ancora ma vedrai, quando hai i figli cambia tutto.

Insomma, Eva pensa di aver fatto il suo dovere in quanto a convenevoli, ora si siede in santa pace su una delle graziose poltroncine di ferro battuto decorate a foglioline, dai cuscini frangiati. I camerieri filippini girano offrendo flûte di champagne, lei è già al secondo bicchiere. Si gode la scena lasciandosi avvolgere da una piacevole nebbiolina. Tra poco arriveranno gli antipasti, il profumo dei fritti comincia a spargersi per l'aria, li serviranno appena tirati su dall'olio, croccanti.

Guido si è rifiutato di accompagnarla: «Detesto quegli ambienti, quei personaggi stampati nella plastica che se li tagli gli viene fuori il vinavil dalle vene».

Eva si immagina il vinavil che cola dalle vene, cremoso, freddo, privo di colore.

Appiccicoso, sì, come Bibi che, non si sa come mai, è ancora amica sua dopo tutti questi anni, mentre le loro vite si vanno facendo sempre più diverse.

Eva guarda, vede un seno rifatto, un paio di labbra al silicone, vede braccia muscolose da scaricatore di cassette ai mercati generali innestate su torsi gracili di bambine. Sono ragazze di trenta, trentacinque anni.

Si chiede per la milionesima volta come funzioni lo strano meccanismo che sferraglia dentro queste persone: come tengano insieme tutto il denaro che possiedono con il loro culto morboso per i poveri e gli sfortunati, che si accaniscono ad aiutare con protervia, ben oltre il limite di quello che i poveri stessi, per quanto resi forti dalle avversità della vita, riescano a sostenere.

Vinavil.

Come conciliano la legge morale dentro di sé, che a quanto dicono li chiama di giorno e di notte con l'insistenza di un'operatrice Telecom, con le professioni sporchicce che esercitano: amministratori delle manifatturiere dei tabacchi, ingegneri del porto di Gela, responsabili di società dello smaltimento rifiuti. E si dichiarano generalmente di sinistra, e detestano le posizioni del nuovo papa. Ma sostengono che un mercato forte, nonché il mantenimento di un saldo ordine sociale, sono le basi imprescindibili di una società sana. E dicono infatti che esistono leggi eterne di natura, sia pure un po' ardue da circoscrivere nei dettagli, che coincidono con un ordine superiore, metafisico, e che chiunque può comprenderle, solo ascoltando dentro di sé la voce che viene dal profondo.

Deve essere sempre la stessa voce, pensa Eva, quella della natura, quella che sentiva il cardinale al processo, che gli diceva che sì, questo Galileo avrà riempito una montagna di scartafacci con i suoi calcoli e disegni, avrà pure fatto cadere un intero negozio di ferramenta dalla cima di questa torre di Pisa, ma in fin dei conti, eh, che ne vuol sapere lui di quello che dice la voce profonda sul moto delle sfere?

Eppure, per quanto sembrino fissi come la ghiaia attaccata col cemento in cima a un muretto, nulla di loro è ancora come la natura aveva previsto che fosse: i denti raddrizzati a forza dentro le ossa delle mascelle da sottili macchinari fatti di cavi d'acciaio, inventati in qualche dipartimento di ingegneria di qualche remota compagnia americana, magari in South Carolina, magari a Pittsburgh, magari a Charlottesville. I corpi svuotati della materia che gli è propria, riempiti di sostanze a cavallo tra l'organico e il minerale, chimere tra il vivo e il non-vivo, prodotti coperti da brevetto, collageni, siliconi, polimeri azzardosi, sempre di nuova concezione, sempre inventati l'anno scorso, e l'anno dopo scomparsi dai cataloghi, e tutto quel che ne rimane su questa terra sono solo poche tracce all'interno di questi corpi che cercano di trattenerli il più a lungo possibile, ma finiranno per macinarli via poco a poco, finché non sarà ora di sostituirli con un altro filler, un prodotto rivoluzionario, di nuovissima concezione, una nuova molecola. Coperta da segreto industriale, certo.

E le loro viscere: rivoltate, estratte e rinfilate nei loro corpi, le loro ovaie sfiancate da palestre e diete, ri-insufflate con ormoni di sintesi. Tube di Falloppio e tubuli seminiferi esaminati, riallineati, rimessi in riga.

Il mondo nuovo li invade, così come sta invadendo tutti, e gli esercizi che il personal trainer li costringe a fare in palestra – secoli di manubri, ere geologiche di tappeti rullanti, e intanto il tempo scorre e tutto passa, in esercizi sempre più scardinati da ogni plausibile funzione fisiologica del corpo umano, sia essa codificata dal naturale o dal divino – quegli esercizi con cui si sfiancano sono esattamente gli stessi che praticano i bulli, i palestrati delle periferie più trucide e remote.

«Ma come potevo non venire?», pensa Eva. «Fa presto lo Scrittore a dire. Qui c'è il mondo nuovo che si srotola sotto i miei occhi, una sera all'anno. E poi», prende un altro calice di spumante dal vassoio di un cameriere, «guarda che meraviglia di posto, quando ci capiterei se non mi invitasse lei?»

«Tesoro! Eccoti qui!»

Eva si alza in piedi, bacia Bibi, bellissima nel suo abito lungo color vino cupo pieno di riflessi, le scarpe in tono dai tacchi altissimi.

Bibi ha uno sguardo sbarazzino. Com'è diversa la perfetta padrona di casa di stasera dall'animaletto piangente che Eva ha riportato indietro da Milano due settimane fa.

Prende sottobraccio Eva, la guida dall'altra parte del terrazzo: «Guarda chi ti ho portato», dice tutta allegra. Appoggiato alla balaustra coperta di rampicanti c'è JFK che beve un cocktail colorato e osserva la folla.

«Ehi, che sorpresa! Non mi aspettavo di incontrarti qui», dice Eva tendendogli la mano.

«Eva! Che grande piacere rivederti!», lui raddrizza la schiena, le fa un sorriso raggiante. Le prende la mano tesa, invece di stringergliela gliela sfiora con le labbra.

Ci siamo visti solo tre volte, pensa Eva, e già si comporta come fossimo vecchi amici. Bella cosa, essere così socievoli di natura.

«Siamo rimasti in contatto», dice Bibi, «lui è stato così gentile da ascoltare qualche mio sfogo, e insomma adesso siamo amici. Scusatemi», aggiunge buttando lo sguardo di lato, «devo occuparmi dei miei ospiti, vi lascio un po' da soli».

Eva ha colto un brevissimo sfioramento di dita, prima che Bibi si allontanasse.

«Cos'è, hai una storia con Bibi?», non può trattenersi dal chiedere.

Non c'è niente da fare, pensa, lui è uno con cui viene subito da entrare in confidenza.

Lui ride, l'aria soddisfatta: «Come te ne sei accorta?»

«Conosco i miei polli».

«Fastidiosissimo avere a che fare con una donna come te».

«Sì, me lo dicono tutti. Come è successo?»

«Ma come ti ha detto lei: mi ha telefonato un paio di volte a Milano tutta triste e depressa, l'ho consolata un po', poi ci siamo incontrati quando sono venuto a Roma, e poco dopo la frittata era fatta. Ti devo dire, non sembrerebbe a vederla così magra e spigolosa, ma a letto è una vera bomba».

«Che vergogna che sei. Però sono contenta, almeno si distrae un po'».

«Ecco, quello proprio no. Mi sta martellando, vuole che io cerchi di capire cosa è successo, lì alla clinica».

«E tu? Spero che fai il finto tonto».

«Non proprio, purtroppo», di colpo lui ha abbandonato la sua aria da perenne cazzone, adesso parla serio, sembra un'altra persona. «Sai, da una parte lei mi martella».

«Me lo immagino».

«Dall'altra che ti devo dire, mi fa pena veramente. Non so, è che far nascere i bambini in fondo è il mio lavoro. E poi...»

«Poi cosa?»

«Tutta questa storia, è così strana. È anche una questione di puntiglio».

«Sì, questo lo capisco. Ma insomma, sei riuscito a scoprire qualcosa?»

«No, non credo. O almeno, non lo so. Pensavo che magari potessero averli dati via a qualche gruppo di ricerca... qui in Italia per la ricerca non si possono usare, ma magari potrebbero averli mandati all'estero. Così ho detto al direttore, a questo Prandi, che la clinica di Milano era interessata a collaborazioni su nuovi progetti, sai, per ottenere finanziamenti. Insomma, ho chiesto se potevo partecipare alle loro riunioni per la ricerca di fondi, ho pensato che da lì magari viene fuori qualcosa. Così adesso ogni tanto ci vado, alle riunioni scientifiche, ma mi sembra sempre la solita roba, niente di speciale: combinazioni di ormoni, congelamento di ovociti, d'altro canto adesso la legge permette solo quello. Però qualcosa di strano c'è. Questo Rastrello, il direttore sanitario, ha quest'aria sempre nervosa, è un tipo strano. Magari ha problemi suoi, non lo so. È poco per ricamarci su, ma non ho notato nient'altro. E d'altro canto, l'investigatore che ha preso Bibi...»

«Bibi ha preso un investigatore?»
«Certo. Mica avrai pensato che si arrendesse così? Non la conosci?»
Eva la guarda che ride forte in mezzo a un capannello di ospiti, l'abito lungo che svolazza lasciando vedere le gambe snelle fino a metà coscia.
«Già, è ovvio. Scema io a pensare che si fosse calmata».
«Be', l'investigatore intanto sta controllando tutti gli invii di pacchi refrigerati all'estero».
«Credi che finiremo tutti con un paio di scarpe di cemento in fondo a un laghetto, per diretto interessamento di una perversa multinazionale del biocrimine?»
«Sì, ecco, me lo sono chiesto anch'io», dice JFK.
Eva si aspettava che ridesse, ma quando si gira a guardarlo, vede che lui ha la faccia seria.

23.

Rastrello si sente la fronte calda, bollente, sente le gocce di sudore che ci si stanno formando sopra, appiccicose, il che gli fa sentire ancora più caldo. Deglutisce, con quel suo tic nervoso che gli muove il pomo d'Adamo su e giù. Gira lo sguardo sulla stanza, sulle pareti color crema, sui mobili antichi, sul tappeto raro. Si fissa, come si è fissato cento altre volte in quello studio, sul grande quadro di Gesù tra i pargoli, appeso proprio lì sopra la testa di Prandi, nella sua pesante cornice dorata. Gesù al centro della tela tiene le braccia aperte, mentre i bambini poveri gli si fanno intorno a frotte, i visetti sorridenti.

«Adesso comincio veramente a incazzarmi», dice Prandi. Sbatte l'agenda sulla scrivania con un tonfo secco.

«Professore, io non credo che ci sia niente di cui preoccuparsi, in fin dei conti...»

«Niente un corno, caro mio! Che diavolo va cercando, quel Galli, che ci tiene tanto a partecipare alle nostre riunioni? Con quei suoi modi viscidi: "Potremmo lanciare progetti nuovi, competitivi, una collaborazione scientifica tra due istituzioni prestigiose come le nostre, tra poco escono i bandi per le richieste di finanziamento al ministero, insieme formeremmo una squadra invincibile..." Ma cosa pensa, che sono cretino? Che non lo so cosa va dicendo in giro di me quel delinquente del suo capo? Milanesi del cazzo, con quella spocchia che se li porta, con quell'aria che si sa come vanno le cose a Roma, invece loro sì che sono onesti. Intanto il mese scorso sono riusciti a piazzarsi un altro sottosegretario amico loro al posto giusto. Dovevo dirgli di no, che le riunioni sui progetti preferivamo tenerle riservate. Ma figurati, negare collaborazione scientifica al grande ospedale di Milano, e come si fa? Ospedale dei miei stivali. Milanesi del cazzo. E guarda un po' il caso, proprio subito dopo che quella cretina è venuta a richiedere i suoi embrioni».

Rastrello, in piedi davanti a lui, poggia il peso su una gamba, poi sull'altra: «Ma professore, secondo me lei esagera. Che può saperne Galli del problema degli embrioni della Colletti...»

«Non lo so cosa ne può sapere! Non lo so proprio cosa ne può sapere! Intanto se ne sta là, alle nostre riunioni, a sentire i fatti nostri, a buttare lì le sue frasi del cavolo: "Eh, certo, gli esperimenti sui topi possono dare solo informazioni parziali... Eh sì, è chiaro che se potessimo sperimentare questo farmaco direttamente sugli embrioni umani..." E grazie mille, lo sapevamo da noi che gli esperimenti sugli embrioni umani darebbero risultati migliori, non c'era bisogno che ce lo venisse a dire lui da Milano. E tu, poi, che cosa ti metti a rispondere al cellulare in inglese, durante la riunione? Sei uscito dalla stanza come se ti andassero a fuoco i pantaloni, e lui lì, con le orecchie tese. Ma già, tu non vedi nulla, non ti accorgi di nulla, non ci sono rischi, è tutto sotto controllo. È sempre tutto sotto controllo secondo te, che non riusciresti a tenere sotto controllo una coppia di canarini in gabbia. Io la gente la conosco, quel serpente va cercando qualcosa, altro che collaborazione tra istituzioni prestigiose. Accidenti a me e al giorno che ti ho dato retta. Non c'era nessun rischio, dicevi, prendiamo solo embrioni che nessuno chiederà più. E adesso eccoci qui».

«Ma professore...»

Il telefono suona, la lucina sulla tastiera che lampeggia istericamente.

«Sono in riunione!», ringhia Prandi alla segretaria. «Non mi seccate più». Mette giù la cornetta così violentemente che scivola fuori dall'alloggiamento, lui la recupera, impreca, la sbatte giù di nuovo. Rastrello comincia a temere che la cosa andrà per le lunghe. Non che ci sia nulla da discutere davvero.

«...professore», riprende, «ne abbiamo parlato fino alla nausea. Io non credo che ci saranno altri problemi. La Colletti non si è più fatta viva, probabilmente a quest'ora si sarà data pace. La legge non le permette di riavere i suoi embrioni, e in ogni caso ormai stanno diventando troppo vecchi. E poi, nella remota eventualità... se anche nell'ipotesi peggiore ci mandassero un'ispezione, lo sappiamo come vanno le cose qui in Italia: ci vorrebbero mesi per il mandato dal giudice, e altri mesi perché l'ordine arrivasse ai NAS, e altri mesi prima che i NAS si facessero vivi davvero. A quel punto gli embrioni sarebbero così vecchi che...»

Prandi gli pianta gli occhi in faccia, con quell'espressione di minaccia assoluta che Rastrello conosce bene: «Senti, mio caro, io mi sono cacciato in questa situazione per darti una mano...»

Rastrello apre la bocca per dire qualcosa, poi tace.

«...ma sia chiaro che al primo problema io ti scarico. E ci siamo capiti».

«Questi erano gli accordi fin dall'inizio», dice Rastrello, cercando di darsi un tono di dignità.

«Voglio ben vedere. Non sarai certo tu a compromettere una carriera come la mia. Casomai il contrario».

24.

Come vorrei che crepassi, schifoso verme, pensa Rastrello uscendo dallo studio di Prandi. Sente la gola che gli stringe, inghiotte due, tre, quattro volte in sequenza, poi respira a fondo, ma è sempre lì, quella sensazione che non si riesce a mandar via. Barcollando arriva nel suo studio, sulla porta di legno liscio e chiaro c'è la scritta su una targhetta di ottone: Direttore Sanitario Dottor Gilberto Rastrello. Eccola qui la sua gabbietta dorata: si lascia cadere sulla poltrona girevole di pelle color salmone, guarda in direzione del grande benjamin nell'angolo, pieno di foglie, senza un granello di polvere, ma il suo sguardo si disperde nell'aria.

Quanto vorrei che crepasse, questo stronzo, questo figlio di puttana, barone di merda, con i suoi quadri antichi, il suo ripiano di cristallo sempre luccicante.

Dicono che chiami la donna delle pulizie prima di ogni paziente, per far ripulire le impronte lasciate dalla precedente.

Dicono che sua moglie contenga più silicone di una fabbrica di colla, e che la forma del suo corpo sia costata più del restauro della Cappella Sistina.

Dicono che abbia fatto concepire a suon di spintoni le mogli anoressiche e malfunzionanti di metà delle due camere, maggioranza e opposizione.

Ed è tutto vero, Rastrello lo sa.

Dicono che è un santo.

Le donne si sciolgono in lacrime al vederlo, tengono la sua foto sul comodino, gli mandano in regalo ciocche di capelli e scarpette e i ciuccetti dei loro bambini.

Poi, oggetti d'arte e bonifici bancari.

Lui è l'uomo dei miracoli, il papà d'Italia, il patrono delle gravidanze perdute.

Amore per la vita, amore per la famiglia, rispetto per l'uomo: quell'etica profonda scritta nella natura stessa, la legge morale dentro di me e il cielo delle stelline televisive sopra di me. In televisione, Prandi compare almeno cinque o sei volte l'anno, tra un'attrice a malapena maggiorenne e uno stilista di moda con la erre moscia, in quei programmi televisivi che durano fino all'una di notte, destinati al pubblico desideroso di sapere cosa succede *davvero* nel mondo, di farsi un'opinione *propria*.

Quel pubblico serenamente inconsapevole che nel mondo, questo mondo qui dove siamo noi, è impossibile a un coltivatore di patate farsi un'opinione consapevole delle sue patate, le patate che zappa lui con le sue mani fuori dalla terra: e che geni ci saranno, dentro queste patate, e con che cosa le abbiamo concimate, e che fine faranno, con cosa saranno scambiate? Con lecca-lecca o diamanti o conservanti?

Prandi spopola nelle trasmissioni a tarda sera. Lui ha un carisma sovrannaturale, quel carisma che è un dono speciale e inspiegabile di alcuni pochi individui. Forse è il modo di parlare, quel tono profondo con una vibrazione dentro, in cui risuonano tutte le sfumature dell'attenzione, dell'empatia, e la comprensione, e la compassione, ma soprattutto una nota che dice sì, qualunque sia il tuo problema io lo conosco, e voglio farmene carico, perché quello che fa paura a te non mi spaventa, io sono in grado di risolverlo, il tuo problema, e sebbene tu in questo momento sia sopraffatto dall'ansia, il mio mestiere è proprio questo: affrontare il mostro per te, renderlo maneggevole, solubile, inoffensivo. Restituirti la tua vita, rimetterla in ordine con poche mosse, come un cubo di Rubik, rimettertela nelle mani ben ordinata, con la sua faccia rossa, quella verde e quella blu intatte, non un tassello fuori posto.

Rastrello lo conosce bene, il carisma di Prandi. Anche lui, quando aveva iniziato a seguire il suo corso, al secondo anno, era rimasto folgorato.

Le sue lezioni nell'aula magna dell'università erano gremite, gli studenti si accalcavano, in piedi, fuori dalle porte, per i corridoi, le orecchie tese. Lui era costretto a parlare col microfono al massimo del volume, per farsi sentire fino laggiù.

E qualche volta si incantava, alla fine della lezione, prendeva quel tono ispirato e diceva cose tipo: Vedete, ragazzi, il medico è al servizio dell'uomo, non dobbiamo dimenticarlo neanche per un istante durante la nostra carriera. La professione può essere molto frustrante, specialmente nel nostro paese, ma quello che dovete ricordare sempre è che la capacità di far fronte alle avversità è una parte integrale del nostro dovere. Ricordatevi quello che vi dico: le difficoltà pratiche che troverete giorno per giorno negli ambulatori, negli ospedali, tra la gente, sono solo uno degli aspetti della lotta per la vita contro la non-vita. È lì che dovrete mostrare la vostra tempra, quando vi scontrerete con le burocrazie, con le inefficienze, con la scarsità di mezzi. La nostra professione non è solo una battaglia contro la malattia: spesso è soprattutto la lotta contro gli ostacoli della naturale disorganizzazione del mondo.

Già, lui è uno che sa come risolverle, le difficoltà pratiche poste da questo paese.

Al terzo anno, Rastrello lo aspettava fuori dall'ufficio per ore, per giorni, per settimane, lo piantonava come un carabiniere piantona il supertestimone di un processo per mafia, e quando alla fine lo vedeva comparire gli correva dietro per tutto l'ospedale, ripetendo la sua supplica come un canto votivo primitivo: *professore, accetti di darmi la tesi di laurea.*

Prandi veleggiava per i corridoi, la figura alta e dritta, il camice svolazzante, nella sua nube di assistenti, come immerso in un progetto grandioso che assorbisse ogni sua energia, ogni sua attenzione.

Gli ci erano voluti anni, a Rastrello, per capire che a Prandi nulla sfuggiva. Mai. Che tutte le decine di volte che gli era passato davanti, ogni singola volta Prandi lo aveva visto, ogni volta lo aveva notato, quel ragazzetto con l'acne che deglutiva in continuazione, il pomo d'Adamo sporgente che faceva su e giù. Già: il contatore interno di Prandi ticchettava senza sosta, registrando in automatico ogni singolo minuto della sua attesa in quell'angolo di corridoio. Monitorava pazientemente la sua capacità di abnegazione, di resistenza, di obbedienza. Per giorni, e settimane, e mesi. Fino a quel giorno miracoloso, quel giorno in cui all'improvviso Prandi si era girato, si era spinto di un passo, un passo solo, fuori dalla nube dei suoi assistenti e gli aveva detto: «Lei è il giovanotto che voleva la tesi? Passi da me alle tre, dovrei avere cinque minuti per lei».

Avevo ventidue anni, un cretino integrale. Sarei stato ad ascoltarlo per giornate intere, e intanto gli andavo a prendere la figlia a scuola, lo accompagnavo a scegliere la televisione nuova, gli portavo a lavare la macchina.

Dopo la tesi di laurea, quattro anni di specializzazione. A quei tempi non ti davano il becco di un quattrino. Poi, tre anni di dottorato. Seicentomila lire al mese.

Per quanti anni li ho fatti io, i suoi ambulatori ospedalieri, le sue guardie, i suoi turni festivi, mentre lui, dopo la partita di tennis dell'ora di pranzo, riceveva pazienti a pagamento nel suo studio privato.

Però adesso Prandi lo trattava con confidenza. Ci erano voluti anni, ma adesso, ai suoi occhi, Rastrello era diventato un individuo, sullo sfondo informe di tutti gli studenti che lo assillavano. Prandi gli raccontava i suoi progetti. I suoi sogni. Gli faceva balenare un centro di eccellenza, dove le difficoltà della burocrazia fossero ridotte al minimo. Una fondazione priva di lacci e laccioli, un posto dove le nostre energie possano essere spese tutte nella cura dei pazienti.

Due giorni dopo che si era dottorato, Prandi l'aveva chiamato, la faccia incredibilmente seria, che neanche la volta che aveva tirato fuori il parto multiplo.

(«*Tutti in perfetta salute i sette gemellini nati all'Ospedale Centrale. La madre: il dottor Prandi ha fatto il miracolo*», avevano titolato i giornali: il trionfo della vita. Non un cenno però alle probabilità vertiginose che uno o più dei sette gemellini avessero riportato danni permanenti da quella gravidanza, figlia di un dosaggio ormonale sbagliato).

Rastrello avrebbe giurato che fosse commosso. Sì, Prandi ci stava pensando, al suo futuro, ci stava pensando da parecchio tempo, veramente. Oppure credeva che non avesse a cuore il destino dei suoi studenti migliori? No, lui ci pensava sempre, per lui era una responsabilità pressante, quella di sorvegliare i progressi dei suoi elementi migliori, di formarli con ogni attenzione, di prepararli perché fossero capaci, in futuro, di rendere il miglior servizio possibile ai pazienti, alla società.

Ecco, insomma: adesso c'era la possibilità di fare il salto, un salto vero. Una borsa di studio in Inghilterra, quattro anni nel centro per la fertilità più avanzato del mondo.

Tu mi capisci, la cosa è riservata, farebbe gola a troppi.

E siete in quattro che vi siete specializzati con me, solo quest'anno.

Ma io sono convinto che questa opportunità spetti a te.

Se la vuoi, ovviamente, se te la senti.

Se ti senti all'altezza.

Io ho grandi progetti, tu lo sai. Non ho ancora sessant'anni, posso dare ancora molto alla professione, ma è il momento che cominci a fare alcune scelte fondamentali. Prima fra tutte: scegliere chi vorrei che venisse con me nella seconda parte della mia strada. E tu lo sai già, le voci corrono, voi ragazzi chiacchierate... entro tre o quattro anni una nuova cattedra universitaria per un mio allievo mi spetta. Gronchi l'ha avuta quest'anno, la prossima andrà a Felli. Ma entro quattro anni, al massimo, ne deve uscire fuori una per me. Per un mio allievo.

Non mi rispondere subito, non voglio che tu mi risponda subito. Voglio che ci pensi, che ne parli con la tua famiglia, con le persone che ti sono care. Tu mi conosci, io ho sempre creduto che i doveri di un uomo sono tanti e diversi, non sempre si può mettere al primo posto la professione, anche una professione come la nostra...

Pensaci con tranquillità, parlane con i tuoi, decidi serenamente...

Sua madre aveva le lacrime agli occhi, quando lui glielo aveva detto. Sì, era questo che aspettava, da anni, e non sapeva neanche bene cosa aspettasse. Era per questo che lei e il povero papà avevano lavorato, fatto sacrifici, loro che a stento avevano potuto studiare fino alla terza media, ecco, era questo che avevano sognato: un figlio medico. Un figlio a cui veniva offerta una specializzazione all'estero. In Inghilterra.

Abbiamo lavorato tanto, io e tuo padre, finché è vissuto, volevamo che ti laureassi, ma non avevamo mai sperato, non avremmo mai pensato. Una specializzazione all'estero, mio figlio. Pensa tuo padre, se fosse ancora qui.

E Valeria, che stava finendo di laurearsi in lettere moderne, aveva fatto la faccina seria di giovane donna determinata, aveva detto: È un'occasione che non puoi perdere, io ti aspetto tutto il tempo che ci vuole.

Certo, sarebbe stata dura vederlo andare via, stare senza di lui per tutto quel tempo, ma la cosa importante era la certezza che la loro vita futura sarebbe stata insieme, per sempre, perché quello che li legava era talmente profondo che andava oltre il sacrificio di qualche anno, e lei lo sapeva, sì, che quel sacrificio era per poter costruire il futuro che sognavano, per la loro famiglia, per i figli che avrebbero avuto insieme.

Lui era partito per l'Inghilterra un mese dopo, e...

Sulla sua scrivania, il telefono interno comincia a squillare.

La voce della segretaria, il suo solito tono antipatico: «Dottor Rastrello, sono arrivati i tecnici della caldaia. Il professor Prandi ha chiesto se se ne può occupare lei».

I tecnici della caldaia.

Me ne occupo io, certo.
Prandi si fida solo di me.
La caldaia.

25.

Autocalibrazione eseguita con successo, dice lo schermo. L'apparecchio è pronto. Eva apre la gabbietta, prende i topolini bianchi uno per uno, a ognuno inietta la sua dose di valium.

«Mi ci vorrebbe a me», pensa, mentre quelli smettono di saltellare per la gabbietta e crollano addormentati negli angoli come ragazzini dopo una partita a calcetto.

Gli ha inoculato la loro dose di cellule già da quattro settimane, ormai. Le cellule sono fluorescenti – *almeno dovrebbero* – hanno un gene di medusa nei cromosomi, ce lo ha messo lei. Il gene che rende la medusa fluorescente. Così fan tutti: ultimamente è di gran moda. Quelli che hanno isolato il gene hanno persino preso il premio Nobel.

Beati loro.

E adesso questa nuova macchina, dicono, è capace di rintracciare dove sono andate a finire le cellule che ha trapiantato in questi topi. Nei topi vivi, cioè. Vede la fluorescenza dentro i topi vivi e interi.

Fino all'altro giorno le toccava sacrificarli, e prelevare gli organi uno per uno: fegato, cuore, milza, polmoni. Organi in miniatura, piccoli come fagioli.

Barbie macellaio.

Il cinismo è di grande sostegno interiore, in certe situazioni.

E tagliarli, gli organi, a fettine di dieci micron, tutti quanti, con la vecchia macchina male allineata, quella che sta nel braccio di corridoio abbandonato. Fettine più sottili di una singola cellula. Da ogni organo, centinaia di sezioni su decine di vetrini. E poi guardarle una per una al microscopio a fluorescenza, cercare se riusciva a rintracciare da qualche parte, e dove, le benedette cellule fluorescenti dell'inoculo.

Barbie carcerata ai lavori forzati. Le suore cattive mi costringono a ricamare merletti per ore e ore.

Ma adesso, dicono che questa macchina riesca a captare la fluorescenza di poche cellule dentro a un topo vivo. Solo poche cellule, gruppetti forse più piccoli della punta di uno spillo.

Come diavolo fa, non si sa. Roba da ingegneri.

Amplificazione del segnale, abbattimento del rumore di fondo, ricostruzione statistica.

Ne raccontano tante.

Le sembra impossibile che una macchina riesca a tirar fuori un segnale così debole, sepolto nel fondo degli organi del topo, laggiù, nel buio. Come vedere la luce di una candelina al di là di una catena di montagne di terra e di roccia. Possibile tirar fuori un'informazione così esile da un caos tanto grande?

Apre lo sportello dell'apparecchio, l'alloggiamento è grande come un forno a microonde, tutto laccato di nero dentro e fuori. I suoi topini devono stare al buio completo, perché la macchina possa captare l'infinitesimale scintilla di luce all'interno del loro corpo. Dispone i topolini addormentati in fila, uno accanto all'altro nell'alloggiamento, chiude lo sportello. Fissa il tempo a due minuti, preme il tasto start: Esposizione.

Cerca di pensare ad altro. *La pentola guardata non bolle mai, diceva nonna.*

Uno scatto appena percettibile segnala che l'esposizione è terminata.

Guarda l'immagine che è comparsa sullo schermo, stupefatta. Eccoli lì i suoi topi, fotografati nel sonno. Ciascuno ha un piccolo cerchietto rosso dai bordi blu in corrispondenza del cuore: il segnale fluorescente delle cellule inoculate.

Hanno attecchito davvero. Le sto vedendo davvero. Le cellule che gli ho inoculato hanno attecchito davvero, davvero nel cuore. Hanno attecchito.

Pensa che se non lo vedesse con i suoi occhi non ci crederebbe.

Pensa che questi ingegneri fanno cose pazzesche.

Pensa che *lei* sta facendo cose pazzesche.

Nessun apparecchio del mondo, di nessun tipo, diceva il prof di chimica al primo anno, *riesce a raggiungere la sensibilità dell'occhio umano per la luce, né la sua capacità di discriminare i diversi toni di colore.*

Le diverse lunghezze d'onda, veramente, diceva.

Comunque, Eva credeva che valesse ancora, che nessun apparecchio può vedere una luce troppo debole per l'occhio umano.

Invece, questo apparecchio la vede.

Come vedere una candelina al di là del Monte Bianco.

Come vedere la più esigua delle stelline, sospesa sul bordo estremo della fine dell'universo.

Un globulo di cellule più piccolo della punta di uno spillo. Chiuso nel fondo di questo topo. Vivo, intero e sano.

Eva prova un senso di smarrimento.

È il senso di smarrimento che ha sentito ogni volta che le è capitato di vedere qualcosa emergere dal caos degli apparecchi che non vanno, dei reagenti rimediati alla bell'e meglio, degli esperimenti che non funzionano come ti aspetti anche se li ripeti mille volte. Dalle barriere tecniche, dalle idee sbagliate, da quel senso di fatica, di frustrazione che ti sta addosso sempre, giorno dopo giorno, sempre addosso, come un demone appollaiato sulle tue spalle che sventola lento le sue ali nere. Sempre tra te e le cose che cerchi di fare, tra te e le cose che cerchi di capire.

Ogni volta che ha visto accadere qualcosa che sembra davvero, a dispetto di tutto, sprizzare un germe di ordine nell'infinito caos che trita il mondo, le cose, la vita.

Deve essere come il senso di smarrimento che prova un bambino la prima volta che riesce a tirarsi in piedi e a muovere un passo in avanti, invece di ricadere immediatamente a terra nel suo recinto. La prima volta che sente uscire dalla propria bocca una parola, la parola che aveva davvero intenzione di dire. Una cosa che succede, che ti sembra non sia realmente merito tuo, che non è realmente merito tuo, è accaduta a te, all'improvviso, ma sembra per caso, sembra un fulmine che ti sia caduto addosso. Una cosa che sembrava al di fuori del tuo circoscritto universo e invece adesso, all'improvviso, la puoi fare. E non capisci neanche come è successo.

Forse è quello, pensa Eva, che gli uomini inseguono tutta la vita: il ripetersi di quell'attimo che non possono più ricordare, in cui sono usciti dal caos, l'attimo in cui – sì, c'è stato quell'attimo – in cui hanno parlato la prima volta. Fino a quel momento poteva darsi che fossero un pesce, una rana, una scimmietta, invece hanno parlato. Quell'attimo sconvolgente in cui si è stabilito (*come? come? come?*) che non erano rane o scimmiette, ma esseri umani.

Prima o poi queste macchine verranno adattate per l'uomo, pensa Eva, non sarà facile, ma ce la faranno. Guardare dentro un corpo umano, senza aprire, senza raggi, senza nulla.

Fanno cose pazzesche.

Facciamo cose pazzesche.

Tira fuori i suoi topolini, che stanno cominciando a svegliarsi, li rimette nella gabbia.

Ecco un gruppo di topi che non finirà fatto a fette.

È proprio una fortuna che i colleghi del Centro le lascino usare questa macchina. Il Vecchio non sarebbe riuscito a comprarla in cento anni. Non sarebbe neanche venuto a sapere che esiste, veramente.

«Avanti ragazzi, si torna a casa».

Spegne tutto per bene, non sia mai che lasci qualcosa fuori posto e perda la possibilità di tornare le prossime volte. Chiude la stanza a chiave, sale di sopra a cercare la persona a cui la deve restituire.

«Lorenzo», dice, «grazie, ecco le chiavi».

Lorenzo è nella sua stanza, come al solito, chino sul bancone da lavoro, gli occhi puntati sull'apparecchio in cui corre un'analisi di proteine, sembra che cerchi di farle muovere più svelte col potere della mente, per come le fissa. Lui fa sempre così, è un tipo ansioso. Alza gli occhi, sorride: «Come va la macchina?»

«Spettacolare, semplicemente spettacolare. Incredibile. Me lo avevi detto, ma non ci credevo, invece...»

«Sì, fa una certa impressione. Il resto tutto bene?»

«Tutto bene, be', diciamo tutto tranquillo. Il lavoro è quasi finito».

«A chi lo mandi?»

«Non ho deciso, ma secondo me può andare su qualche rivista buona, una volta tanto. Appena ho buttato giù la prima stesura te lo faccio leggere, così mi dici».

«Ma smettila di fare il piagnisteo, tu ci sei sempre andata sulle riviste buone».

«Eh sì, una volta ogni tre anni. Qui da voi è diverso. Qui i soldi ce li avete, avete i mezzi. È tutta un'altra aria. Ho fatto male ad andarmene».

Si è laureata lì, Eva, al Centro Universitario. È un centro di punta, uno dei pochi dell'università. Ci ha fatto anche il dottorato, ma poi qualche anno fa è passata al dipartimento. Meno prestigioso, certo, ma meno competitivo. Il Vecchio le aveva fatto la posta per mesi, per convincerla. Le aveva promesso mari e monti, oro e decoro. Lei aveva pensato che forse sarebbe stato più facile emergere, farsi una posizione, in un ambiente più piccolo. Da quando si è trasferita al dipartimento, e sono diversi anni ormai, non passa giorno che non si chieda se ha fatto la scelta giusta.

«Sì, non ti dico», sospira Lorenzo, «qui, con tutti i soldi che girano, arrivano ogni sorta di figli di buona donna, come le vespe sulla frutta marcia. È più il tempo che si passa a scannarsi che quello che si lavora. Solo questa settimana abbiamo avuto la riunione sui fondi per la ristrutturazione, la riunione sul contratto del radioattivo, la riunione sui turni in camera calda: ognuna si è immediatamente trasformata in una lite da pollaio, e ognuna si è conclusa senza una decisione presa. Tutti se ne fregano di tutto, l'unica cosa che gli interessa è arraffare il più possibile per sé, e il resto fanculo. Ecco, quello nuovo, quello di Genova, ha convinto il prof a farsi mandare al congresso a San Diego, io glielo stavo chiedendo da mesi, poi arriva lui e zac. La mia dottoranda l'hanno messa part-time sul progetto della Zanetti, e a me in cambio mi hanno dato uno studente del secondo anno che non sa neanche svitare il tappo a una bottiglia. Un disastro, come ti giri ti levano la sedia da sotto. Siamo troppi, troppi cani intorno all'osso, e non si campa più, te ne fanno di tutti i colori. Lì da voi esce un concorso ogni dieci anni, ma almeno non ci state sopra in cinquanta. No, te l'ho sempre detto, hai fatto bene ad andartene».

«Eh, sì, lo voglio vedere quand'è che esce il concorso da noi. Intanto però tu quest'anno di lavori ne hai pubblicati già tre. Almeno la soddisfazione ce l'hai e il curriculum te lo fai. E se non ti manda al congresso di San Diego, magari quest'inverno ti manda a Boston. Io il massimo del convegno che mi ha mandato il prof è stata la Società italiana di biologia, a Fiuggi. Mica scherzo, dico davvero», precisa Eva. «Il presidente è un amico suo, avrà duecento anni, aveva chiesto qualche giovane. Ho parlato davanti a un uditorio che sembrava Villa Arzilla, non capivo se mi stavano ascoltando o se si stavano chiedendo come mai quest'anno non si era ancora visto quel giovanotto così brillante, sai, quel Pasteur».

Lorenzo ghigna.

«Sì, ridi tu, io dico sul serio, lì da me sembra di lavorare alla fabbrica di Babbo Natale al Polo Nord, sai come i cartoni animati, con gli gnomi e tutto».

«Comunque», Lorenzo abbassa la voce, «da noi il concorso esce fra tre mesi. Io la mia decisione l'ho presa, se non me lo fanno passare me ne vado. Non ne parlare con nessuno, per favore».

«Te ne vai? E dove vai?»

«Negli Stati Uniti. Ho un'offerta. Non te lo far scappare, mi raccomando».

«Ma se vai negli Stati Uniti qui non ci torni più... se già dici che ti rubano la sedia adesso che ci sei, figurati mentre sei fuori... e poi, ormai abbiamo quasi quarant'anni, non è come andarci a venticinque...»

Eva è dispiaciuta, con Lorenzo sono amici da tanto: erano compagni di corso e studiavano insieme, e hanno fatto la tesi e il dottorato insieme, lì al Centro. Poi, dopo che Eva si è spostata al dipartimento, hanno continuato a collaborare. È una specie di fratello di latte. Se lui se ne va, lei...

«Sì, lo so, ci ho pensato. Non me ne frega niente. Se non torno più non torno più, pazienza. Che c'è di tanto bello in questo paese del cavolo?» Lorenzo ha un tono duro, torna a chinarsi sulla macchina in cui le proteine stanno correndo, separandosi le une dalle altre.

Dal silenzio di lei, lui capisce che ci è rimasta male: alza di nuovo lo sguardo, sorride: «Dai, se vedo che si sta bene come raccontano ti chiamo, vieni pure tu. Ci liberiamo per sempre di questo schifo e diventiamo ricchi e famosi. Che dici?»

«Eh, sarebbe bello», sorride Eva. «Intanto fammi andare a riportare a casa questi poveretti» I topini sono completamente svegli oramai, si arrampicano tra le sbarre e infilano il muso qua e là, agitati. «E fammi sapere come va a finire».

«Certo, c'è tempo. E la prossima settimana torni, no?»

«Sì, certo, devo fare il secondo test a questi signorini».

Prima di uscire, avvolge con cura la gabbia nei fogli di scottex. Alla gente non piace vedere topi da esperimento in giro per la strada.

Sarebbe da capire, poi, se siete più sorci in gabbia voi o io, pensa, mentre scende la scalinata del Centro.

26.

È dalle otto di stamattina che Rastrello sta discutendo con questo rappresentante dell'ennesima ditta di caldaie, e adesso sono le nove e mezza e ancora non c'è verso di levarselo di torno. L'uomo se ne sta lì, seduto sulla poltroncina di fronte a lui, con un'aria inamovibile come pesasse tonnellate, e continua a tirare fuori dépliant dopo dépliant, fogli dopo fogli, da questa sua valigetta di similpelle marrone che sembra aver dentro un'intera cartiera.

«Be', mi sembra che il quadro che mi ha fatto sia abbastanza completo, come le ho detto per il momento noi non...»

«Guardi, dottore, le faccio vedere il sistema di sicurezza aggiuntivo che può essere montato su richiesta del cliente».

L'uomo è grasso, stretto nel suo abito blu, la cravatta grigia sembra strangolarlo, si piega di nuovo a fatica sulla sedia per raggiungere la valigetta. Tira fuori ancora un altro cartoncino patinato con le foto di altri misteriosi pezzi di caldaia stampati a colori smaglianti. Lo sovrappone alla pila ormai spessa sulla scrivania.

Le istruzioni di Prandi sono state chiare: «Stallo a sentire, dagli un po' di corda. È la ditta di un conoscente, fatti lasciare qualche dépliant. Fallo contento».

Dalle otto di stamattina, e sono già le nove e mezza. Del resto, Prandi non ha nessunissima intenzione di comprare una caldaia nuova, né dalla ditta di questo suo conoscente né da nessun'altra: «È solo questione di riuscire a trovare un tecnico che ne capisca veramente qualcosa. È inconcepibile cambiare una caldaia come questa, seminuova in pratica».

Rastrello ha già parlato con tre tecnici, i quali non solo concordano sul fatto che la caldaia vada cambiata, ma anzi insinuano il sospetto che ci sia da rifare parte dell'impianto di riscaldamento, tubi e tutto.

È vero che a Rastrello un'ombra di dubbio che stiano cercando di fregarlo gli rimane. Per quello che ci capisce lui, di caldaie, tutto può essere.

L'uomo grasso continua a parlare a raffica, punta le sue grosse dita sul dépliant, continua a indicare con entusiasmo ulteriori sinistri accessori, l'uno dopo l'altro.

Rastrello comincia a sentirsi girare la testa, neanche stamattina ha fatto in tempo a fare colazione e tra poco la sua ipoglicemia...

«Ah, scusa, sei impegnato. Volevo parlarti solo un minuto, ma ripasso dopo».

JFK, abito grigio chiaro e cravatta giallina, si staglia nitido nella cornice della porta.

Rastrello scatta in piedi, gira intorno alla scrivania, gli tende la mano: «Ma no, vieni, vieni, abbiamo finito qui. La ringrazio moltissimo del suo tempo», dice all'uomo grasso. «Come le ho detto, per il momento non siamo ancora sicuri di voler comprare una nuova caldaia, però riguarderò i dépliant e farò presenti le sue condizioni al professore».

L'uomo grasso si alza a malincuore, raccoglie le sue carte, tira fuori un biglietto da visita, stringe la mano a Rastrello con la sua mano sudata e bollente. «Si faccia vivo in qualunque momento senza problemi, dottore. Sempre a sua disposizione. Mi chiami sul cellulare, la prossima volta possiamo parlarne con più calma...»

Con più calma?

Come dio vuole, l'uomo è andato.

«Certo gliene risolvi di grane al prof, eh?»

JFK si siede sulla sedia lasciata libera dal rappresentante, ancora calda del suo enorme corpo. Lui invece ha quest'aria sorridente, fresca, color pastello come la sua cravatta.

«Non me ne parlare», sospira Rastrello. «Scusami, mangio un cracker».

Tira fuori dal cassetto un pacchetto di salatini, ammaccati dentro il loro involucro di cellophane, quando lo apre le briciole si spargono sui dépliant della caldaia. Porge il pacchetto a JFK: «Ne vuoi uno?»

«Grazie, ho appena fatto colazione», sorride JFK. «Sono passato perché volevo riparlare un po' di quella tua idea, quella a cui accennavi nell'ultima riunione. Perché poi il discorso si è spostato su un altro argomento, ma a me sembrava interessante...»

«La questione delle pazienti con FSH alto?»

«Sì, esatto. Secondo me potresti avere ragione, è un'idea interessante, soltanto ci vorrebbero più osservazioni. Non so, pensavo che magari in ospedale da noi potremmo raccogliere qualche dato in più, da mettere insieme ai tuoi».

«Eh, magari!», Rastrello poggia sulla scrivania il cracker appena morso.

«Se riuscissimo a mettere insieme un numero sufficiente di pazienti, secondo me lo studio si riuscirebbe a pubblicare abbastanza facilmente. Poi lo sai, il mio capo, a Milano, ha buoni agganci con le riviste del campo».

«Ma certo! Non chiedo di meglio e...»

Con la coda dell'occhio, Rastrello ha visto Prandi passare davanti alla porta aperta. Questa è la sua ora, del resto. Lui non si fa mai vedere prima delle dieci, in clinica.

«Lo capisco, sai», dice JFK, «tu qui hai sulle spalle il carico di tutta la clinica, però è un peccato se non riesci a trovare il tempo di portare avanti una buona idea».

Prandi è arrivato in fondo al corridoio, ha aperto il suo studio, ha posato il soprabito e la borsa.

Il telefono squilla, è la segretaria: «Le porto il caffè, professore?»

«No», ringhia.

Si avvicina alla finestra, scosta un po' la tenda, getta uno sguardo sul giardino ben curato, le siepi di bosso scure e lucide, il nitido vialetto di brecciolino.

Senza sedersi, prende una matita dal portapenne, ci giocherella un istante, poi la rimette giù.

Cretino, pensa Prandi, *è sempre stato un cretino. Posso dire tutto, ma non che non lo sapevo.*

È sempre stato un cretino.

D'altra parte me lo sono scelto per quello.

E adesso pago.

Però me lo sentivo che non glielo dovevo permettere, di mettersi a pasticciare all'estero.

La ricerca, sì. Vuole fare la ricerca, lui. Vuole fare la scoperta del secolo, prendere il Nobel.

Cretino.

Ma che potevo fare. Non glielo potevo togliere, il suo giocattolo. No, stava andando troppo fuori di testa, non glielo potevo togliere. Da quando la moglie lo ha piantato non ci si ragiona più.

E come si fa a prevedere che cosa può fare un cretino come questo quando scoppia?

E mi serve, lui. Mi serve.

In un paese come questo. Ah.

Un medico come me.

Dovrei starci io, dietro a tutte queste infinite, miserabili beghe che spuntano fuori appena muovi un passo? Dovrebbe essere uno nella mia posizione, a star dietro a tutti questi problemi da pezzenti che ti assillano tutti i momenti? Alle certificazioni degli apparecchi, alla direttiva europea sulla custodia dei farmaci pericolosi, ai controlli sulla sicurezza sul lavoro?

Anche il licenziamento di quel farabutto del portiere, che sono sei mesi che manda certificati di malattia. E intanto io pago il sostituto, e il sostituto del sostituto. E alla fine ci ho dovuto parlare io, pure con lui. Col portiere. Io. E sono riuscito a licenziarlo? No.

E adesso ci mancava solo la caldaia, che sono tre mesi che non va e questo cretino ancora non ne viene a capo.

Ci devo pensare io, alla caldaia? Io, io, con tutto quello che ho per la testa?

Un medico del mio valore.

Della mia importanza.

Se penso a tutto quello che ho dato alla medicina.

Io.

Tutto quello che ho dato.

E dove? In un paese dove ci vogliono tre mesi per far ripartire una caldaia rotta.

Non c'è niente da fare, è impossibile realizzare qualcosa, in questa baracca di paese. Ottenere uno straccio di soddisfazione personale.

In un altro paese.

In un altro paese, uno come me. Con le mie capacità.

Uno come me, gli avrebbero costruito monumenti d'oro.

Archi di trionfo, mi avrebbero costruito.

Soldi a fiumi.

Miliardi.

Avrei avuto dei collaboratori veri, in un altro paese.

Io.

Invece di stare a fare la balia asciutta a questo cretino.

Che deve fare la ricerca, lui.

E adesso ci mancava pure questo figlio di buona donna milanese.

Con passo veloce torna indietro per il corridoio, si ferma davanti alla porta di Rastrello. Lui e JFK sono ancora seduti lì, belli sereni, chini sulla scrivania a sfogliare una pila di cartelle delle pazienti.

Entra nella stanza, si piazza dietro a JFK, dall'alto gli appoggia le palme delle mani, aperte, pesanti, sulle spalle: «Carissimo», dice, «mi fa piacere che ti interessi delle nostre osservazioni. Rastrello», aggiunge, tutto di seguito, «è arrivato il corriere con la consegna della farmacia, dovresti andare a dare un'occhiata».

Rastrello richiude i suoi fogli, si alza.

«Vieni, Galli, ti offro un caffè», dice Prandi, rilasciando la pressione sulle sue spalle. «C'è una cosa che volevo discutere con te riguardo questo nuovo farmaco che entra in commercio il mese prossimo».

27.

Non appena rientra al dipartimento, la sua gabbietta con i topi avvolta nello scottex sotto il braccio, il Vecchio la blocca in mezzo al corridoio: «Eva, sei stata al Centro? Hai provato la nuova macchina per l'imaging?»

«Sì, prof, funziona! Funziona davvero, sa? Ho le immagini». Eva lo sa, di avere un sorriso radioso ed ebete stampato in mezzo alla faccia.

Lui gongola: «Ah, mia cara, sono proprio contento, lo vedi che ho fatto bene a insistere?»

Ho fatto bene a insistere. Lo vedi che ho fatto bene a insistere. A insistere. Lui. Lui non sapeva neanche che esistesse, questa macchina, finché non gliene ho parlato io.

Ma lei non se la prende più, lo sa che lui è in buona fede, che lui semplicemente può plasmare e riplasmare la propria memoria come fosse un pezzo di pongo, in un processo incessante in cui quello che ha detto nel passato è sempre soggetto a rimodellarsi sulla base di quello che sta accadendo nel presente. Deve essere una specie di pratica zen, pensa Eva.

«Fammi vedere, su, ce le hai nella pen-drive?»

La pen-drive è un oggetto della cui esistenza lui ha appreso in tempi recentissimi, e subito se n'è comprate tre delle più costose con parte dei soldi che di solito andavano per la carta delle fotocopiatrici. Gli brillano gli occhi ogni volta che le nomina, le pen-drive.

«Sì, prof, devo solo riportare giù i topi».

«Ti aspetto nello studio allora, fai presto».

«Chiudi la porta», le dice, quando lei entra nello studio. È una dichiarazione di attenzione totale, una specie di buffetto di approvazione: è raro che riceva gente con la porta chiusa, vuole dire che è tutto per lei. Armeggia con la pen-drive, ci mette un po' a trovare il buco giusto, ma finalmente eccole lì, le immagini. Le guarda imbambolato. Anche Eva le riguarda, e si sente indulgente: lei stessa è ancora un po' imbambolata.

Be', insomma, per uno della sua età bisogna riconoscere che ce la mette tutta.

Il Vecchio alza la testa dallo schermo, la guarda come se si svegliasse da un lungo sonno: «Incredibile. Veramente incredibile».

Rimette a fuoco gli occhi: «Senti, Eva, ho pensato alla questione dei cinquemila euro, non credere che me ne sia dimenticato».

«Ah, meno male, gliene avrei riparlato a giorni. Lo vede: con questo lavoro siamo in dirittura d'arrivo».

«Guarda, se passi i preventivi alla segretaria vedo cosa posso fare. Forse riesco a racimolare qualcosina in più su un certo bilancio. Intanto mi faccio un'idea del costo preciso».

«Grazie prof, lo apprezzo molto. Lo so quanto è difficile», dice Eva. Fa il tono entusiasta. A lui piace essere ringraziato, lei lo sa. Gli piace l'educazione, il rispetto, la deferenza.

«Non ti preoccupare cara, chi lavora come te si merita tutto il poco che riesco a raggranellare. Senti», dice. A Eva non sfugge il pericoloso cambio di tono, «ti volevo chiedere, chi ti fa le sequenze per questo lavoro?»

«Be', le stanno facendo quelli del Centro, come sempre».

«Sì, me lo immaginavo. Ma volevo dirti, sai Mariani? Lui ha una buona esperienza in quel campo. Perché stavolta non te le fai fare da lui?»

«Ma professore», Eva sente una vampata di calore andarle alla fronte, capisce che sta arrossendo e il fatto di saperlo la fa arrossire ancora di più, «per quanta esperienza abbia Mariani, è laureato da cinque anni, non ne avrà mai come quelli del Centro. E poi lo sa, per me mantenere la collaborazione e i buoni rapporti con loro è essenziale. Loro hanno un sacco di soldi, apparecchi che noi non ci possiamo permettere, hanno accesso a tutte le tecniche più nuove, e un sacco di collaboratori stranieri...»

«Ma certo, Eva, questo lo so. Non mi sogno neanche di interrompere i rapporti con loro. Però tu capisci, dobbiamo anche fare un po' quadrato, qui in dipartimento, giocare un po' sulle nostre forze, non possiamo svendere troppo il nostro lavoro. Ci sono parecchie altre cose che hai in ballo col Centro: altri progetti, lavori futuri».

Ecco il punto, Eva lo ha capito benissimo, e infatti sente la fronte bollirle sempre di più. Questo lavoro è quasi finito, e lui ha capito che andrà bene, che è probabile che venga accettato da una rivista di buon livello. E vuole che ci sia sopra anche il nome di Mariani. Eva non lo sa il perché, ma se lo può immaginare: sarà il fidanzato della nipote, o della cugina di sua moglie, il figlio del suo dentista. Un ragazzo volenteroso, sveglio, bisogna darglielo un po' di spazio per mostrare quello che vale. Ragazzi, la cosa che mi sta più a cuore è trovare il modo per aiutarvi a crescere, a trovare la vostra strada, questo lo sapete, è quello che ho sempre fatto.

Non è neanche poi stupido il giovane Mariani, tornato tutto zelante dai suoi sei mesi al Pasteur, le sequenze se le riuscirà pure a sbrogliare, ma adesso chi la farà la figura di schifo con quelli del Centro? Loro la considerano un'amica, le fanno un sacco di favori, le mettono a disposizione i loro apparecchi di ultima generazione, la invitano ai loro seminari, le fanno leggere tutti i loro articoli prima che vengano pubblicati. Qualche volta le regalano addirittura qualche reagente di straforo. E adesso, chi la farà la parte di Giuda Iscariota?

Il Vecchio?

Mariani?

No, la farà Eva.

E del resto, come no, la cosa che mi sta più a cuore è aiutarvi a trovare la vostra strada.

«Siamo d'accordo, cara? E fai avere i tuoi preventivi alla segretaria al più presto».

No, non siamo d'accordo per niente, Eva vorrebbe strillarglielo in faccia, tieniti i tuoi schifosi cinquemila euro, e smettila di ravanare con le tue schifose zampe nel mio lavoro, vecchio zombi bavoso.

Ci avete spremuto come limoni, ci avete fatto sputare il sangue, e vi dobbiamo ancora ringraziare per un metro quadro in una stanza affollata di studenti che si tirano ancora i cubetti di ghiaccio secco per scherzo.

Vorrebbe dirlo, ma quello che dice è: «Ok, prof».

Come vorrei che crepassi, schifoso verme, pensa, riaprendo la porta chiusa in segno di attenzione particolare e uscendo dallo studio asfittico col suo quadratino di finestra sugli oleandri polverosi.

28.

Dio mio, è veramente nauseante con queste sue manovre da quattro soldi, ha pensato JFK quando ha visto il modo in cui Prandi si è scaraventato a interrompere la loro conversazione.

Ma tanto lo riacchiappo presto, Rastrello, ha pensato.

Del resto, Prandi è all'università due giorni a settimana, e gioca a tennis all'ora di pranzo un giorno sì e uno no, ed è impegnato con le riunioni della Fondazione Vita e Speranza tutti i giovedì, e questa settimana ha anche l'incontro al ministero. Perciò il giorno dopo JFK e Rastrello sono di nuovo lì, e hanno tutto il tempo di passare in rassegna le informazioni sulle pazienti con FSH alto, di discutere di quali dati si potrebbero recuperare da Milano, e come integrarli con quelli raccolti a Roma, e quale rivista medica può essere interessata a un articolo su questo argomento.

«Eh, si vede che hai studiato all'estero, avete tutta un'altra impostazione voialtri», dice JFK.

Rastrello arrossisce per il complimento. «Sì, si impara molto, ma non credere, è stata dura. Specialmente agli inizi. E poi, per quello che mi è servito alla carriera, andare all'estero», Rastrello, la testa china, giocherella con una graffetta.

«Ma scherzi!», JFK gli fa un sorriso complice. «L'ho capito, io, che tipo sei. Di quei pessimisti a oltranza che vedono tutto nero e intanto macinano strada sotto i piedi. Senti», aggiunge, «perché non ti faccio invitare al congresso che stiamo organizzando su da Milano? È a Parigi, fra tre mesi. Ti faccio mettere un intervento nella sessione plenaria, racconti questi dati, facciamo una bella figura, vedi un po' di gente importante, e poi...», strizza l'occhio, «l'albergo è di lusso, ce ne andiamo per ristorantini a spese del congresso, insomma, ce la spassiamo un po'».

«Ma figurati, dove vuoi che vada? Chi glielo dice a Prandi? Con tutto quello che c'è da fare qui, il tempo non mi basta mai, e poi sai, qualche giorno al mese già lo passo fuori, con lui che me lo rinfaccia continuamente, e...»

«Già, tu hai quella consulenza all'estero, è vero, dov'è...?»

«Eh...», Rastrello ha esitato, solo per una frazione di secondo, ma JFK se n'è accorto. «In Inghilterra, un piccolo posto nel nord dell'Inghilterra».

«Ma scusa, allora avrai sicuramente roba interessantissima da presentare a Parigi».

«Ma no», dice Rastrello, veloce, «quella non è un'università, è una biotech, tutto quello che si fa lì è coperto da segreto industriale, non è roba che si pubblica, almeno per un bel pezzo».

«Capisco», dice JFK. Sospira. «Eh, caro mio, che invidia».

«Be', qualche soddisfazione me la dà quella collaborazione. Però, quanto è dura».

«Sì, sì, ho capito», ride JFK. «Comunque, senti, non voglio sentire ragioni, a Parigi ci devi venire. Ti avviso, non ti darò pace».

«Povero me», sorride Rastrello, si alza in piedi. «Senti, scusami, ma ho delle telefonate da fare, adesso, e poi ho un altro milione di impicci da risolvere per stasera. Domattina parto e sto via cinque giorni».

«Ma certo, figurati, devo andare anch'io, ho la prima paziente giusto ora. Tanto ci vediamo quando torni, non mi scappi».

JFK si alza, esce con un saluto cordiale.

Rastrello allunga la mano sul telefono, poi rimane lì, la mano sulla cornetta, sospeso.

Pensa all'Inghilterra.

Non era stato facile, no, non era stato facile per niente, agli inizi. L'Inghilterra sembrava soprattutto acqua gelida e puzzolente che ti si impregnava addosso fino dentro le ossa, e freddo, e umido. Un mondo eternamente smerigliato di nebbia, un clima che non ti mollava mai, sembrava uno di quei film di fantascienza dove c'è stata non si sa che catastrofe e adesso tutti si muovono in un mondo d'acqua color piombo. E quel senso di povertà, di stentatezza: un'insalata costava quanto un mazzo di rose di serra, infatti te le vendevano così, incartate nel cellophane come i fiori, e sembravano le insalate delle bambole, lunghe venti centimetri quando andava bene.

Le altre verdure lo stesso, la frutta lo stesso.

E i dolci poi, che sapevano solo di gesso e grasso.

Per quattro anni aveva campato di patate e salsicce, in quella casa degli studenti intrisa della puzza di tutte le spezie del mondo, dalla Cina al Libano al Vietnam all'India. La casa dello studente: gli viene da sorridere adesso, quando ci ripensa, ma lì per lì, la prima volta che la segretaria ce lo aveva accompagnato, nella sua stanzetta di due metri per tre, puzzolente di sigarette e spinelli invecchiati, la moquette color nocciola bucherellata, il miserabile fornellino elettrico in un angolo, la lampadina da trenta watt, gli era venuta voglia di sedersi per terra e piangere, oppure di tornarsene a casa senza aprire neanche la valigia.

Lungo quel corridoio, uno per cubicolo, vivevano altri quindici studenti di tutti i paesi emergenti e non emergenti del globo, ognuno lì a tentare di cucinare il suo piatto di famiglia, la sera, tutti chini a cercare, senza successo, di riprodurlo il più somigliante possibile a come glielo faceva la mamma, laggiù a casa loro in India in Cina in Sudamerica. Rimestavano riso e cuscus e mais e coriandolo e curry e soia e sugo di pomodoro, nei loro tristi pentolini, sui fornellini che tentavano di mandarli tutti in fiamme ogni due per tre. Ognuno bestemmiando in qualche dialetto di qualche lingua ignota di qualche villaggio sperduto nel buco del culo del mondo.

Era la fabbrica della Torre di Babele, dove l'inglese veniva accoltellato in cinquanta lingue diverse.

C'erano voluti solo sette mesi per vedersi arrivare la letterina di Valeria, scritta in quella sua calligrafia tonda e infantile, che diceva: *Gilberto, purtroppo devo dirti che alcune cose importanti sono cambiate nella mia vita.*

Ma a quel punto, lui era già entrato in quell'ingranaggio che soffiava e ruggiva come una ferriera ottocentesca. Adesso, se li ricordava come gli anni più belli della sua vita.

Lavoravano come cani, gli studenti stranieri, e i capi inglesi erano freddi e cortesi, intelligenti, sciatti, diretti. Usavano le parole come arnesi da carpentiere, come tenaglie e martelli. Ogni parola che dicevano suonava sempre così spaventosamente inchiodata nei fatti, nelle cose, sul loro nudo e semplice pensiero.

Alcuni di quegli uomini erano premi Nobel, altri, si sapeva già, l'avrebbero avuto uno di questi anni. Non avevano tempo da perdere per indorare pillole, per blandire sensibilità. La sola cosa che contava era che la costruzione a cui tutti loro lavoravano, in mille modi e con mille mezzi diversi, tenesse.

Una Babele infaticabile dove – nessuno mai lo diceva: era *self-evident* – si costruivano le torri più nuove, più belle, pinnacoli del pensiero e della tecnologia, ponti che avevano un piede qua e l'altro già nel domani, grattacieli meravigliosi dei quali fare anche solo una maniglia, una piastrella, poteva dare un significato a una vita intera.

Dopo la violenta onda d'urto dell'inizio, a Rastrello, paradossalmente, era cominciato a sembrare così rilassante, così *tranquillizzante*, quell'essere chiamato a rispondere sempre e solo sulle *cose*. Su quello che effettivamente era accaduto, su quello che effettivamente non era accaduto.

«Manca un punto a questo grafico», diceva il capo inglese alla riunione del venerdì mattina – e non c'era caso che gli sfuggisse, mai, neanche una volta, se per caso mancava un punto a un grafico. Rastrello ci aveva messo un po', ma progressivamente aveva cominciato a rendersi conto che quello che voleva dire *davvero*, il capo, quello che *davvero* pensava, era: «Manca un punto a questo grafico». Quello che invece *non* voleva dire era: *Rastrello, come cazzo hai fatto a scordarti questo punto, che diavolo hai combinato, ti sei distratto, non ti sei impegnato abbastanza, lo sapevo che non dovevo fidarmi, sei sempre il solito, e io, ah, io, mi meritavo uno studente migliore, io, con tutto quello che ho fatto per la scienza.*

No, per il capo inglese, che pareva non riuscisse a sottrarre al lavoro neanche l'energia mentale per radunare, la mattina, un paio di pantaloni e una giacca dello stesso colore, sarebbe stata un'imperdonabile perdita di tempo mettersi a speculare su come mai mancasse un punto al grafico, dal momento che Rastrello era lì e si poteva sentire direttamente da lui.

Rastrello, dal canto suo, venendogli a mancare ogni evidenza percettibile di ricatto psicologico, all'improvviso riusciva a rispondere senza deglutire neanche una volta. E poteva rispondere in tutta pace: Sì, manca perché non hanno mandato il campione dalla clinica. Manca perché è saltata la corrente durante l'analisi. Manca perché c'era una provetta difettosa nel pacco.

Pazzesco, non doveva neanche pensarci su, prima di rispondere.

Poteva addirittura dire con calma: Sì, manca perché ho fatto un errore e l'ho rovinato.

«Bene, rifallo», avrebbe detto il capo.

E lui avrebbe risposto: «Sì, ho già ricominciato».

Un'inutile perdita di tempo, per il capo inglese, non prendere per buona qualunque spiegazione gli venisse data. Impensabile, quel sistema che Rastrello aveva imparato a casa di cercare sempre, prima di tutto, in ogni cosa, un'incapacità o una menzogna o un doppio scopo. E perché mai Rastrello (o chiunque altro) avrebbe dovuto mentire? Per perdere il proprio tempo? Per far perdere tempo agli altri? Per sottrarre energia al sistema? Per quanto si riusciva a scorgere, il capo inglese non veniva mai neanche sfiorato da ipotesi del genere.

E per un incomprensibile fenomeno di dominio della mente sulle cose, l'inattaccabile fiducia di quell'uomo nella razionalità del mondo e degli altri sembrava spandersi intorno a lui, e penetrare in tutto ciò che lo circondava: persone, oggetti materiali, eventi. Tutto, intorno al capo inglese, sembrava incanalarsi di propria iniziativa nei rassicuranti binari di una logica cristallina: esperimenti che come per magia si concludevano sotto le mani di Rastrello senza intoppi, dando esattamente la risposta che il capo gli aveva predetto due mesi prima. Macchine che riprendevano a funzionare al suo apparire, appena sfiorate dal tocco delle sue dita, neanche fosse stato infuso di una specie di spirito santo tecnologico. Grafici che si raddrizzavano all'improvviso sullo schermo del computer, non appena lui mostrava a Rastrello come ricalcolarli utilizzando la funzione corretta.

Ed erano tutti come il suo, questi capi inglesi.

Lavoravano come schiavi, i ragazzi stranieri, giorno e notte, come le torme di assassini del vecchio della montagna – infatti molti poi la sera si drogavano con questo e con quello, chiusi nei loro cubicoli alla luce delle lampadine da trenta watt. Chi per poter conquistare una posizione nel suo paese, quando sarebbe tornato. Chi cercando il modo di non doverci tornare mai più, al suo paese.

Il fatto è che lì, sì, lì era possibile che un ragazzo venuto da un villaggio di fango perduto in mezzo alla sterminata campagna cinese, cresciuto senza elettricità e senza acqua corrente, arrivasse a pubblicare articoli sulle più importanti riviste scientifiche del mondo.

Era possibile che un indiano cresciuto vedendo bruciare i morti di famiglia sulle pire di legno arrivasse ad avere un laboratorio tutto suo, con dieci studenti occidentali che correvano come conigli al suo comando.

Quando era tornato in Italia, Rastrello si sentiva onnipotente, come tutti i cretini veri. Aveva un dottorato inglese in tecniche di fecondazione in vitro e una moglie inglese di nome Jennifer, con le lentiggini e una laurea a Oxford in storia dell'arte italiana, e il demone della ricerca si era ormai impadronito di lui.

Aveva sbagliato, quando aveva creduto di voler fare il medico, adesso lo capiva. C'era una sfida molto più appassionante della cura dei pazienti: la ricerca, la sperimentazione di nuove tecnologie.

Anche lui poteva costruire le sue piccole torri di Babele. Ormai sapeva come si faceva. Gli inglesi erano i maestri migliori, gli avevano insegnato e lui aveva imparato.

Quando era tornato in Italia, Rastrello ci aveva messo solo sei mesi a capire che la cattedra universitaria, durante la sua assenza, era stata destinata altrove. All'indirizzo di un giovanotto di buona famiglia a cui nessuno si era sognato di far perdere tempo all'estero.

«Senti, ma davvero volevi andarti a piantare all'università, ragazzo mio?» Rastrello aveva trentasei anni oramai, e cominciava a chiedersi se sarebbe mai pervenuto alla condizione di adulto, o se era destinato a passare direttamente dalla condizione di ragazzo mio alla vecchiaia. «Credimi, mio caro, l'università non è più quello che era, il prestigio è andato, resta solo una palude di miserabili lotte intestine tra poveri che spegne qualunque entusiasmo, capace di abbattere qualunque attitudine, qualunque dote. E tu sei dotato, ragazzo mio. No, io ho qualcosa di molto meglio per te».

La clinica di Prandi, proprio sua, tutta sua.

La sua clinica privata nuova di zecca, sorta dalla notte al giorno – velocissima la costruzione, ma decenni di paziente tessitura alle spalle – mentre Rastrello era via.

Quella che era stata inaugurata dal cardinale. Quella pagata da una serie di finanziatori con denaro che, se fosse stato possibile andarlo a riguardare pezzo per pezzo – ma non esiste un solo individuo, sulla terra, oltre Prandi, sia avvocato banchiere o sottosegretario, in grado di andare a riguardare pezzo per pezzo i finanziamenti della clinica, poiché tutti quelli che hanno avuto a che fare con quei soldi sono a conoscenza esclusivamente del loro contatto di destra e del loro contatto di sinistra – a poter riguardare bene, si sarebbe trovato che quel denaro proveniva tutto, in un modo o nell'altro, dallo stato. Dall'otto per mille della chiesa cattolica, alla detassazione sulle donazioni liberali, ai fondi regionali. Sicché, poteva venire da chiedersi come mai lo stato, invece di fare tanti giri, non si fosse costruito un ospedale nuovo per sé, o meglio ancora non avesse dato una risistemata a quelli che ha già, i quali come si vede cascano a pezzi.

Non essere infantile, Rastrello.

Se lo diceva da solo, ormai.

Di fatto, Prandi adesso aveva, oltre alla cattedra universitaria e alla posizione di primario ospedaliero e alle sue infinite e inestricabili consulenze e collaborazioni, adesso aveva finalmente anche quella fortezza dalle cupole dorate, tutta sua, nella quale si assegnava gli stipendi che voleva, i benefits che desiderava, dalla Jaguar alla tintoria, e gli mancava soltanto un capitano a guardia delle torri: Rastrello.

Era stato così che Rastrello aveva ottenuto la sua poltroncina di pelle color salmone, il suo lauto stipendio, e l'incarico di gestire l'andamento della clinica.

Il che significava gestire *tutto*: dal controllo dell'efficienza della ditta delle pulizie, alle liti con l'arredatore per interposta persona – Prandi aveva i suoi gusti, le idee chiare in fatto di maniglie e battiscopa, ma poco tempo per gli architetti. E poi i colloqui per l'assunzione del personale, sia pure con i dovuti aggiustamenti (*sì, ho capito che questo tuo conoscente ha lavorato dieci anni a Brighton, ma a questa ragazza non possiamo dire di no, Rastrello, cerca di capire quello che ti dico, una volta tanto*), la scelta dei menù delle pazienti, il registro dei farmaci (*ma no, Rastrello, prendilo in carico tu, il registro dei farmaci soggetti a controllo, ormai mi fido di te, queste responsabilità sei in grado di gestirle*), al controllo della caldaia. Sì, i guasti alla caldaia.

Jennifer dal canto suo, che nel frattempo in Italia non riusciva a trovare un lavoro che non fosse in nero, e conseguentemente – lo sai come sono fatti, questi inglesi – si rifiutava di lavorare; che non riusciva a capire come funziona il traffico di Roma, né come mai non le rilasciassero ancora il permesso di visionare certi documenti alla biblioteca nazionale (*li ho chiesti sette giorni fa, sette, capisci?)* e tutto sommato non riusciva neanche a pagare una bolletta, in quel modo così strano, con quei... bollettini, in quei posti, gli uffici postali, dove la gente staziona per giornate intere, e in cui sviene, scoppia a piangere o ingaggia risse con tanto di intervento della forza pubblica... insomma lei dopo un anno o poco più aveva deciso che tutto sommato poteva bastare: per lei l'esperienza italiana si concludeva lì, e altrettanto dicasi per il matrimonio con Rastrello. Vivere a Roma metteva a troppo dura prova la sua visione razionale del mondo. Se n'era andata una mattina di buon'ora, senza contrattazione o preavviso, da buona anglosassone.

Rastrello era rimasto lì, a Villa Boccioli, con la sua posizione di direttore sanitario, il suo eccellente stipendio, e la pressione, aveva scoperto, sopra i valori normali. Come suo padre alla sua età, del resto.

Con un sussulto, Rastrello si scuote dai suoi pensieri.

Ho un milione di cose da fare.

E domattina devo partire.

29.

«Eppure», dice Eva, «io non ci credo che è quello che dice lui, il gene che guida il differenziamento, in quelle cellule».

«Però i dati che ha mostrato, il tedesco, sembravano veramente ben fatti».

«Mica dico che non sono veri, però secondo me è solo un fenomeno parallelo, non la causa primaria... Insomma, io sulle mie cellule vedo delle cose un po' diverse. Non che abbia ancora capito bene tutto».

Eva e Lorenzo bisbigliano fitto fitto tra loro, seduti in uno degli scompartimenti a sei posti del treno esausto e sfibrato che hanno preso per risparmiare soldi. Tornano da un congresso di due giorni su Sviluppo e Differenziamento, a Perugia, Lorenzo ci è venuto perché un professore che potrebbe aiutarlo a scapparsene in America gli voleva parlare, Eva perché col budget del dipartimento è tutto quello che si è potuta permettere.

Davanti a loro, una signora con una giacca costosa, anelli e orecchini d'oro, l'aria sussiegosa di chi si dà un tono e un'ombra di accento dell'alto Lazio nelle d e nelle t. Una commerciante, forse. Magari la proprietaria di una profumeria, a giudicare dal trucco perfetto. Parla con tono serio al figlio, un bambino di cinque o sei anni che evidentemente si sta annoiando. Infatti le batterie del Nintendo, con sua grande disperazione, gli si sono scaricate di botto qualche chilometro fa.

«Mamma, chi sono quelli?», dice il bambino all'orecchio della madre, ma con un tono di voce così alto che l'ha sentito pure il capotreno.

«Parla piano, Giulio, non essere maleducato».

Eva però gli fa un sorriso, la curiosità dei giovanissimi va incoraggiata: «Siamo biologi».

«Aaaaah!» Il bambino caccia un autentico urlo, non si capisce se di entusiasmo, di riverenza o timore. Eva è sorpresa che abbia un reazione purchessia: che ne sa un bambino di cinque anni che cos'è un biologo? Ma il ragazzino senza prendere fiato strilla: «Voi siete quelli che avete fatto il dinosauro? Dove lo avete messo?»

«Che dinosauro?», Eva aggrotta le sopracciglia, non capisce. «Non esistono i dinosauri, sono estinti».

«Non è vero!», strepita il ragazzino, accalorato. «Prima erano estinti, ma voi li avete rifatti, io li ho visti! Li ho visti in televisione! Sono bellissimi i dinosauri, sono veramente grossi!», conclude, rosso in faccia per l'ammirazione.

«Ha visto *Jurassic Park*», ride Lorenzo all'orecchio di Eva, «ci ha fatto un bel favore, quel film: adesso anche i bambini di cinque anni sanno cos'è un biologo».

«Ma quella non è una storia vera», dice Eva al bambino, «è un'invenzione, non ci sono davvero, i dinosauri».

«Sì, ci sono, io li ho visti e sono grossissimi».

Lorenzo ride, Eva sospira. Decide che non se la sente di insistere e causare una seconda estinzione di dinosauri dall'albero della vita mentale del ragazzino.

«Di cosa vi occupate?», sorride la madre.

«Differenziamento», dice Lorenzo, «i sistemi con cui le cellule maturano all'interno dell'organismo».

«Le cellule staminali...?», la signora ha un tono esitante come se, ripensandoci bene, anche lei adesso avesse un po' di paura che dalla sacca di Lorenzo da un momento all'altro possa uscire un dinosauro.

«Sì, però non quelle con cui si fanno i dinosauri», sorride lui.

«È che si leggono tutte queste cose, sui giornali, che veramente, ecco, mettono un po' paura. Sa, dicono che con queste cellule staminali si possono creare eserciti di esseri tutti uguali e...»

«I giornali dovrebbero smetterla di scrivere tante stupidaggini!», sbotta Eva. Questi discorsi la irritano tutte le volte.

«Però, dottoressa...»

Nel posto all'angolo accanto all'uscita c'era questo signore anziano, un po' grasso e calvo, con un paio di baffetti sottili e, nota Eva adesso, un anello col sigillo d'oro al dito. Sembrava immerso nella lettura di una sua rivista senza figure, invece a quanto pare ascoltava, e ora all'improvviso le ha piantato gli occhi in faccia, e la interroga: «...non è vero che esistono queste cellule embrionali che si moltiplicano in provetta, da ognuna delle quali si potrebbe sviluppare un individuo?», la guarda con aria complice, soddisfatto delle proprie cognizioni. «Io cerco di tenermi aggiornato su riviste serie, sa. Sono preside di un liceo piuttosto importante, nella mia città, lo considero un dovere», aggiunge, compiaciuto.

Il suo aspetto e il suo modo di parlare sono talmente uguali a come Eva si immaginerebbe un preside di liceo di una piccola città, che per un attimo pensa di esserselo inventato.

«Oh, gli eserciti clonati, ancora questa storia», replica, alzando le sopracciglia. «E dove si farebbero sviluppare, questi esseri umani fatti in serie? Le cellule embrionali devono essere impiantate nell'utero di una donna entro due o tre giorni, se no degenerano irreversibilmente. Per fabbricare un esercito di cloni bisognerebbe trovare mille, diecimila donne disposte ad affittare il proprio utero».

«Magari le donne del terzo mondo...»

«Ma le donne del terzo mondo bisognerebbe fargli l'impianto una per una, seguirne la gravidanza, farle partorire. E dove? Nel terzo mondo? Con la miseria di mezzi e di strutture, che non si riesce neanche a curare il morbillo? E poi allevarli, questi mille o diecimila bambini, per una ventina d'anni. Farli crescere, addestrarli e tutto». Eva alza le spalle, «Con quello che ti costa, te li prendi già fatti qua e là per il mondo, i crudeli bambini guerrieri. Con tutta la fame e la disperazione che c'è in giro. Costano zero e non ci si deve stare tanto a impazzire».

«Non fare la cinica», dice Lorenzo, che sta ascoltando solo con un orecchio. In un moto di pietà ha offerto il suo cellulare, un attrezzo supertecnologico pieno di giochetti, al ragazzino, e adesso entrambi sono impegnati in un'aspra gara di motocross digitale.

«Sì, ma è che i giornali sono così irritanti, distorcono ogni cosa, confondono il possibile e l'impossibile, gli piace sollevare questioni che non stanno né in cielo né in terra, basta mettere un po' di paura ai lettori».

«Però mi dica, dottoressa», insiste il preside, «questi embrioni in provetta si possono manipolare e selezionare...

dicono che la selezione di embrioni umani sia già stata tentata».

«Sì, questo è vero. Per esempio, queste donne che hanno un'incidenza elevatissima di tumori al seno in famiglia, perché hanno uno o due geni altamente predisponenti. Possono chiedere di farsi fecondare i propri ovuli in vitro: appena le cellule si moltiplicano un po' se ne prende una da ogni embrione, si analizzano e si vede quali embrioni hanno i geni tumorali. Quelli si scartano, e si impiantano in utero solo quelli che hanno i geni normali».

«Be', dottoressa», il preside ha un tale tono da consiglio di classe che Eva abbasserebbe il finestrino e lo butterebbe fuori dal treno, «non può certo negare che questa sia selezione».

«Be', sì, in un certo senso è selezione, però...»

La signora ha ascoltato in silenzio fino adesso, ma ora si lascia sfuggire un «Oh!» intimorito: «Davvero lo fanno già?», chiede.

«Sono tecniche nuovissime, finora sono state usate solo in pochi casi. Da noi in Italia non sono permesse. Però», Eva la guarda, «immagini che sua madre sia morta di tumore al seno quando lei aveva dodici anni. E anche sua nonna, e alcune delle sue zie, e magari lei ha già avuto dei noduli sospetti a trent'anni e si deve tenere sotto controllo ogni sei mesi. I medici le dicono: guardi, sua figlia, se la lascia nascere a caso, avrà una probabilità altissima di avere un tumore al seno durante la vita. Ma se scegliamo l'embrione giusto, il gene pericoloso sarà estirpato da tutte le sue discendenti e il rischio, per sua figlia, e le sue nipoti, e le sue pronipoti, tornerà uguale a quello di tutte le altre donne. Ecco, in una situazione così, lei che farebbe?»

«Ma questo è un caso particolare», dice il preside.

«No, non è un caso particolare. Ci sono tanti geni portatori di malattie gravi già noti, e nei prossimi anni ne verranno scoperti sempre di nuovi. Potrebbe anche darsi...»

«Cosa?»

«Chissà, forse dopo decenni di ricerche e soldi spesi con risultati sempre così limitati», Eva ha un tono sospeso, come se parlasse solo a sé stessa, «forse alla fine si troverà che la soluzione definitiva al problema del cancro è togliere agli embrioni tutti i geni predisponenti. Certo, non sarà domani».

«Ci sono molti geni così?», la signora ha il tono preoccupato.

«Sicuramente. Però se ne sa ancora poco. Alcuni hanno un'influenza forte, come i due geni del tumore al seno. Altri danno solo una probabilità piccola, che può scatenarsi o no, a caso, forse a seconda delle sostanze con cui l'individuo viene a contatto nel suo ambiente. Una specie di lotteria. Del resto», sorride, «la vita è tutta una lotteria, no?»

Nessuno risponde al sorriso.

«E secondo lei togliendo quei geni i bambini sarebbero al sicuro...?», di nuovo, lo sguardo della signora si posa sul figlio. Che ormai comunque è bello e cresciuto, pensa Eva, e c'è poco da stargli a manipolare l'embrione.

«Mah, sono solo ipotesi. Ci vorranno decenni, per capire. Però...», esita per un attimo, si chiede perché si sta andando a cacciare in questo ginepraio. «Insomma, io sono convinta che entro cinquant'anni la selezione, e forse addirittura la modifica degli embrioni saranno pratiche comuni».

«Ma solo per prevenire malattie gravi...», dice il preside, più come affermazione che come domanda.

«Chi può saperlo, oggi? Ma secondo me anche gli interventi cosiddetti migliorativi, altezza, tratti del carattere... chissà. Il giorno che fosse possibile, chissà cosa farebbe davvero la gente».

«Ma non si pone mai... non vi ponete mai nessuna domanda su quello che state facendo?», esclama il preside, si sta scaldando.

«Certo che ci si pongono delle domande: i modi in cui i geni cooperano a costruire gli esseri viventi sono così intricati che bisognerà conoscere molto bene tutti gli effetti di quello che si modifica, e siamo ancora lontani dall'aver capito tutto. La talassemia, per esempio...»

«Sangue del mare...», dice il preside.

«Sì, l'anemia mediterranea. È causata da una mutazione del gene dell'emoglobina: chi ha entrambe le copie del gene mutate, perché le ha ereditate da ciascun genitore, ha una malattia molto grave. In qualche paese anche per questo si fa la selezione di embrioni: si scelgono quelli buoni per impiantarli, scartando quelli cattivi. Coppie che magari hanno già avuto un bambino malato e non vogliono più rischiare. Però gli individui che ne hanno una copia sola, perché l'hanno ereditata da un solo genitore, mentre dall'altro hanno preso una copia buona, non solo non hanno malattie gravi ma a quanto pare sono protetti dalla malaria. In effetti, i portatori di geni talassemici si accentrano nelle zone del mondo dove la malaria era presente dai tempi antichi, come le coste del mediterraneo... Insomma», continua Eva, «oggi nei paesi dove la malaria non esiste più la mutazione è solo d'impaccio. Ma se un giorno per qualunque ragione dovesse tornare, il gene sarebbe di nuovo vantaggioso. E se nel frattempo fosse stato estirpato del tutto, la popolazione umana nel suo insieme sarebbe più fragile».

«Già», dice il preside, «molto chiaro. E allora lei, dottoressa, cosa proporrebbe?»

«Mah, non so. Di fare molta attenzione a quello che si fa».

«Di fare attenzione? Questo è tutto?»

«E che altro si può fare?», Eva alza le spalle.

Lorenzo all'improvviso si è alzato in piedi: «Basta!», esclama, abbandonando il cellulare al ragazzino con un gesto esasperato. «Ho capito, ho perso di nuovo! Contro di te non la spunto proprio. Eva», aggiunge, «ti va un caffè? Ci deve essere il bar, di là».

Eva non è ben sicura se Lorenzo si sia stancato del gioco oppure di ascoltare quella conversazione, così lo segue docilmente verso il bar.

Siedono con le tazze in mano sugli sgabelli di fronte al finestrino: «Non capisco proprio come ti va di stare a discutere di queste cose», dice lui, dopo aver succhiato un sorso di caffè, che peraltro è pessimo, dalla tazza di plastica, «lo sai che la gente si fa sempre idee strane...»

«Oddio, no!», sussurra Eva. «Non ti girare! Il preside ci ha seguiti».

Niente da fare, il tizio ha preso un succo di frutta, e adesso si appollaia sul seggiolino accanto a Eva: «Sa, dottoressa», prosegue come se non si fossero mai interrotti, «mi sconcerta un po' quella sorta di... leggerezza con cui lei discute questioni così importanti. Ecco, lei non sembra prendere affatto in considerazione l'aspetto etico. Vede, io penso, e non sono il solo, che una continua riflessione etica sia l'unico modo per tenerci lontani dalla disumanizzazione...»

«Senta», dice Eva, ormai apertamente stizzita, mentre Lorenzo al sentire con che tono sta attaccando alza gli occhi al cielo. «Io, se devo dirglielo, non so neanche bene che cosa sia, esattamente, la riflessione etica. Ci sarà mai stato qualcuno, realmente, che ha fatto una cosa piuttosto che un'altra in base a una riflessione etica? Ecco, a me sembra che la scelta etica, nella realtà, sia una cosa che non si dà mai. Voglio dire, nel mondo reale. La decisione etica è quello che la gente fa, sta facendo, ha già fatto, e...»

«Dottoressa», dice il preside, compunto, «mi pare che lei conosca bene il suo mestiere, ma in quanto ai criteri davvero rilevanti... Ci sono testi di grande interesse, che chiariscono perfettamente che scegliere i geni da introdurre nei propri discendenti significa distruggere l'eguaglianza degli uomini alla nascita. Lo strapotere delle generazioni anziane su quelle giovani, un controllo totale sui nascituri che finirebbe per condurre alla disumanizzazione completa. Io, come educatore, sono particolarmente sensibile alle nostre responsabilità verso i giovani...»

Ecco, il preside non può saperlo, ma adesso è cascato davvero male.

«Le responsabilità delle generazioni anziane verso quelle giovani?», scatta Eva. «Lo strapotere delle generazioni anziane? Le generazioni anziane ce l'hanno già, il potere totale sulle generazioni giovani! Ce l'hanno adesso, ce l'hanno sempre avuto... ma come si fa a dire una cosa del genere? Non esisterebbe proprio, una società, senza il condizionamento dell'individuo. Tutto quello che forma una mente, gusti, idee, sentimenti, l'amore, l'odio, la paura, tutto, tutto viene inculcato dalle generazioni anziane in quelle giovani, fin dal primo istante, quando la mente del bambino è completamente vergine. Fin dal primo istante, l'individuo comincia a plasmarsi conformemente alla famiglia e alla società in cui è nato. E se poi non dovesse bastare», abbassa la voce, il tono rabbioso, «si fa sempre in tempo dopo. C'è tutta una vita, per il ricatto e la ritorsione. Ecco», dice alzando la testa e guardandolo in faccia, «visto che lei è un educatore, si preoccupi di questo, invece di starsi a chiedere cosa succederà se e quando si potranno modificare i geni umani!»

«Lasci che le dica, signorina», dice il preside alzandosi impettito e rivolgendosi verso l'uscita: finalmente si deve essere offeso, «che questo tono di superbia, di onnipotenza, è proprio questo che mette paura».

Senza aspettare risposta, si avvia verso lo scompartimento.

«Il senso di onnipotenza?», strilla Eva, rimasta sola con Lorenzo. «Il senso di onnipotenza? Questi sono pazzi, non capiscono, non si rendono conto! Io li farei venire a vedere, quando arrivo alle otto di sera a metà esperimento, e mi trovo con lo strumento rotto e devo buttare tutto, oppure quando ho trattato venti topi per due mesi, e all'improvviso mi muoiono prima che io abbia finito di esaminarli, e non capisco neanche perché. Oppure, già, quando vado a strisciare dal capo dipartimento per chiedere cinquemila euro per comprarmi due reagenti. Glielo farei vedere io, il senso di onnipotenza! E anche il senso di responsabilità delle generazioni anziane verso quelle giovani, come no!»

«Senti, Eva, stai diventando matta dietro a questi cinquemila euro per gli anticorpi. Te l'ho già detto, abbiamo un residuo di fondi che scadono fra due mesi e non sappiamo bene come impegnare, te li compro io e buonanotte».

«No, non se ne parla!», esclama Eva. «Il capo dipartimento è lui, e i soldi li deve trovare lui. Se non riesce a racimolare cinquemila euro, si dimettesse!»

«Sì, vabbè», sospira Lorenzo.

30.

Il segnale di allacciare le cinture tintinna, proprio mentre Rastrello stava per assopirsi, e contemporaneamente l'aereo che va verso oriente si infila dritto per dritto in uno spesso strato di nubi e comincia a sobbalzare. Sobbalza sempre, quando arriva in questo punto. Rastrello ormai c'è abituato.

Sono tre anni che prende questo volo quasi tutti i mesi. Un viaggio lungo, di molte ore, ma lui non lo trova mai faticoso. Su questo aereo, si sente di nuovo giovane, e leggero, come se si fosse strappato via dai lacci che lo stringono a terra. Come se non fosse il tirapiedi di un barone il cui unico scopo nella vita è di spremere a forza gravidanze da uteri invecchiati e rinsecchiti. No, mentre vola sull'aereo che va verso oriente, Rastrello si sente ancora il giovane promettente e pieno di speranze, lo stesso che era partito per il suo dottorato dieci anni prima, la mamma orgogliosa e la fidanzata con gli occhi umidi.

La voce del capitano dall'altoparlante informa i passeggeri che stanno iniziando a scendere, che l'atterraggio è previsto tra venti minuti, e che il tempo a terra è uno schifo: caldo, umido e appiccicoso – Rastrello lo conosce bene. Il tutto in un inglese storpio a malapena comprensibile. L'aereo comincia a scendere, affondando nella caligine. Eppure ha smesso di sobbalzare, scivola giù dolcemente come lasciandosi calare in un bicchiere di acqua e latte.

Rudra gli ha detto che sarebbe venuto a prenderlo all'aeroporto, come tutte le volte. Che il tempo è poco, meglio non perderlo a cercare un tassì.

L'incontro con Rudra a Firenze, due anni prima, gli aveva salvato la vita, Rastrello ne è convinto.

Quando si era ritrovato a Villa Boccioli, senza moglie, tutte le sue ambizioni infrante, e un lauto stipendio che gli sembravano trenta denari in un sacchetto di pelle umana – la sua – aveva vissuto mesi di pura disperazione. Aveva pensato di cercarsi un altro posto, ma un paio di frasette buttate lì con noncuranza da Prandi gli avevano chiarito non solo che lui era in condizioni di fargli terra bruciata intorno, ma che lo avrebbe fatto senza un sospiro. Aveva pensato di tornarsene in Inghilterra, ma proprio in quel periodo sua madre aveva avuto il primo ictus, così aveva capito che lì finivano i giochi.

Il congresso internazionale quell'anno si teneva a Firenze, e lì, inaspettatamente, si era ritrovato davanti Rudra, il suo vicino di stanza indiano alla Student's House, quello della porta accanto, che riempiva i corridoi con i suoi odori di curry e coriandolo. Lui in Inghilterra si stava specializzando in neonatologia, era venuto con una borsa del suo governo: «Sai», diceva, «non ti puoi immaginare da noi: la mortalità neonatale è a livelli che qui in Occidente non li vedete dall'Ottocento. Un problema gravissimo, il governo ha dovuto fare un piano sanitario: quando tornerò in India», diceva, «sarò utile alla mia gente. Tu non hai idea, delle condizioni in cui siamo. Sì, io voglio essere di aiuto».

Rastrello lo invidiava quell'entusiasmo, quel senso di uno scopo da raggiungere. Però certe volte, quando si ritrovavano insieme la sera tardi alla Student's House, non sembrava che a Rudra gli fosse sempre ben presente in testa, il suo scopo. La sera, fumava e beveva come un turco, o come un indiano, e Rastrello non ricordava più quanti sabati avevano passato insieme a ubriacarsi in camera, fino a cadere riversi sulla moquette puzzolente, mentre l'amico si commuoveva fino alle lacrime, lacrime vere, a descrivere le condizioni degli ospedali del suo paese, nonché il suo amore infelice per una bellissima studentessa francese, una che manco si accorgeva della sua esistenza. E come avrebbe potuto? Ogni volta che lei compariva, a mensa o da qualunque parte all'ospedale, Rudra diventava color porpora come un tramonto sul Gange e scappava via sopraffatto dall'emozione. Nel frattempo sua madre, in India, gli stava organizzando un matrimonio tradizionale con la figlia di una famiglia amica che Rudra ricordava vagamente di aver visto una volta quando aveva cinque anni e che non aveva nessun desiderio di rivedere, né da lontano né da vicino: «E invece, a marzo devo tornare in India per un mese, ormai non posso più rimandare, sono due anni che non ci vado, e mi stanno già organizzando la cerimonia del matrimonio, e il mio cuore è pieno di dolore».

Già, era veramente curioso il modo in cui venivano costruite certe frasi lì a Babele: traduzioni letterali di espressioni che senza dubbio nella loro lingua originale avevano un come e un perché, ma che estirpate e cacciate a forza in quella strana lingua comune che somigliava all'inglese ma inglese non era, suonavano sempre un po' sopra o un po' sotto le righe. Eppure, a forza di parlare quell'idioma senza radici e senza passato – di certo, nessuna grande opera letteraria era mai stata scritta nell'inglese storpio della Student's House: soltanto cataste di pubblicazioni scientifiche in cui le costruzioni sbilenche si puntellavano a grafici e fotografie – si finiva per lasciarsi invadere dal sospetto che forse, in fondo, non fosse poi così importante avere a disposizione espressioni complesse e sfumature linguistiche, quando tutto sommato bastava dire: il mio cuore è pieno di dolore, e ci si era intesi benissimo.

Insomma, Rastrello era stato incredibilmente felice nel rivedere Rudra al congresso di Firenze dopo tanto tempo. Lui aveva con sé una graziosa moglie indiana, col suo puntino rosso sulla fronte, tutta avvolta nel suo sarı colorato. *Non gli è mica andata male*, aveva pensato: Rudra, completamente dimentico della bella francesina, si affaccendava attorno alla moglie tutto premuroso. «Sai, aspetta il nostro primo bambino», gli aveva confidato con un sorrisino soddisfatto e spaventato.

Vai a sapere, magari se la moglie me la sceglieva mia madre mi sarebbe andata meglio di come è andata con Jennifer.

Il giorno dopo, il congresso aveva organizzato una gita intorno a Firenze per le mogli dei congressisti, e loro due avevano deciso di prendersi il pomeriggio e rinverdire l'usanza della sbronza del sabato. Si erano trovati una vineria antica, tutta foderata di scaffali di legno scuro: «*How nice!*», continuava a esclamare Rudra, e si erano scolati due bottiglie alla memoria dei bei vecchi tempi nella puzzolente casa degli studenti.

Era stato lì, che Rudra gli aveva accennato la cosa per la prima volta.

Sì, lui aveva lasciato l'università, lavorava per una compagnia privata adesso, in un posto nel nord dell'Inghilterra. No, be', non aveva intenzione di tornare in India, per il momento. Certo, è vero, qualche anno prima pensava che dopo gli studi all'estero sarebbe tornato al suo paese, avrebbe lavorato in un ospedale di maternità. C'era un grande bisogno di medici, sicuro. Ma poi, quando era andato in visita in India, ed era tornato al suo vecchio ospedale... aveva anche fatto qualche colloquio di lavoro in altri posti, qua e là per il paese. Insomma, lì la situazione è quella che è, sai, sono indietro di sessant'anni. Mi è montato lo sconforto, ho pensato che le cose che avevo imparato in fondo lì non servivano a granché: come metterle in pratica, quando non ci sono mezzi di nessun genere, strutture, organizzazione? Magari tra qualche anno la situazione sarà un po' migliorata. Se ottengo buoni risultati, magari posso tornare un po' più in là, tra qualche anno. Sì, tra qualche anno magari potrei anche pensare di tornare.

E invece a un certo punto era successo che l'avevano contattato questi finanziatori. Una finanziatrice, veramente, ma non voleva pubblicità, non voleva comparire. Comunque, lei e i suoi consulenti erano interessati agli studi che Rudra stava pubblicando in quel periodo, nuove tecnologie per la rianimazione neonatale. Gli offrivano i fondi per creare un piccolo centro da zero, sì, una spin-off, un piccolo gruppo di collaboratori scelto da lui in piena autonomia, condizioni impossibili da rifiutare. Sì, nel nord dell'Inghilterra, in campagna, un posto tranquillo, ma posso continuare a tenere i contatti con l'università, sai, i seminari, i colleghi, tutte le novità.

«Ma una spin-off vera?», chiede Rastrello.

Rastrello lo sa: le spin-off nascono come funghi, di questi tempi. Microaziende di biotech, fondate da studenti brillanti che si portano via qualche idea che gli è venuta mentre lavoravano all'università o in compagnie più grandi, nel tentativo di sfruttarla e farci i soldi per proprio conto.

Alcune nascono e muoiono con lo scopo preciso di truffare gli azionisti: si pubblicano un paio di articoli che riportano un qualche vago effetto del tal gene, su un qualche ceppo strampalato di topi super selezionati e tenuti in condizioni talmente artificiali che manco la capsula dell'Apollo 12, si lascia che qualche giornale pubblichi la solita frasetta: scoperto finalmente il gene che regola l'invecchiamento (o il diabete, la sclerosi multipla, la calvizie, l'obesità), si apre la spin-off con la promessa di sviluppare la pillola del miracolo, si vendono azioni per milioni e ci si va a riposare ai Caraibi lasciando che la spin-off fallisca serenamente per conto suo due mesi dopo.

Altre invece vengono messe su in perfetta buona fede e si inceppano spontaneamente poco dopo su problemi tecnici imprevisti, oppure quando si capisce che la scoperta iniziale non era all'altezza di quello che si era sperato.

Però ogni tanto qualcuna ha successo.

«Sì», dice Rudra, «una spin-off vera. Ho preso un giovane ingegnere molto brillante, una squadra di collaboratori di cui mi fido. Abbiamo già un paio di brevetti. E poi...»

«E poi?»

«Poi, ecco, credo di essere vicino a qualcosa di molto interessante. In questo momento sto cercando qualcuno, qualcuno con un'expertise nella fertilizzazione in vitro proprio come la tua. Quando ti ho visto, l'altro giorno, mi sono reso conto che tu saresti la persona ideale. Basterebbe un part-time, qualche giorno al mese».

«Ma a che ti serve la fertilizzazione in vitro? Per un progetto sulla rianimazione neonatale?»

«Sì, be', è che sto pensando di mettere su una seconda azienda su un progetto correlato. Non in Inghilterra, però».

«E dove?»

«In Oriente. È una cosa riservata. Basterebbe che venissi una volta al mese. Poi magari qualche volta vieni in Inghilterra. Insomma, si potrebbe trovare un sistema. Ma prima dimmi se ti può interessare: è una cosa riservata».

«Perché non in Inghilterra?», aveva chiesto Rastrello.

«Questioni di tasse. I miei finanziatori hanno legioni di consulenti, il posto l'hanno scelto loro», aveva risposto vagamente Rudra.

Lì per lì Rastrello ci aveva pure creduto.

Così, adesso sono tre anni che Rastrello prende questo aereo che va a est una volta al mese.

Sì, su quest'aereo non è più il tirapiedi di un barone da salotto televisivo. Su questo aereo, Rastrello è uno scienziato di punta che lavora a un progetto rivoluzionario. Un uomo del futuro.

E Prandi l'ha dovuta ingoiare.

Le ruote hanno toccato terra senza che lui se ne accorgesse. Ci vogliono solo pochi minuti a uscire dall'aereo e a passare le barriere. Ogni volta che posa il piede in questo aeroporto, enorme, costellato di cartelloni giganteschi, di luci e di negozi, trafitto dalle voci incrociate di mille altoparlanti, Rastrello si sente invadere da un senso di liberazione: è la porta di una terra franca in cui la sua rabbia, le sue frustrazioni non sono in grado di seguirlo. Soprattutto, Prandi non può seguirlo.

Rudra è subito fuori che lo aspetta con la jeep. L'istituto è in mezzo alla campagna, a quaranta chilometri da lì, e non ci sono treni né bus che lo collegano direttamente. Di solito

Rudra usa quell'ora di viaggio in mezzo al nulla per metterlo al corrente dell'andamento del lavoro nelle ultime settimane, una specie di riunione itinerante.

E adesso, da qualche mese, quando lo viene a prendere, Rudra è sempre più eccitato: «Devi vedere», dice, prima ancora di lasciarlo entrare in macchina, «devi assolutamente vedere come sta andando avanti. Non ci si crede. Non ci crederei neanche io, se non lo avessi visto con i miei occhi».

31.

Avevo avuto paura che mi si attaccasse, all'inizio. Che stupido.

JFK la guarda, mentre le tiene acceso l'accendino. Bibi avvicina la punta della sigaretta alla fiammella, aspira e butta fuori un filo di fumo tra le labbra sottili, sempre un po' livide nonostante la maggior parte del suo rossetto prugna sia ormai svanito, e dice: «Apri la finestra, però, odio la puzza di fumo che ristagna».

Lui pensa che lei è stata uno dei suoi rari errori di valutazione.

E gli era sembrata così indifesa, all'inizio, quando l'aveva vista la prima volta nel suo studio a Milano. E anche dopo, quando l'aveva invitata a prendere un aperitivo, la prima volta che era venuto a Roma. A via Veneto: gli era sembrato il posto giusto per lei, così esile, sottile, con i suoi abiti disegnati da sarti di grido. C'era qualcosa in lei che gli aveva ricordato Audrey Hepburn, da subito. E lei infatti, come se avesse capito il gioco, si era presentata con un tailleur color azzurro chiaro, i capelli scuri legati a chignon dietro la nuca, un filo di perle al collo, e quegli occhi grandi, sgranati, che lo guardavano di sotto in su con aria implorante, le lunghe gambe incrociate sotto la sedia.

Una donna giovane e bella che ha perduto tutto quello a cui teneva.

Posa l'accendino sul comodino, si sdraia di nuovo accanto a lei, di fianco, le guarda il profilo. Lei si stringe il lenzuolo color perla sul seno. Non le piace essere vista nuda.

«L'investigatore ha rintracciato tutti i voli di questo Rastrello. Lui dice che va in Inghilterra, ma non è vero. Cioè, non tutte le volte che dice che va in Inghilterra ci va per davvero».

«Bibi, non potremmo parlare di qualcos'altro, solo per un quarto d'ora?»

Lui allunga una mano, gliela lascia scivolare lentamente lungo il braccio liscio. Lei guarda davanti a sé.

«Sì... No. Lo sai, questa storia mi fa impazzire. Tutto questo aspettare, mi sembra di diventare matta».

Ha scostato il braccio senza neanche accorgersene, si è drizzata a sedere, il lenzuolo sempre stretto sotto il collo con la mano. Tiene la schiena così incredibilmente dritta, pensa lui.

«E insomma», lei si volta, lo guarda dritto in faccia, adesso la sua testa è un po' più in alto di quella di lui, «non sei riuscito a trovare niente di nuovo, questa settimana?»

«Tesoro, devi avere un po' di pazienza. Te l'ho già detto, devo entrarci un po' più in confidenza con questo Rastrello. Non si improvvisa un'amicizia in due giorni. E poi, Prandi mi gira intorno come un cane da caccia. Lui ha fiuto, mi guarda come se fossi una volpe nel pollaio. E tu, adesso, devi avere pazienza».

Lei tiene lo sguardo fisso davanti a sé, le labbra tirate, concentrata a capire qual è il modo migliore di raggiungere lo scopo.

«Sì, lo so. Però ogni giorno perduto può avere conseguenze terribili per me. E non ho altri che te a cui chiedere aiuto», dice, lanciandogli uno sguardo di lato. I suoi occhi sembrano umidi.

«Lo so», dice lui, e per l'ennesima volta pensa che la cosa più probabile è che le conseguenze terribili ci siano già state da un pezzo. Che gli embrioni siano già finiti distrutti chissà dove. Ma non lo dice: l'ha detto una volta sola, e lei ha avuto una crisi spaventosa, si è messa a gridare: «Non è questo il modo di ragionare!», ha urlato. «Lo capisci, non è questo il modo di ragionare, quando si vuole ottenere qualcosa! Questo modo di ragionare è completamente inutile, se si sta cercando di ottenere qualcosa per davvero!»

Lo guardava con questi occhi completamente pazzi, lui aveva faticato a calmarla. Così non l'ha più ripetuto. Invece adesso chiede: «E Bianca? Cosa hai fatto, con Bianca?»

«Le ho dato una parte della cifra, nonostante tutto. Sai com'è, a scanso che le vengano i rimorsi, prima o poi, e si faccia scappare qualcosa con qualcuno».

Mentre finisce di parlare si gira di scatto, gli infila una mano tra i capelli, gli fa un sorriso che le trasforma completamente il viso: «Be', faccio una doccia e andiamo a cena, ti va?»

Avevo avuto paura che mi si attaccasse, pensa lui, mentre sente l'acqua che scorre nel bagno. Adesso, invece, pensa che l'unica ragione per cui lei ha iniziato questa storia con lui, è quella di spingerlo ad aiutarla.

Forse non se ne rende neanche conto, pensa.

Ma anche se invece se ne rendesse conto, meglio così. Senza accorgersene, dà una lieve stretta di spalle.

Questa storia non è *destinata a durare a lungo in ogni caso.*
Nessuna delle mie storie deve durare a lungo.
Forse rimarremo amici, dopo.
Sì, è uno di quei tipi di cui si può rimanere amici.
E fa l'amore incredibilmente bene.
È convincente quando fa l'amore, sì.

32.

Eccolo lì, pensa JFK, *possibile che non arrivi mai il momento che si alza in piedi e dice vaffanculo, quando è troppo è troppo, e gli tira in testa il blocco degli appunti, e se ne va sbattendo la porta?*

Invece Rastrello sta dicendo: «Sì professore, cercherò di sistemare la faccenda».

Sono seduti al tavolo ovale della sala riunioni, Rastrello e gli altri due medici della clinica e un paio di biologhe, una troppo grassa una troppo magra, e lui, JFK, in veste di ascoltatore. E Prandi, naturalmente, seduto a capotavola, l'abito grigio impeccabile, gli occhialetti d'oro.

Queste riunioni sui progetti di ricerca sono mortali, pensa JFK.

«Avete un'eccellente massa critica, qui», aveva detto a Prandi. «Il direttore, a Milano, è molto interessato alla possibilità di una collaborazione scientifica».

La verità è che il suo direttore di Milano, ai romani ci sputa sopra. A tutti, equanimemente.

E in effetti. Le ricerche di cui si occupano questi scombussolati sono come giocare a campana coi gessetti mentre il ragazzino della casa accanto ha già fuso tre playstation ultimo modello.

Anche se a dire il vero quella storia delle pazienti con l'FSH alto, a saperla mettere insieme.

A JFK non sarebbe dispiaciuto dire due parole sull'argomento. Tanto per farsi vedere coinvolto. Ma è evidente che a Prandi delle pazienti con l'FSH alto non gliene frega assolutamente nulla. Tutto quello che interessa a Prandi è poter mettere una targhetta su una porta: «*Laboratorio di ricerca*», e la clinica ce l'ha, infatti, una stanzetta così: fa buona impressione alle pazienti che si addentrano per quel corridoio quando vanno alla toilette dalla sala d'attesa. Occasionalmente torna anche utile per racimolare qualche spicciolo sui fondi locali o dalle piccole banche della regione. Nella stanzetta ci tengono dentro le due biologhe giovani, quella grassa e quella secca, che giocherellano con embrioni di pollo e ormoni in commercio dalla fine dell'Ottocento. Tanto sono assunte a tempo determinato, alla prima flessione di bilancio si possono far saltare via come tappetti della birra. Se per esempio questo problema della caldaia non si riesce a risolvere, e finisce che si deve cambiare. In effetti, la riunione di oggi sembra completamente incentrata sulla caldaia. Un argomento di punta, nelle priorità dei finanziamenti del ministero.

Insomma, è mezz'ora che Prandi cazzia Rastrello per questa caldaia.

In fondo, Rastrello è il direttore sanitario. E perché diavolo non stava lì a fare il suo dovere, allora, quando la caldaia la settimana scorsa si è bloccata per l'ennesima volta?

«Ve lo dico sempre», dice Prandi, col suo bel tono profondo, «le difficoltà tecniche devono essere considerate al pari delle malattie fisiche delle nostre pazienti».

Una caldaia ferma è come un nuovo ceppo di batteri.

Come un nuovo tipo di malattia infettiva.

Una caldaia rotta può affliggere le pazienti esattamente come una contaminazione in sala operatoria.

Ma Rastrello quando la caldaia si è fermata era fuori a farsi gli affari suoi. Anche stavolta.

Per un giorno intero hanno cercato di contattarlo, per vedere di ritrovare i maledetti manuali della maledetta caldaia, il fatto è che quando c'è bisogno di lui, lui non c'è mai. E tiene pure il cellulare staccato.

Il fatto è che tutti questi suoi viaggi all'estero gli sottraggono troppo tempo al lavoro. E il suo lavoro è qui. È qui che lui serve veramente.

Gli altri due medici dello staff, in queste riunioni, non fanno che annuire tutto il tempo senza emettere una parola, si puliscono gli occhiali, tolgono e mettono il tappo alle loro Montblanc, aspettando con pazienza di poter tornare alle ovaie che gli competono. Gliene frega assai, a loro. Rastrello, invece, sta lì che suda, si giustifica con parole smozzicate. Le due biologhe scribacchiano nervosamente sui blocchi. Una sta disegnando una foresta sempre più intricata di rami secchi e neri, JFK riesce a vederla da dove sta.

Forse oggi è il giorno buono, pensa.

La riunione, per un misterioso fenomeno di sincronia a distanza, è cessata istantaneamente e senza preavviso nell'attimo esatto in cui la mensa, al piano di sotto, ha cominciato a servire il pranzo. All'improvviso tutti si sono alzati all'unisono e si sono avviati verso le scale.

Tranne Prandi, che a quest'ora ha la partita di tennis.

JFK si è attardato un po' a fare una telefonata e adesso, entrando nella sala sotterranea con i tavolini verde salvia disposti geometricamente in tre file, vede Rastrello a un tavolo nell'angolo.

«Eccoti qui», dice tutto allegro piazzando il proprio vassoio davanti a quello di lui, che, nota, contiene soltanto un petto di pollo e uno yogurt, bianchi come la sua faccia. Rastrello ha tolto il coperchio al barattolo, ci ha infilato dentro il cucchiaino di plastica e lo ha lasciato lì, fermo e intatto. Il petto di pollo non ha un graffio.

JFK taglia via una forchettata della sua pasta al forno. Qui la cucina è eccellente, c'è da dire.

«Ma come fai a resistere, con quel figlio di puttana?»

Rastrello alza gli occhi, fa un debole sorriso: «Mah, sai, oramai ci sono abituato. Va preso per il suo verso».

«Te la invidio, la forza di carattere. Del resto, se non si fanno compromessi nel nostro lavoro non si va da nessuna parte».

Il sorriso di Rastrello si è un po' allargato. «Già. E Prandi rimane sempre un grande uomo, uno che ha fatto molto per la medicina».

«Sì, certo. Il direttore, a Milano, ne parla sempre con la massima considerazione».

Il direttore di JFK, a Milano, quando parla di Prandi lo chiama il Padrino di Dio Padre.

«Senti», dice, «ti andrebbe di andare a cena da qualche parte insieme, stasera? In qualche posto buono, offro io. Di solito quando sto qui vado alla trattoria sotto l'albergo», di solito quando è a Roma va a cena con Bibi in un ristorante eccellente dalle parti di piazza Ungheria, «ma stasera vorrei qualcosa di meglio. Mi hanno appena chiamato, avrò un avanzamento, su da noi a Milano. Non è ancora ufficiale, ma me lo comunicheranno appena torno. Mi ha chiamato un collega e me lo ha anticipato».

«Complimenti!», dice Rastrello, ha l'aria sinceramente contenta. «Certo, dobbiamo festeggiare!»

«Sì, e poi... c'è una cosa di cui ti vorrei parlare. Con calma, però, non qui».

«Ma certo, molto volentieri».

Il problema è che questo povero coglione mi sta simpatico, pensa JFK.

33.

«La cena la offro io, e non voglio sentire storie», aveva detto JFK, con tono deciso, «però il posto lo scegli tu che sei di Roma. Chissà quanti ristoranti conosci», aveva concluso, con un sorrisetto complice.

E in effetti Rastrello lo ha portato in un bel posto, in centro, luci soffuse, silenzioso.

E si mangia anche bene, pensa JFK. Si sono scolati due bottiglie, Rastrello gli ha raccontato i pettegolezzi della clinica, le leggende che si raccontano su Prandi, è stato persino divertente. JFK ha riso, tutto allegro, ha ricambiato con qualche aneddoto della clinica di Milano.

Rastrello, intontito, lo osserva con gli occhi tondi e pensa a quanto è fico: ha preso un aereo da Milano stamattina alle cinque, ha lavorato con le pazienti tutto il giorno, ha mangiato, bevuto, e guardalo: sembra ancora il bel ragazzo energico e soddisfatto di stamattina. Bell'uomo, aria sincera, sorriso aperto. È per questo che a Prandi sta sullo stomaco, pensa Rastrello.

È invidioso, certo, Prandi è invidioso della generazione giovane che comincia a farsi strada e che sta venendo fuori, e alla fine dovrà pur riuscire a scalzarli, i vecchi vampiri come lui. Ed è anche geloso della familiarità che si è creata tra loro due.

Ecco, lui è proprio quello che avrei voluto essere anch'io..., pensa Rastrello, guardando JFK seduto lì di fronte a sé. Stringe gli occhi senza rendersene conto. *Chissà, forse potrei ancora diventarlo.*

«Tu sei soddisfatto del tuo lavoro, vero?», dice poi. «Vorrei avere la tua energia, il tuo entusiasmo».

«Sì, mi piace. È un bel lavoro, per un medico, no? Abbiamo a che fare con la vita invece che con la morte... insomma, in genere, almeno».

«Non lo so», dice Rastrello, «se è davvero un bel lavoro. O almeno, arrivato alla mia età, mi chiedo se è quello che volevo davvero fare».

«Il ginecologo?»

«Il medico. Sai, i miei ci tenevano, io per tanto tempo non mi sono fatto domande. Quando i dubbi mi sono venuti ero già laureato, avevo già una carriera iniziata. Ma forse invece la mia strada era un'altra. Sai, ero molto più felice in Inghilterra, quando facevo solo ricerca. Lì, tutto mi sembrava eccitante, e...»

Sì, pensa JFK, *per qualche ragione mi sta simpatico. Chissà, magari anch'io avrei potuto ritrovarmi nella sua stessa situazione, adesso. Abbiamo la stessa età, abbiamo fatto gli stessi studi negli stessi anni. Bastava un minimo di sfortuna, incontrare le persone sbagliate, qualche sassolino sulla carriera o nella vita sentimentale. Quando sbatti il naso troppo forte, e troppo giovane. Se ti bruciano l'ottimismo troppo presto. Chissà come sarei diventato,* pensa JFK. *A me le cose sono sempre andate lisce. Ho avuto fortuna.*

Poi, cala la sua carta.

«Senti, io dico che tu possibilità ne hai ancora. Mica sei condannato a rimanere qui tutta la vita. Da noi a Milano, nel nostro ospedale, si deve liberare un posto, tra qualche mese. Un anno, al massimo. Lì potresti fare tutta la ricerca che ti pare. È diverso, da noi. Che ci stai a fare qui? Lì uno come te avrebbe un sacco di possibilità. Se non hai ragioni particolari per rimanere a Roma...»

Rastrello alza gli occhi dal piatto, lo guarda stralunato.

«Perché no?», continua JFK, tranquillo. «Dipende da te, naturalmente, se ti interessa. Il curriculum ce l'hai. Ci si potrebbe cominciare a pensare, lavorarci sopra. Perché no?»

«Ma...»

«Sia chiaro, io non posso garantirti niente, almeno adesso, prima di avere sentito un po' l'aria che tira... Però il capo un po' di ascolto me lo dà. Almeno provarci, insomma».

Rastrello non ha risposto se non qualche sillaba sconnessa, e ha preso quest'aria pensierosa.

Mia madre, certo, però. Però da Milano potrei venire a Roma tutte le settimane... Oppure potrebbe venire a stare a Milano anche lei...

JFK ha cambiato discorso, ha ricominciato a chiacchierare fitto fitto, un'altra storiella complicata sui colleghi di Milano, sul suo capo. Rastrello ha ascoltato, ha riso nei punti giusti, ma si vede che ha la testa da un'altra parte. E ha continuato a bere.

...sbarazzarmi di Prandi. Della clinica, del registro dei farmaci, della caldaia...

...andarmene, lasciarmi dietro tutto questo schifo.

Un posto civile, tra gente civile, gente che capisce di cosa parlo.

...perché questo ragazzone sereno e soddisfatto l'ha capito subito che non sono un cretino, non cova invidie, non ne ha

bisogno, le sue soddisfazioni ce le ha, gli interessa il lavoro, la collaborazione, sì, avrei dei colleghi, lassù, dei colleghi veri, gente con cui si può parlare, gente che...

«Perché non passi da me?», dice, dopo cena. «Ci facciamo l'ultimo bicchiere».

«Ma certo, molto volentieri», dice JFK.

«Mettiti comodo come vuoi, fai come se fossi a casa tua», dice Rastrello appena entrati nel suo appartamento. Sono un po' brilli, anzi lui veramente è un bel po' più che brillo.

JFK si è tolto la giacca, si è allentato la cravatta. Si lascia cadere sul largo divano di lino color melone – scelto da Jennifer ai bei tempi – e si guarda intorno, mentre Rastrello tira fuori bottiglie e bicchieri.

Non male, la casa: il quartiere è carino, e l'appartamento è stato ristrutturato bene, bei mobili. Però è pieno di tazze e bicchieri sporchi lasciati qua e là, mucchi di giornali sparpagliati per terra, una pila di panni da stirare su una sedia. E lì, sul tavolino basso, una decina di dischi della playstation buttati alla rinfusa fuori dalle custodie.

«Bello, qui», dice JFK.

«Sì? Be', io invece non vorrei altro che venderla, questa casa, e andarmene da un'altra parte. Troppi brutti ricordi. Ma non ho tempo e neanche energie. Dovrei cercarmi qualcuno che pulisca, almeno, ma è troppo complicato anche quello. Non ho neanche il tempo di scegliermela, una persona».

Si è versato quattro dita abbondanti di grappa. Porge la bottiglia a JFK, che dice: «L'assaggio solamente», e se ne versa appena tanto da coprire il fondo del bicchiere.

...sbarazzarsi di quel pescecane corrotto, una tigre coi denti a sciabola che crede di essere viva, e non sa che è ormai già una specie condannata all'estinzione...

«Dici che potrei tenermi le collaborazioni all'estero?», chiede Rastrello, come se il discorso di mezz'ora fa non si fosse mai interrotto.

«Ma scherzi? La faresti da padrone se hai dei progetti all'estero».

«Sì, veramente, qualche cosa di interessante ce l'ho. Ma sapessi quanto è dura con quel figlio di puttana di Prandi. Quando le cose vanno bene, allora lui collabora a ricerche di punta internazionali. Appena ci sono problemi, il culo è il mio. Uno che sta ancora cercando di capire che cosa sono esattamente, questi geni di cui si parla tanto».

«Me lo immagino. Ma partecipa ai tuoi progetti, lui?»

«Ma no, figurati. Non ne capirebbe niente neanche a disegnarglielo. Ha messo solo il materiale, e sapessi quanti soldi si è preso».

Quel figlio di puttana.

JFK ride di cuore, la sua bella risata aperta di bravo ragazzo: «Il materiale?»

Rastrello esita appena un istante, ma ormai è lanciato, gli occhi luccicanti di alcol: «Ma sì», dice, «gli embrioni. Gli embrioni avanzati delle pazienti. Roba che non sarebbe servita mai più a nessuno».

«Già», JFK non ha fatto una piega, come fosse la cosa più normale del mondo. «Perché hai parlato di problemi, prima? È lui che dice che ce ne sono?»

«No, non ci sono problemi, non credo», Rastrello deglutisce, il suo pomo d'Adamo fa su e giù. «No, non c'è nulla di cui preoccuparsi. È Prandi, che esagera sempre. D'altro canto, se vuoi ottenere qualcosa, qualche decisione la devi prendere».

JFK si gira il bicchiere di grappa tra le mani, fissa lo sguardo sulla luce che si riflette sul cristallo.

«Certo», dice. «Sai, io in fondo sono una persona tranquilla. Faccio nascere bambini, e la soddisfazione mi basta. Seguo la mia routine. Ma deve essere poco rispetto alla soddisfazione di lavorare a progetti di punta. Cose che possono davvero cambiare la vita a un sacco di gente».

Rastrello ha finito la sua grappa, se ne versa ancora.

Se continua così, mi tocca portarlo al pronto soccorso, pensa JFK, ma non dice niente.

«Sì, per dire la verità, stiamo ottenendo dei risultati incredibili, sai. Semplicemente incredibili. Quando sono stato lì la settimana scorsa e ho visto...»

«In Inghilterra?»

«No, be', in effetti non è in Inghilterra... comunque, una cosa incredibile».

«Lo so, è segreto industriale, non me lo puoi raccontare», JFK sorride. Gli viene bene, quest'aria dispiaciuta, curiosa e comprensiva insieme.

Rastrello ha un sorriso: «Te lo accenno solamente. Mi dici che ne pensi».

34.

Alle tre e mezzo di notte, che oramai Rastrello dormiva pesantemente, mezzo riverso sul divano color melone, la bottiglia di grappa quasi vuota sul tavolino, JFK con una specie di riflesso di cura professionale gli ha levato le scarpe, lo ha aggiustato un po' sul divano e se ne è andato in albergo. Ha dormito qualche ora, e alle nove è passato a casa di Bibi.

Non gliel'ha raccontata tutta fino in fondo la storia che ha sentito da Rastrello, però. Non se l'è sentita. È che non riesce a crederci. Magari Rastrello se l'è inventata di sana pianta. Certo con la testa non ci sta tutto. Un mitomane, magari. Una di quelle storie che si inventano i pazzi per consolarsi di una vita di delusioni e fallimenti.

Eppure, per certi versi sembra quadrare a perfezione.

«Senti, Bibi, prima di tutto mi devi promettere che non ti agiti troppo e che non fai colpi di testa».

«Perché», ha detto lei, guardandolo con occhi immobili, «ti risulta che ho fatto colpi di testa, finora?»

Lui, in un attimo, ha pensato che no, non una delle cose che Bibi ha fatto da quando l'ha conosciuta può essere considerata un gesto inconsulto.

Lei ha fatto il caffè e adesso sta seduta ben dritta davanti a lui al tavolo da cucina, le tazze fumanti sulle tovagliette color pesca. Nessuno dei due beve.

«Ok, allora senti, c'è una possibilità che qualcuno dei tuoi embrioni esista ancora. Sono finiti all'estero, a quanto pare, da qualche parte in Oriente. Sono stati dati via a un gruppo di ricerca, una biotech. Ma la cosa più importante... però mi raccomando, non farti illusioni troppo presto...»

«Non mi faccio illusioni troppo presto».

«...è che forse è ancora possibile recuperare qualcosa».

Bibi tace, aspettando che lui vada avanti, e questo lo stupisce, ma forse anche no. Già, sta immobile e silenziosa, come un gatto appiattito dietro una porta socchiusa.

«Ci ho pensato, a questo punto la cosa migliore secondo me è discuterne con quel tuo investigatore. Chiedergli di controllare. È uno con cui si può parlare apertamente?»

«Al cento per cento», dice Bibi. «Ti prendo un appuntamento per oggi pomeriggio».

«Tu non vuoi venire?»

«No. Mi fido».

JFK ha pensato che è strano che lei sappia così bene che si può fidare. Forse gli dà un po' fastidio, che lei si senta così sicura di lui.

Invece adesso, nel pomeriggio, JFK gliela sta raccontando in tutti i minimi dettagli, la storia, all'investigatore privato. Si sono incontrati nello stesso bar di via Veneto in cui lui aveva dato il primo appuntamento a Bibi, la zona è comoda per entrambi, ma adesso che è lì, non sa perché, prova un vago senso di disappunto. L'uomo è entrato, disinvolto, con l'aria di chi conosce bene il posto.

Del resto è di Roma, lui, è a casa sua. Si è diretto verso JFK senza esitazioni, i tavolini sono quasi tutti vuoti nella grande sala, la luce chiara del primo pomeriggio galleggia su ogni cosa, filtrando attraverso la parete di vetri sulla via. L'investigatore si siede sulla poltroncina di cuoio, accavalla le gambe, il sorriso calmo, dopo le presentazioni. Ha occhi azzurri e placidi dietro i piccoli occhiali quadrati, i ricci grigi intorno alla calvizie per qualche ragione gli danno un'aria particolarmente affidabile. Un maglione dal collo alto, di un azzurro quasi uguale a quello degli occhi. JFK osserva gli abiti informali, la posizione rilassata. Fa venire in mente un professore di astrofisica – pensa – o un matematico, qualcuno che sta riflettendo sulla dimostrazione di un teorema mentre un collega la discute.

È che lui l'investigatore privato di Bibi se l'era raffigurato come un omaccio grasso, con la barba sfatta, una sigaretta senza filtro in bocca. Un revolver appeso alla fondina.

Troppo Chandler, si dice, questo tipo magari ha una laurea in ingegneria, in informatica, in fisica, chi lo sa. Per infrangere i codici, aggirare i sistemi di sicurezza, pensa JFK. Gli piacerebbe chiederglielo ma non trova l'appiglio.

Comunque, questo è l'investigatore privato di Bibi, e JFK gli sta raccontando la storia di Rastrello. Tutta.

C'è da crederci? Non c'è da crederci?

L'astrofisico lo ha ascoltato in silenzio: «Lo sapremo presto», dice alla fine. «Abbiamo fatto un lavoro molto accurato sugli invii di materiale congelato da Villa Boccioli, effettivamente risultano alcune spedizioni in una nazione che potrebbe essere quella descritta da questa persona. E questa persona, questo Rastrello, stiamo verificando i viaggi che fa, quasi tutti i mesi. Alla clinica dice che ha una collaborazione in Inghilterra: vedremo dove va veramente. Ora controllare è compito mio. Poi però...», si ferma.

«Cosa?»

«Mah», fa un sorriso aperto, come se ci avesse pensato e avesse deciso che può condividere i suoi pensieri con JFK, «se le mie indagini confermano le sue informazioni, la fase successiva potrebbe diventare costosa. Sarà necessario un avvocato specializzato, qualcuno esperto di trattative industriali internazionali», stringe le spalle. «Ma di questo parlerò io con Bibi. Conosco la persona adatta da indicarle».

Si danno del tu, lui e Bibi, pensa JFK.

«Credo che il denaro qui sia l'ultimo dei problemi», dice.

Si sorprende per un istante di aver usato esattamente la stessa frase che ha sentito usare a lei così spesso, invece l'astrofisico sorride, lo guarda con una specie di intesa negli occhi : «Già, il denaro qui è l'ultimo dei problemi...»

L'uomo ha l'aria divertita, e un tono sicuro di sé. Per un attimo, JFK è attraversato dal sottilissimo dubbio che Bibi e lui...

Ma che diavolo me ne dovrebbe importare, poi?

Senza accorgersene, scrolla le spalle.

Si alza: «Mi sembra che ci siamo detti tutto. La saluto, allora».

Stringe la mano all'investigatore, una stretta decisa, amichevole.

35.

Così, un mese dopo, in questo ufficio legale al centro di Ginevra che se ne sta incastrato in un edificio di vetro come un pezzo di specchio nell'aria, le grandi finestre così trasparenti che viene da chiedersi se ci siano davvero, la vista aperta sui ventagli di tetti di tegole e sul lago. C'è una lunga scrivania nera, un grande vaso d'argento pieno di rose bianche fresche. I due avvocati, seduti ai lati opposti del tavolo, si danno del tu. Si conoscono da più di vent'anni: erano compagni a quel master di un anno alla Columbia, e hanno lavorato insieme, dopo, alla causa per il Tebron, quello che alla prima sperimentazione sull'uomo ha mandato in coma tutti e quattro i volontari in meno di mezz'ora dalla somministrazione. Nella class action contro gli impianti della Genetil invece, più tardi, erano in campi opposti. Ma quelle sono solo le cause più grandi. Non se le ricordano più, tutte le volte in cui hanno lavorato insieme, fianco a fianco o uno contro l'altro, in vent'anni.

All'avvocato italiano, quello che è stato raccomandato a Bibi dall'investigatore astrofisico, di italiano ormai gli rimane praticamente solo il passaporto. Ha passato l'infanzia tra Francia e Germania, ha studiato in Inghilterra, si è specializzato in America, ha vissuto cinque anni in Belgio. Adesso non saprebbe dirlo più neanche lui dove vive. A quarantacinque anni sa cose che quelli che scrivono controinformazione semplicemente non hanno le categorie di rappresentazione mentale in cui collocarle. Come qualcuno che vuole discutere dell'interpretazione junghiana della cavalcata delle valchirie a un esame di calcolo all'università di Berkeley. Cose che sono qui, e il loro racconto sta là, nella pagina di un giornale o di una rivista, o in uno spezzone televisivo, e sembra che non si siano mai incontrati: le cose che sono accadute e quel che se ne dice. Come non fossero mai esistiti neanche per un attimo nella stessa realtà.

Due anni di vita in più per centomila malati, l'esplosione di una fabbrica che uccide venti operai, il colorante di una nuova tonalità di rossetto che farà impazzire tutte le donne del mondo per un anno.

Quel che viene, lui lo pilota verso le acque più calme che riesca a trovare, i danni e i benefici mescolati gli uni agli altri come in un mazzo di carte da cui vengono fuori ora cuori, ora picche.

Sui media, dopo, i torti e le ragioni si scambieranno di posto e di importanza tante volte, fino a sembrare solo scie di oggetti in movimento, irriconoscibili, in una foto. Intanto, quel che è stato è stato.

La sua cliente lo paga cinquecento euro l'ora, è la sua tariffa. Ma del resto, ne è convinto, non ci vorrà granché a risolvere questa questione.

«Ma sì», dice, «abbiamo tutta la ricostruzione completa, tutte le prove. La documentazione degli spostamenti degli embrioni, abbiamo anche le fotografie scattate all'interno dell'edificio...», accenna un sorriso, «devo dirti che come attenzione alla sicurezza non è che si siano dati tanto da fare, quei ragazzi».

L'avvocato svizzero sospira. Ha sottili baffi grigi su un viso ossuto da protestante.

«Abbiamo anche la ricostruzione dei movimenti del denaro», continua l'italiano, «che dimostra inequivocabilmente che la biotech coinvolta è finanziata dal tuo gruppo. In pratica, appartiene completamente alla tua cliente».

Lo svizzero continua a tacere.

«Mi rendo perfettamente conto che potete ancora decidere di distruggere il materiale. Però ti chiedo di valutare se sarebbe davvero conveniente per voi. La mia cliente, te lo dico apertamente, ha dei tratti di squilibrio, un comportamento ossessivo, non si fermerà. Sporgerà denuncia, chiederà un'ispezione. Cercherà di coinvolgere il governo italiano, che come sai è fortemente ostile a qualunque forma di modernizzazione in questo campo. E la stampa, e l'opinione pubblica, e le associazioni. Sicuramente la storia finirebbe per avere risvolti in politica internazionale. E le cause legali durerebbero anni. A parte i risvolti penali. Il danno di immagine ricadrebbe su tutte le aziende del vostro gruppo».

Tace per qualche secondo, poi riprende: «D'altra parte, l'unica cosa che chiediamo è la restituzione del materiale, se ancora esiste», guarda il collega dritto in faccia. «E sappiamo con certezza che esiste ancora».

Fa un'altra pausa. «Capisci che la restituzione metterebbe la tua parte definitivamente al sicuro. Nel momento in cui la mia cliente dovesse ottenere quello che chiede, la sua posizione diventerebbe altrettanto...», apre leggermente le palme delle mani, «illecita della vostra. A quel punto, l'ultima cosa che potrebbe desiderare sarebbe diffondere questa storia».

Lo svizzero posa con gesto preciso sul tavolo il portamine d'argento con cui stava giocherellando. Sospira di nuovo, poi dice: «Sì, in effetti il quadro mi sembra piuttosto preciso. Non credo che sarà una decisione molto difficile da prendere, per la vecchia signora».

L'italiano alza le spalle: «Ci siamo trovati in situazioni ben più difficili da risolvere».

«Questo è sicuro. Certo però questa storia è davvero incredibile». Fissa lo sguardo nel vuoto: «A volte penso che scriverò un libro, quando andrò in pensione».

«Quando noi saremo in pensione, storie come questa saranno diventate normali. Nessuno se ne stupirà più».

«Forse hai ragione». Lo svizzero scrolla le spalle, conclude: «Va bene, parlo con la signora e ti faccio avere una risposta entro qualche giorno».

«Come sta? Sempre sulla breccia?»

«Sicuro. Fossero tutti come lei, la medicina non sarebbe mai stata inventata».

«Già», l'italiano fa un sorrisetto, «e quelli come noi sarebbero senza lavoro».

Lo svizzero restituisce il sorriso, come di fronte a un'idea assurda, poi si alza in piedi: «Che fai per cena? Perché non vieni a casa mia, così conosci i bambini?»

«Grazie», dice l'italiano stringendogli la mano, «la prossima volta, volentieri. Il mio aereo parte tra un'ora».

36.

Eva picchietta incerta sui tasti del vecchio computer mezzo rotto, seduta alla piccola scrivania incastrata tra una centrifuga e un frigorifero, i ragazzini alle sue spalle che canterellano e si chiamano a voce alta e lasciano cadere oggetti con grandi tonfi, poi si rimproverano l'uno con l'altro. Inserisce numeri nella tabella sullo schermo davanti a lei, li sposta in su, li sposta in giù, li toglie e poi li rimette. Niente da fare: la differenza tra i due gruppi di dati non è significativa. Come dire che le cellule a cui ha aggiunto il composto sono cresciute tanto quanto quelle a cui non lo ha aggiunto.

E invece i due gruppi devono essere diversi, pensa, devono essere diversi per forza.

Inutile continuare a spremere questa tabella, però. Sbuffa mentalmente. Bisogna ripetere l'esperimento. Altre due volte, forse: se la differenza è piccola l'unico modo di farla venir fuori è accumulare più dati.

Che seccatura, pensa. Rimettere a crescere le cellule, trattarle per due settimane, contarle, analizzarle, eccetera. Un'altra volta. E un'altra volta ancora. D'altra parte non c'è altro modo.

Nell'angolo in basso a destra dello schermo un minuscolo quadratino prende a lampeggiare, e contemporaneamente si sente un piccolo bip: è arrivata nuova posta.

Eva abbassa la schermata della sua tabella disastrata e guarda la posta in arrivo. In cima alle altre, in neretto, una nuova mail. Dagli Stati Uniti.

Resta lì senza aprirla.

La risposta della rivista.

È un pessimo segno che abbiano risposto così presto, pensa.

Che stupidaggine ho fatto, pensa.

Che gliel'ho mandato a fare, l'articolo. Non era ancora abbastanza completo.

L'avevo detto fin da subito che non l'avrebbero accettato.

Gliel'avevo detto a Lorenzo che era tempo sprecato, invece lui ha insistito.

Non dovevo dargli retta. Anche il Vecchio lo aveva detto, che gli sembrava un tentativo un po' azzardato.

Clicca, la mail si spalanca sullo schermo.

«*I revisori concordano nel ritenere che l'articolo contribuisce con un'analisi innovativa e rilevante al campo di ricerca specifico. Le ipotesi formulate dagli autori sono supportate da dati ben concepiti e sperimentalmente solidi...*»

«*In allegato, le informazioni aggiuntive e le modifiche richieste dai revisori*».

«*Nel caso vi sia possibile produrre tutte le integrazioni richieste entro due mesi, l'articolo può essere considerato adatto per la pubblicazione nella nostra rivista*».

Adatto per la pubblicazione nella nostra rivista.

La frase continua a tintinnare nella testa di Eva come l'ultima biglia rimasta in un vasetto di vetro.

Nell'allegato ci sono due pagine di domande minuziose, elencate per punti numerati.

Il pannello B della figura 3 mostra una fotografia troppo confusa: gli autori dovrebbero fornirne un'altra più definita.

Nel grafico della figura 4, pannello C, il secondo revisore chiede di aggiungere un ulteriore controllo.

L'esperimento descritto nella tabella 2 è stato fatto su gruppi di sei topi, il primo revisore chiede di ripeterlo usando gruppi di dodici.

A Eva non sembra di aver propriamente *letto*. In poche frazioni di secondo i punti chiave le si sono piantati in mente da soli, come saltando a piè pari il fatto di essere scritti in lettere e numeri e parole. Come se il suo cervello li avesse assorbiti direttamente, tramite un qualche meccanismo di percezione non ancora identificato e indipendente dai suoi occhi.

Senza neanche voltarsi infila il braccio a casaccio dentro la sua borsa, che sta appesa dietro di lei alla spalliera della sedia, brancola finché riconosce la piccola cosa rettangolare: il cellulare. Gli occhi puntati sullo schermo, preme il tasto del numero di Lorenzo.

«Lorenzo, dove sei?»

«In laboratorio».

«Senti, puoi andare al computer? È arrivata la risposta. Ti ho fatto il forward, vedi se arriva».

«Eccola, sì, aspetta un secondo che leggo».

«Chiedono un sacco di esperimenti aggiuntivi, hai visto? Ti è arrivata?»

«Ti ho detto aspetta un attimo», dice Lorenzo, ma subito riprende a parlare, ha assorbito la lettera per direttissima, allo stesso modo di Eva: «A me non sembrano un sacco di esperimenti, mi sembrano quattro stupidaggini».

«Dici che ce la faccio a farli? In due mesi?»

«Ma anche di meno, direi».

«È accettato, vero?»

«Eva, c'è scritto sopra: "può essere considerato adatto per la pubblicazione". Che significa secondo te?»

«Lo hanno accettato».

«Io te l'avevo detto fin dal principio».

«Be', avevi ragione. Senti, hai tempo domani pomeriggio? Riguardiamo la lista di quello che ci chiedono con calma e facciamo una tabella di marcia?»

«Ma sì, certo, vediamoci dopo le quattro qui da me, ti va bene?»

«Benissimo, sì. Ti ringrazio davvero, Lorenzo, non ce l'avrei fatta, senza di te».

«Stupidaggini. Ci vediamo domani, allora e...», Lorenzo fa una pausa per sottolineare la frase, «congratulazioni, Eva».

Eva sa che i complimenti di Lorenzo sono sinceri. Non ci sono molti colleghi dei cui complimenti si sentirebbe così sicura che lo siano.

«Grazie, Lorenzo».

Chiude la telefonata. Si chiede se debba fare un colpo anche al Vecchio, e subito si risponde di no. Meno male che è fuori Roma, pensa, se no non avrei potuto evitare di andarglielo a dire adesso. Sai che piacere stare lì a sentirlo sviolinare mezz'ora sui successi comuni, sulla lunga tradizione del dipartimento.

Lo saprà domani, quando torna.

Invece, fa il numero dello Scrittore, che però è staccato. Del resto a quest'ora sarà in piena conferenza, è a Firenze da due giorni a seguire un suo convegno. Gli manda un sms, solo poche parole: Il mio articolo è accettato.

Senza rendersene conto si è alzata, ha camminato fino al braccio di corridoio in cui non passa mai nessuno, immerso nella quiete e nel sole che lo invade attraverso le vetrate sul giardino. Fuori, il venticello leggero si infila tra le foglie e una coppia di farfalle gialle danza nell'aria.

Respira, si gode il suo attimo, mentre la consapevolezza che l'articolo è andato la invade.

Sì, il suo articolo è andato: verrà pubblicato, verrà letto da altri. Gli altri che sparsi qua e là per il mondo stanno cercando le stesse cose che cerca lei.

Guarda fisso oltre il vetro e la vede come fosse materiale: una rete infinita che pesca frammenti di realtà dall'immenso mare di ignoto. Una trama di fili che si stende senza direzione, che affonda nell'infinitamente piccolo e si arrampica verso l'infinitamente grande, gettata ovunque qualcuno pensi di poter arrivare. Cucita strettissima in alcuni punti, in altri solo pochi fili solitari intorno a enormi aree di vuoto: i buchi dove la tecnica di oggi non è ancora in grado di guardare – quella di domani chissà. Le zone di buio profondo, dove non ci sono risposte perché non si arriva neppure ancora a comprendere quali siano le domande giuste da porsi.

Una rete iniziata chissà da chi, chissà quando: forse quando il primo uomo ha capito che l'estate sarebbe tornata puntuale ogni volta alla fine dell'inverno, e ha cominciato ad aspettarla, ogni anno. Forse quando ha imparato a conservare le bacche commestibili scartando quelle velenose.

È da allora, sì, che l'uomo, da un capo all'altro della terra, continua a cucire una per una nuove maglie alla stessa rete, cercando di strappar via conoscenza all'ignoto, millimetro per millimetro.

Ed Eva, sì. Anche lei sta aggiungendo il suo minuscolo filo.

37.

Poi, a un certo punto, mentre se ne sta immobile nel corridoio vuoto a guardare il giardino scarmigliato in cui le lucertole corrono sotto il sole, all'improvviso Eva è stata colta da un'idea, e cioè che sono le undici e la mattinata è bellissima, e l'esperimento in corso, una volta tanto, può essere interrotto senza danni, e a ben vedere lei potrebbe anche uscire, già, perché no?, e andare in centro e provarsi quel vestitino colorato che ha visto diverse volte nella vetrina di un certo negozio che, quando qualche volta le capita di passarci davanti, di domenica, è sempre chiuso.

Be', a quest'ora, pensa, mi sa che il vestitino non c'è più. Saranno passati due mesi, dall'ultima volta che sono stata in centro.

Però che importa, si dice, lì hanno sempre roba carina, magari trovo qualcos'altro.

Eccitata per il suo folle piano, torna nella stanza rumorosa di motori accesi e di voci, scuote Ettore nel suo angolo: «Ettore, io devo andare via», la sua voce ha un tono di urgenza, come se si fosse verificato un imprevisto a cui deve assolutamente cercare di portare riparo: non è proprio capace, di dire apertamente che ha deciso di prendersi un pomeriggio di vacanza.

«Ti prego, puoi farmi un favore? Ti lascio qui la mia sveglia, quando suona, tra mezz'ora, puoi togliere le mie provette dal bagno a trentasette gradi e metterle in frigorifero? No, non c'è bisogno di fare nient'altro, in frigo possono stare e non gli succede niente, poi ci penserò io».

Ettore la guarda e ridacchia. «Ma certo, non ti preoccupare, figurati».

Si mette a ridere anche lei: «Vabbè, esco presto, mica cascherà il mondo, no?»

«Non credo proprio», dice Ettore.

«Grazie, eh, grazie mille, allora io scappo».

Si è divertita da matti a camminare per il centro guardando le vetrine e la gente, ascoltando il brusio incomprensibile dei turisti, i gridolini delle ragazzine che hanno marinato la scuola e si accalcano nei negozi per comprarsi rossetti e calze dai colori strampalati, gli strilli dei bambini piccoli che urlano, legati come salsicciotti nei loro passeggini. Verso le due, se ne sta seduta al sole sugli scalini di piazza di Spagna, la busta con il vestitino colorato posata accanto a lei sullo scalino, e un'altra ancora con un paio di sandali nuovi, e lecca il suo gelato e guarda la folla che sciama sulla piazza e per le vie, sotto di lei. Ai suoi piedi, un piccione becchetta le briciole del cono che lei gli ha spezzettato davanti.

Quello starsene lì, di giorno feriale, l'aria tiepida, il sole, e il gelato, le danno quasi un senso di vertigine.

Il telefono squilla, è Guido che ha acceso il cellulare all'ora di pranzo.

«Indovina dove sono?», dice lei.

«Eva, hanno preso l'articolo? Che bello, sono proprio contento... ma dove sei? Cos'è tutto quel vociare?»

«A piazza di Spagna, e mi sto mangiando un gelato», ride lei, come fosse uno scherzo divertentissimo. Infatti lui ride di cuore: «Sei scappata dal laboratorio fuori orario? Ma sei impazzita?»

Poi, colto da un pensiero improvviso: «Eva, scusa, ma perché non ti prendi un treno verso le sette e mi raggiungi? Ce ne sono quasi ogni ora e ci mettono pochissimo. Dai, vieni, arrivi verso le nove, andiamo a cena insieme. Domattina c'è l'ultima sessione, ma posso saltarla, ci facciamo un giro...»

Lui veramente glielo aveva proposto anche prima di partire, di andare a Firenze, come fa tutte le volte che va fuori per lavoro, e lei aveva detto di no, ma adesso, invece di ripetere immediatamente che non può, che le cellule, i topi, l'esperimento, Eva rimane zitta, il che basta a far capire a Guido che è il caso di insistere:

«Siamo stati in una trattoria dove si mangia benissimo, ieri, le fiorentine erano veramente eccezionali, ci possiamo tornare stasera. E domani sera c'è un concerto a Santa Maria Novella, credo sia molto bello. Io non pensavo di andarci, però se vieni mi faccio dare i biglietti».

«Dici che potremmo vedere anche gli Uffizi?», Eva c'è stata ormai parecchi anni fa, ma se li ricorda bene, le erano piaciuti così tanto e non è più riuscita a tornarci. E poi, deve essere bello andarci con Guido, che le racconta sempre tutte quelle cose, sul tale quadro, sul tale pittore.

«Certo, credo che i biglietti adesso vadano prenotati in anticipo, ma il congresso ne avrà sicuramente preso qualcuno per i partecipanti. Non penso ci siano problemi».

«Be'...»

«Dai, Eva, domani è venerdì, torniamo domenica, con calma, dopo pranzo».

«Senti, va bene. C'è un tempo troppo bello, sono troppo contenta. Vedo i treni e ti faccio sapere quando arrivo».

Eva raccoglie le sue buste e saltella giù per la scala, avviandosi verso il motorino. Mentre lo accende, il cellulare squilla di nuovo.

È JFK: «Eva, ciao, sono qui da Bibi, ci sono grosse novità. Hai tempo di passare? Volevamo raccontartele, e sentire che ne pensi».

Dopo, Eva si è maledetta per la sua curiosità, che non le ha consentito neanche di cominciare a far presente che lei veramente non solo deve prendere il treno per Firenze alle sette, ma deve ancora, prima, vedere se c'è, il treno per Firenze delle sette, e comprare il biglietto e preparare la borsa. Il fatto è che l'ultima volta che si è vista con Bibi, un paio di settimane fa, si sono incontrate all'uscita dal lavoro e hanno preso un aperitivo insieme, e Bibi era tutta eccitata e le ha raccontato a spizzichi e bocconi una storia complicata di cui Eva non ha capito granché, in cui c'entrava un dirigente di Villa Boccioli e un traffico di embrioni all'estero.

«Non li so neanch'io tutti i dettagli», aveva detto Bibi, «se ne sta occupando JFK insieme all'investigatore privato, di loro mi fido ciecamente, vedrai che prima o poi viene fuori tutto».

Eva si era sentita molto dubbiosa sul fatto che potesse venire fuori tutto, o perlomeno che potesse venir fuori alcunché di buono, ma adesso si chiede se davvero, tra tutti quanti, siano riusciti a trovare qualcosa, e cosa.

Sicché, continuando a mandare accidenti a sé stessa, è corsa a casa in fretta e furia, ha scovato e comprato il suo biglietto su internet, ha buttato quattro cose alla rinfusa nella sacca – incluso il vestitino e i sandali nuovi, certo – ed è scappata da Bibi.

JFK le apre la porta, Bibi è lì che cammina avanti e indietro per il grande salotto, il viso eccitato, e parla continuando un discorso già cominciato, mentre Eva, ancora in piedi, si toglie la giacca e la sacca e le butta sul divano immacolato, senza che nessuno si precipiti a togliergliele di mano come sarebbe accaduto in ogni altra occasione. Di sfuggita, nota anche che non ci sono tracce di aperitivi, succhi di frutta, noccioline, nulla di nulla, il tavolino di cristallo davanti al divano desolatamente vuoto. Non è che lei ci tenesse all'aperitivo, ma l'infrazione alle regole della casa riguardo ai rinfreschi per gli ospiti le dà un senso di catastrofe incombente.

«Cosa è successo?», chiede.

«Ci sono ancora, ci sono ancora, i miei embrioni: era vero, sai, Eva? Li hanno ritrovati! Li ha trovati lui», Bibi fa un sorriso radioso a JFK, la cui faccia però non esprime particolare soddisfazione, «e l'investigatore privato».

«Dove?»

«In Oriente», dice JFK. «Questo Rastrello, un dirigente di Villa Boccioli, collabora con un gruppo inglese, una spin-off. La spin-off però è solo una parte dell'impresa, in Inghilterra effettivamente sviluppano nuove tecnologie per la rianimazione infantile. Nuovi tipi di incubatrici, parti prematuri, cose così. Tutta roba alla luce del sole. Vanno anche bene, hanno già un paio brevetti. Poi però c'è questa minuscola biotech affiliata, in Asia, il denaro gli arriva attraverso mille giri, e gli arrivano anche gli embrioni, da tutte le parti del mondo. In paesi come quello ricerche del genere sono completamente deregolamentate, in pratica puoi fare tutto quello che ti pare. Questo indiano, il direttore scientifico, riesce a mandare avanti tutt'e due i siti. Ma in realtà Rastrello lavora per la biotech asiatica. Ci va più o meno una volta al mese, da tre anni. Alla fine l'investigatore di Bibi è riuscito a ricostruire tutto, punto per punto».

«E gli embrioni di Bibi sono finiti lì?»

«Sì», esclama Bibi, raggiante, «ma la cosa più importante è che ci sono ancora! L'investigatore ne è sicuro. Ti rendi conto? E ieri uno dei miei avvocati è stato da loro, e gli ha detto che io li rivoglio indietro, e l'altro non lo ha negato, che ci siano ancora, capisci? Ma del resto noi lo sapevamo già. E adesso...»

«L'avvocato è stato da loro in Asia?»

«No, a Ginevra», dice JFK, «sia il sito inglese che quello asiatico fanno capo indirettamente a un grosso gruppo farmaceutico svizzero».

«Una farmaceutica svizzera? Non capisco neanche come l'abbiano ricevuto, il tuo avvocato: quella non è gente che gioca».

«Eh, a quanto dice lui», dice JFK, «forse pensano che non gli conviene tenere la linea dura».

«Sembra incredibile», dice Eva. «Ma insomma, che cosa hanno risposto, allora?»

«Niente», dice Bibi, «ancora niente. Hanno preso tempo. Ma adesso ci penso io».

Eva rabbrividisce, a sentire il tono di Bibi.

«Ci pensi tu come?»

«Ho chiesto un colloquio personale alla proprietaria».

«Alla proprietaria di cosa?»

«Del gruppo svizzero. Le ho chiesto di poterla incontrare».

«Ma sei matta? Per dirle cosa? E ti pare che ti riceve personalmente?»

«Ecco, Eva, vedi, diglielo anche tu, a me non vuole dare retta», JFK ha il tono preoccupato. «Questa è una situazione che devono gestire gli avvocati, se ci si va a impicciare lei...»

«Impicciarmi? Come se non fossero fatti miei! Starai scherzando, questi sono i fatti più miei di cui mi sia mai impicciata! No, loro lo devono capire, anzi, lo deve capire questa donna, che faccio sul serio, che sono disposta a tutto. Mi deve vedere in faccia».

«Sinceramente, mi sembra una pessima idea», dice Eva.

«Anche a me», dice JFK, «sono contento che glielo dici pure tu. Si tratta solo di avere ancora qualche giorno di pazienza e vedere cosa rispondono gli avvocati».

Eva ha capito, adesso, come mai JFK ci teneva tanto che lei passasse: sperava che lo aiutasse a far cambiare idea a Bibi. Si illude, pensa Eva. Chi gliela fa cambiare idea, a lei, quando si è messa in testa una cosa?

«La pazienza ve la potete tenere! Nessun problema si è mai risolto a suon di pazienza! Non intendo tralasciare la più piccola mossa che possa aiutarmi a riavere quello che voglio. Stamattina ho fatto avere la mia lettera a quella donna, vediamo cosa risponde. E se non risponde, gliene manderò un'altra e un'altra ancora. Vedrete che prima o poi si convince».

«Bibi», il tono di JFK pende verso l'esasperazione, «guarda che se cerco di scoraggiarti è solo perché penso che sia il tuo interesse. Perché mi sembra che tu, da un incontro del genere, non abbia nulla da guadagnare. Rischi di farti trascinare dall'emotività, di fare una scenata o qualcosa del genere».

«Sì, ti ringrazio per il consiglio, io però farò come ho deciso».

«Sentite», dice Eva, «secondo me stiamo discutendo del nulla. Scommetto che non ci sarà nessun incontro: questa donna rifiuterà di vederti, riceverai una risposta dagli avvocati, che sono pagati apposta, e basta».

«Lo vedremo, se rifiuta di incontrarmi», risponde Bibi, guardando fisso davanti a sé.

Poi, Eva ha detto che doveva scappare, se non voleva perdere il treno, e siccome non sapeva bene dove lasciare il motorino, Bibi le ha detto di lasciarlo lì, nel suo cortile, e JFK l'avrebbe accompagnata alla stazione in macchina: sono dieci minuti da qui.

Così, JFK la sta portando alla stazione: mentre guida si lamenta della testa dura di Bibi, che quando si fissa si fissa.

Appena arrivano, Eva lo ringrazia per il passaggio e corre via.

Solo quando il treno comincia a muoversi le torna in mente all'improvviso, come una folata d'aria tiepida che le soffi in faccia da una finestra aperta, che il suo articolo è accettato, e che lei si sta prendendo tre giorni di vacanza. Sta andando a Firenze con solo poche ore di preavviso, e Guido la porterà a mangiare la fiorentina e a vedere gli Uffizi, e ha anche un vestitino nuovo tutto colorato, carino e costoso.

Già, pensa, la vita non è poi così male.

38.

Bibi esce dall'aeroporto, trova un taxi e mostra al conducente l'indirizzo, che ha scritto con la sua calligrafia nitida sul retro di uno dei suoi biglietti da visita mentre era sull'aereo. Ora siede con le spalle dritte sul sedile posteriore, controlla l'orologio: è perfettamente in orario. La segretaria della vecchia signora l'ha chiamata l'altro ieri, si sono accordate che Bibi sarebbe arrivata a metà mattinata.

Ancora ieri sera sua madre è passata da lei, l'ha tenuta lì mezz'ora a dirle che non le piaceva l'idea che andasse sola, che faceva ancora in tempo a farsi accompagnare da qualcuno, anche Marife se proprio non voleva un amico o un'amica, tanto un biglietto di prima classe si trova anche all'ultimo minuto. Alla fine Bibi ha avuto un moto di esasperazione, così sua madre finalmente ha taciuto ed è andata via. Bibi ha dormito, non molto ma profondamente, e stamattina si è alzata, si è vestita con calma e si è fatta portare a Fiumicino dal taxi prenotato la sera prima.

Probabilmente è la prima volta in vita sua che fa un viaggio da sola, sia pure così breve. Ha sempre avuto sua madre, le sue tate, le amiche e gli amici. E Marco, finché c'è stato. Eppure è perfettamente calma, adesso. Perfettamente concentrata. Guarda di sfuggita fuori dal finestrino: è una giornata piena di azzurro, un cielo smagliante. L'automobile scivola tranquilla lungo la strada senza traffico. Di lato, attraverso i grandi cancelli di ferro battuto si intravedono le ville immerse nei loro parchi: prati verdi, siepi di bosso, alberi altissimi. Ancora più in là fa capolino il lago, solcato da una miriade di barchette dalle vele candide di sole che corrono in tutte le direzioni. Le montagne in lontananza, ancora un po' di neve sulle cime.

Quando sono ormai molto vicini alla città il taxi gira verso uno dei cancelli, sosta un attimo davanti alla videocamera. Si avverte un breve suono elettrico e il cancello automatico lentamente si apre. L'automobile percorre un viale alberato, lascia Bibi sul piccolo piazzale davanti alla villa. La segretaria della signora la aspetta lì: una donna giovane, in giacca e pantaloni. Bella, pensa Bibi, nonostante l'abito e la pettinatura severi.

Parla un francese semplice e lento in modo che Bibi riesca a capire le poche parole con cui le dà il benvenuto e la prega di attendere un istante nel vestibolo con le poltrone rosa e i grandi vasi di ceramica fiorata. Scompare dietro una porta di quercia, da dove ritorna solo un attimo dopo: di qua, prego, dice.

Al di là della porta, la stanza non è fredda come se l'era aspettata: è uno studio con una grande scrivania ingombra di carte, e divani e poltrone dai colori caldi, coperti di cuscini; alle pareti, librerie cariche di libri accatastati in modo disordinato e qualche quadro, di cui Bibi riconosce immediatamente gli autori. Su un lato, un camino di pietra spento;

sull'altro, una vetrata che dà sul parco, attraverso la quale, oltre gli alberi e i cespugli, si vede il lago scintillante.

La vecchia signora è lì, seduta sul divano: ha un abito semplice, di un insolito color tabacco biondo che dà subito a Bibi l'idea di quanto sia costosa la stoffa in cui è tagliato; al collo, una lunga collana di un metallo lucente, il cui disegno ultramoderno è talmente strano da risultare quasi ipnotico. I suoi capelli sono quasi completamente bianchi, raccolti in un nodo voluminoso e morbido da cui sfugge qualche ciocca. Il viso dalla pelle chiarissima e dai lineamenti delicati, che le mille piccole rughe non riescono a stravolgere. Occhi incredibilmente chiari.

Guarda Bibi e dice solo: Buongiorno.

Bibi, d'istinto, abbassa il capo in segno di saluto, le verrebbe da accennare un inchino, come le avevano insegnato a fare da bambina, ma si trattiene.

«Sieda, la prego», dice la signora. «Prenderò un tè freddo, lei desidera qualcos'altro?»

Bibi siede sulla poltrona color arancio tenue, dritta di fronte alla signora. Tra di loro solo un tavolino basso di legno chiaro.

«Il tè freddo va benissimo, la ringrazio».

La signora dice poche parole in francese alla segretaria, che scompare. Dopo un attimo una cameriera giovanissima entra portando un vassoio con le caraffe, i bicchieri, una ciotola d'argento piena di piccoli biscotti. Dispone tutto sul tavolino, poi scompare chiudendo silenziosamente la porta alle sue spalle.

«Ha chiesto di vedermi», dice la signora con un tono privo di espressione, «sebbene i nostri avvocati si siano già incontrati».

Conosce bene l'italiano, la signora, oltre alle altre tre o quattro lingue, anche se lo parla con un po' di accento.

«La ringrazio molto di avermi concesso questo incontro», dice Bibi, «ho pensato che se avessi avuto l'occasione di parlarle personalmente avrebbe potuto capire meglio la mia insistenza».

Bibi allontana per un istante lo sguardo dagli occhi della signora. Sta assorbendo la consapevolezza che quella donna le piace. Forse pensa di sfuggita che sarebbe bello poter avere un aspetto come il suo, quando arriverà a quell'età.

Poi, le pianta di nuovo lo sguardo negli occhi e le racconta la sua storia. Usa parole semplici, un tono di voce calmo. Le dice di Marco, di come è morto. Del suo tumore al seno, di come e perché è diventato impossibile, per lei, avere figli. Le parla del professore della clinica di Roma, che ha rifiutato di farle l'impianto con i suoi embrioni.

Solo un paio di volte, durante il suo discorso, Bibi gira lo sguardo oltre la vetrata, sul giardino pieno di verde e sul lago azzurro, mentre il bicchiere di tè freddo dal quale ha bevuto appena un sorso le si intiepidisce lentamente in mano.

Alla fine, ha concluso semplicemente: «Ecco, volevo che mi conoscesse, che avesse modo di sentire direttamente da me queste cose».

La vecchia signora non l'ha mai interrotta, e quando Bibi ha finito il suo racconto ha detto soltanto, nel suo italiano dal suono un po' duro: «Abbiamo fatto bene a incontrarci di persona».

Bibi non ha fatto nulla per prolungare l'incontro, per strappare una promessa: si è alzata in piedi, la schiena dritta, ha chinato un po' la testa in segno di rispetto, ha porto la mano, poi ha sorriso, un sorriso timido, appena accennato, ed è uscita.

La segretaria della vecchia signora le ha chiamato un taxi per l'aeroporto. Due ore dopo, Bibi era di nuovo a Roma. Si è seduta sul grande divano del soggiorno, il cellulare spento e il telefono, che stava già cominciando a squillare ossessivamente per le chiamate ripetute di sua madre, staccato. È rimasta lì per ore, lo sguardo fisso oltre le portefinestre del terrazzo, a rivedere nella mente ogni secondo del suo incontro con la vecchia signora, attimo per attimo, parola per parola, un'altra volta, e un'altra volta, e un'altra volta.

39.

È circondato di ville, il lago, grandi case bianche o rosate o dorate, i prati dall'erba delicata e regolarissima che scendono fino all'acqua con una pendenza appena percettibile, e l'acqua è ferma e piatta e ha il colore dell'argento annerito, adesso che il sole è calato, all'ora del crepuscolo, e tutti i riflessi si sono spenti. In uno dei giardini più grandi, la vecchia signora sta seduta nella sua poltrona di vimini, si stringe nello scialle a frange colorate per proteggersi dall'umidità che comincia a salire dall'acqua, e guarda il crepuscolo, e pensa.

Alla sua età, prende ancora due o tre aerei a settimana, e assiste a riunioni di sei ore. Se ne vale la pena, naturalmente.

Lei ha avuto successo nella vita, sì. Ma tutto quello che ha ottenuto, e ha ottenuto quasi tutto, se lo è guadagnato: il destino lei lo ha braccato, circuito e piegato. Era una donna di straordinaria bellezza, in qualche modo lo è ancora, e questo le è servito. E le è servito il cervello, e la forza di volontà, duri come pietre. Suo marito, lui era molto più anziano di lei quando si erano sposati. Molto più anziano, ma quando lo rivede adesso nella memoria, rispetto a lei è solo un giovane uomo. Aveva poco più di cinquant'anni quando è morto, e lei, ora, ha superato quell'età da così tanto tempo che è come se le parti si fossero invertite: adesso è lei quella esperta, e lui un giovanotto che non sa molto della vita. Ma all'inizio, quando si erano sposati, lui aveva dovuto insegnarle tutto: da come ci si veste al tono di voce con cui si parla. E quali libri, e quali ristoranti. Paesi del mondo che lei non sapeva neanche esistessero. Fabbriche che sembravano non appartenere a nessuno, invece appartenevano a lui. A loro. Quali conti in quali banche. Dove sono le cassette di sicurezza. Cosa c'è dentro.

Dopo la sua morte erano dovuti passare anni, prima che le proposte di acquisizione e quelle di matrimonio cessassero. Farle cessare è stata una delle sue imprese più faticose. Al contrario lei, silenziosamente, lentamente, stava cominciando a comprare. Aziende piccole, poi più grandi. Senza clamori. Adesso, mentre le proprietà del mondo si frammentano freneticamente per riuscire a globalizzarsi, la sua azienda principale è la più grande nel suo settore ad avere un proprietario unico. E l'unico proprietario è lei. Poi ci sono le aziende minori.

Guarda l'acqua piatta, pensa.

Pensa a quello in cui ha fallito.

I suoi figli adottivi. Quello è stato il più grosso dei suoi insuccessi.

Il più piccolo è perduto ormai da anni, laggiù da qualche parte in Sudamerica, in una palude di droghe e di reati sessuali. Le mandano una relazione ogni tre mesi, lei ormai neanche le legge più. L'unica cosa che ha chiesto è di sorvegliare che non glielo ammazzino in qualche vicolo, una notte di queste. Uno spacciatore, o il padre di qualche bambino.

Quando pensa a quei bambini, a volte, non si sente sicura che le misure che prende per proteggerlo abbiano davvero senso.

Comunque.

La ragazza, lei si è intestardita a voler sposare quel farabutto dal bell'aspetto, e non c'è stato niente da fare. Sia come sia, il contratto di matrimonio è fatto in modo tale che lui non riuscirebbe a infrangerlo neanche se ci buttasse sopra una bomba a neutroni. Non riuscirebbe a mettere le mani sul denaro neanche passando attraverso la sesta dimensione. Ha provveduto con accuratezza, la signora. Ciò non toglie che la ragazza stia lì, tutte le settimane, a piangere come un vitello sull'ultimo numero delle riviste di pettegolezzi, che puntualmente le precisano a chi si è accompagnato suo marito questa settimana. Tutte le settimane.

Il grande invece ha fatto tutti gli studi che doveva fare, è stato in tutte le scuole dove doveva andare, ha visto tutto quello che doveva vedere. Cose che lei, la vecchia signora, ha dovuto imparare da sé, pezzo pezzo, andando a orecchio. Però è chiaro che lui la stoffa non ce l'ha. Non ha l'intuito, non ha il carattere, non ha la volontà. Lo sanno tutti, intorno a lui: i suoi avvocati, i suoi dirigenti. Tutti tranne lui. Sarà un problema quando arriverà il momento che dovrà rendersene conto, quando capirà di essere stato tagliato fuori. Ma non è possibile fare in altro modo. La vecchia signora lo sa bene.

Lei ha rinunciato da molto tempo a cercare di capire se quei figli le sono venuti su così per un capriccio del destino o se è proprio il fatto di essere cresciuti con lei che li ha resi così inetti a vivere.

Se è stata colpa mia.

Libri ne ha letti, che raccontano storie e ricostruiscono cause. Ma lei lo sa: là ci sono i libri, qua c'è la vita.

Figli naturali, ha tentato di averne per anni, in tutti i modi. Certo le tecniche non erano quelle di adesso. C'è stato un periodo, dopo la morte di suo marito, che si faceva procurare giovanotti aitanti da una persona fidata, uno diverso ogni notte, glieli portavano in camera praticamente bendati. Tra i denti le scappa una risatina, a ripensarci. Poi è venuto il periodo dei farmaci, così per anni ha introdotto nel suo corpo molecole di ogni struttura, prodotte dalla sua azienda, dalle aziende altrui, in vendita, sotto sperimentazione, oppure già bandite dalle commissioni sanitarie. Per ultima è venuta la fase delle terapie alternative: erbe, pozioni, santoni, incantesimi. Se riguarda indietro a sé stessa a trent'anni, le sembra di vedere una sua nipotina un po' pazza, e ride da sé.

I figli naturali.

I miei figli naturali sarebbero venuti su esattamente come quelli adottivi.

Degli smidollati senza alcuna capacità.

Non c'è nulla, assolutamente nulla che possa garantire che un figlio venga su come lo desideravi. Al contrario, l'unica cosa di cui puoi star certo è che tuo figlio sarà diverso da tutto quello che hai immaginato. Completamente diverso da tutto quello che hai sperato.

Nulla può aiutarti a prevedere, non andargli a leggere nei cromosomi lettera per lettera con le analisi più avveniristiche, tantomeno uno straccio di riga di tutta questa vecchia saga germanica che chiamano psicoanalisi. Nulla. Non c'è chiave, da nessuna parte. Ogni figlio che nasce è una guerra che comincia. Una guerra all'ultimo sangue tra volontà avversarie, che inizia nell'attimo che vi guardate la prima volta e non ha possibilità di finire. Mai.

Quello che è stato è stato, pensa la vecchia signora, non c'è scienza né filosofia che possa dire cosa è accaduto o cosa sarebbe potuto accadere. O cosa accadrà.

Pensa questo, e intanto però.

Si rode.

La biotech in Oriente è stato un altro lancio di dadi.

Presto, lei lo sa, tra qualche anno, forse dieci, forse quindici, donne che si trovano nella situazione in cui si è trovata lei non ce ne saranno più. Donne che parlano coi guru, coi santoni, che si fanno infiggere spilli nella carne e bevono filtri magici. Donne che distruggono figli che non sono neanche i loro.

Come ho fatto io.

Le era piaciuta l'idea di contribuire per la sua parte. A qualcosa deve pur servire, essere padrona della più grande azienda farmaceutica del mondo a proprietario unico. Per esempio a permettersi il capriccio di finanziare un progetto così assurdo a un giovanotto indiano dalla testa dura, a cui nessun consiglio di azionisti si sarebbe sognato di dar credito.

A quanto pare anche stavolta ho avuto successo.

E adesso, perché no, ero disposta a riprovare.

Nonostante tutto quello che è stato.

Le carte per una quarta adozione sono già pronte.

Però le cose ora sembrano essersi complicate al di là di quello che può essere ragionevolmente gestito. L'avvocato dalla faccia ossuta le ha spiegato ogni cosa nei minimi dettagli.

E poi, stamattina ha incontrato quella strana donna italiana.

L'avvocato lo aveva sconsigliato caldamente, quell'incontro, ma lei, la vecchia signora, non è abituata a giocare una partita senza conoscere tutte le pedine, così ha mandato a dire di sì, e stamattina questa donna si è presentata, sola, come le era stato richiesto, con quell'aria seria e cortese, gli occhi da gazzella ferita che non mollavano i suoi neanche un attimo.

Seduta di fronte a lei, parlava con una voce ferma e addolorata: dei suoi embrioni, di ultime possibilità. Lei signora non ha detto nulla. Quello che voleva era ascoltare. Vederla in faccia, la donna italiana, e mentre ce l'aveva davanti capiva che dietro le sue parole supplichevoli, dietro l'abito elegante e i modi garbati, dietro gli occhi feriti, c'era una volontà dura quasi – *quasi* – come la sua.

Un luccichio, negli occhi della donna italiana, come un ago nascosto dentro una spoletta di cotone.

Non si è preoccupata neanche un istante, la signora, no. Non è certo tipo da spaventarsi di fronte a una volontà che non concordi con la sua. Semplicemente, la sua mente andava inserendo nel calcolo generale, nel conteggio della situazione, l'aspetto della donna, le sue parole, i suoi sguardi.

E quando ha sentito che il colloquio era terminato, la donna italiana non ha cercato di prolungarlo, né di ottenere una risposta. Ha salutato brevemente, cortesemente, ed è andata. Come se un istinto infallibile la stesse guidando a fare la cosa più opportuna, al momento opportuno.

Sì, ha un istinto infallibile che la guida, ha pensato la vecchia signora.

Non è certo un conflitto di volontà che mi preoccupa, ha pensato dopo che Bibi è andata via.

Sia pure con una donna come questa.

Ma nel calcolo generale va inserito tutto.

Quella donna è pazza.

Almeno quanto lo ero io.

Questa storia, ormai, si è fatta troppo complicata.

Del resto, quando in una storia c'entrano di mezzo gli italiani, si può star certi che ne seguiranno solo problemi.

Dovevo immaginarlo.

Pazienza.

Andrò a vedere a che punto stanno esattamente le cose.

Il lago è incredibilmente piatto, stasera.

40.

«Senta professore, è inutile girarci intorno», dice Rastrello, in piedi sotto il quadro di Gesù tra i pargoli, un tono piatto che non sembra il suo, «la caldaia è da cambiare. Ho parlato con sei ditte diverse, compresa quella che il nipotino prediletto al padrone gli è nato solo perché ci abbiamo messo le mani noi. Quello ci farebbe un monumento, oltre alla caldaia, e anche lui dice che la nostra è da cambiare, e perciò è inutile continuare a spremersi il cervello. Ho guardato tutti i preventivi, quello di questo tizio non è neanche il più basso ma immagino che sia il più onesto: magari stavolta la caldaia durerà per un tempo decente e per qualche anno non ci si deve pensare più».

Tende a Prandi il foglio del preventivo, Prandi ha un moto di indignazione: «Ma è una cifra folle!»

«Veramente questa cifra io la sto ricalcolando da settimane, è meno di quello che spendiamo in un anno per il giardiniere».

Anche se Rastrello lo sa benissimo che il criterio di Prandi, la sua priorità assoluta è: Qualunque Cosa faccia Buona Impressione alle Pazienti. E tutto quello che non si vede viene dopo.

Ma questi non sono affari miei, si dice, e quindi conclude: «In ogni caso la decisione è la sua, perciò basta che mi faccia sapere».

«Ah», dice Prandi, girandosi il preventivo tra le mani come se non capisse in quale verso si debba leggere. «Se sei proprio convinto, allora va bene, immagino. Avverto l'amministratore, fallo chiamare da questa persona, magari vediamo se ci fa un po' di sconto».

«Benissimo», dice Rastrello, ed esce dalla stanza.

Mio dio, possibile che fosse così facile?

Del resto, facile o non facile, tra poco, se tutto va bene, la caldaia non sarà più un problema suo. Un sacco di cose, non saranno più problemi suoi. Quando sarà a Milano, si presenterà in clinica alle undici anche lui, vedrà le sue pazienti in tutta calma e poi passerà il pomeriggio in laboratorio. Tra poco sarà finita, con le caldaie, i giardinieri, gli elettricisti, i registri di carico e scarico, sarà finita con tutte le menate di ogni ordine e grado. Farà il lavoro per cui ha studiato, seguirà le sue ricerche, e allora si vedrà quante risorse aveva, strangolate in fasce da quel vecchio pitone di Prandi.

Per un attimo, prova una fitta di piacere all'immagine di Prandi che riceve i rappresentanti delle ditte, che contratta con la farmacia, che chiama l'elettricista.

Ma figurati, si risponde subito, troverà un altro cretino come me.

Sorride tra sé, anche questo non gli interessa più.

Ieri, JFK gli ha detto che a un primo approccio il capo di Milano si è mostrato interessato.

Chiaro che ne dovranno riparlare con più calma. Il capo stava partendo per una settimana.

Ma insomma sembra che le cose si stiano mettendo bene.

Pensa che vuole un caffè, e anche un cornetto, e li vuole adesso, e se la segretaria lo sta cercando perché deve firmare il registro di carico della farmacia chi se ne frega. Caso vuole che tra un quarto d'ora – dà un'occhiata all'orologio – abbia l'appuntamento con la ragazzina con l'acne e il ciclo irregolare. E con sua madre, ovviamente. Già, quel bavoso di Franchi gli ha soffiato l'appuntamento precedente, ma a quanto sembra stavolta la signora ha addirittura richiamato la segretaria, per accertarsi che la visita fosse proprio con lui, il dottor Rastrello. Si fregherebbe le mani per la soddisfazione. Si vede che le do fiducia, pensa.

Oppure, addirittura...

Ma adesso non ci vuole pensare, tanto l'appuntamento è tra soli dodici minuti, si vedrà. Adesso vuole il suo caffè, al bar di fronte alla clinica, come tutti gli altri colleghi che negli intervalli tra le visite non hanno da badare a nulla se non ai fatti loro, e il caffè al bar di fronte se lo prendono tutti i giorni.

La signora ha un bellissimo abito rosso, oggi, con una scollatura profonda dalla quale Rastrello non riesce a distogliere lo sguardo, gli occhi truccati sembrano ancora più lucenti di come se li ricordava e il rossetto intenso rende la sua bocca nitida come un frutto estivo. Persino l'acne sul viso della ragazzina sembra essersi leggermente attenuato. Rastrello non è sicuro se sia solo una sua impressione, in ogni caso i test ormonali effettivamente sono abbastanza migliorati, perciò esclama con tono allegro: «Mi sembra che andiamo molto meglio».

La ragazzina non modifica il suo sguardo torvo, invece sua madre fa una risatina compiaciuta: «È vero, dottore? Sembrava anche a me, ma ho preferito aspettare il suo parere. Insomma che ne dice, ci riusciamo a farla fidanzare, questa ragazza, prima o poi?»

La ragazzina fissa gli occhi sulla scrivania con lo sguardo concentrato di chi sta calcolando la traiettoria di un meteorite che venga a cadere sulla testa della madre, distruggendola in modo definitivo senza recare danno a terzi. E però poi se proprio i danni a terzi sono inevitabili, peccato per loro.

Rastrello, a dire la verità, ha avuto a sua volta l'intera giovinezza infelicitata dall'acne, perciò se ne accorge.

Be', comunque sono cose che rafforzano il carattere, si dice.

«Credo proprio di sì. Se la signorina ha voglia di fidanzarsi, naturalmente», sorride cercando di intercettare gli occhi della ragazza, nel caso fosse possibile rincuorarla un po', ma lei non smuove lo sguardo dal piano della scrivania. «Eh, le donne di oggi ci tengono troppo alla propria indipendenza», gira gli occhi sulla madre e la fissa, «noi uomini seri non sappiamo più come fare, per trovarne una che desideri davvero legarsi...»

«Lei scherza, dottore», la bella signora sorride, ma intanto socchiude leggermente gli occhi, attenta, «un uomo attraente come lei, le donne faranno la fila...»

«Non direi, signora, o almeno non il tipo di donna che cerco io», dice lui, cercando di dare espressione alla frase.

«Già, voi uomini all'inizio dite sempre così, poi però. Sapesse quante me ne ha fatte passare il padre della signorina, prima del divorzio».

È divorziata, pensa Rastrello, con una fitta di piacere, *e vuole farmelo sapere*.

«E anche dopo, se è per quello», continua lei.

La ragazzina manda uno sbuffo, la madre le lancia uno sguardo sbieco: «Già, lei lo difende sempre, ma me lo lasci dire, suo padre si è comportato da vero farabutto», gli occhi della donna hanno uno scintillio di odio.

«Non stia ad amareggiarsi, signora», interviene precipitosamente Rastrello, «lei è una bella donna, giovane. Vedrà che tra poco...»

«Ma sì, cosa crede», la donna drizza le spalle, fa un largo sorriso con la sua bocca color frutta matura, «sono un tipo combattivo, io. A proposito», dice, cambiando tono, «forse può darmi un consiglio. Mi chiedevo se fosse il caso di cominciare a pensare a un piccolo... ritocco. Qui, vede, sulle palpebre. Ma vorrei rivolgermi a qualcuno di cui possa fidarmi davvero».

«Le palpebre? A me sembrano perfette. Ma venga qui, alla luce».

Rastrello si alza, si avvicina alla finestra, la donna lo segue, ora lui le prende il viso tra le mani, lo volta verso la luce.

Mentre l'avvicina a sé sente il profumo di lei, denso, che gli entra in testa. Rabbrividisce.

Già, è da quando Jennifer se ne è andata che lui non ha più...

Il viso di lei, tra le sue mani, non si ritrae, rimane lì, morbido, cedevole.

Non capisce come ha fatto a vincere l'istinto a stringerla di più, come è riuscito a lasciarla andare. Si allontana di un passo, sorride: «Mah, signora, a me non sembra davvero che ci sia bisogno di alcun ritocco. Ha una pelle freschissima».

La ragazzina sta cominciando ad agitarsi sulla sedia, Rastrello percepisce che è meglio avviarsi alla conclusione prima che la situazione precipiti.

«In ogni caso, può sentire il parere di un medico specializzato. Vedo se c'è qualche collega, chirurgo estetico, a cui posso indirizzarla. Ne conoscevo uno molto bravo, ma non sono sicuro che faccia ancora interventi, posso sentirlo e farle sapere».

«Davvero? Gliene sarei davvero grata. Aspetti, le do il mio cellulare. Mi chiami quando vuole».

Il cellulare. Mi sta dando il suo cellulare. Senza che io abbia neanche...

La ragazzina è già in piedi, la madre dice in fretta il numero a Rastrello, saluta.

Mentre escono, la porta non del tutto ancora chiusa alle loro spalle, Rastrello sente la ragazzina che sibila: «Mamma, mi fai veramente pena».

La madre risponde qualcosa che lui non riesce a cogliere, poi sono andate.

Rastrello rimane lì, nel suo studio, con la targa sulla porta che dice Direttore Sanitario, seduto sulla poltroncina di pelle.

Sente una specie di vertigine.

Lei gli ha lasciato il suo numero di cellulare.

Lei, una donna come quella.

Con quel seno.

E quegli occhi.

Un po' più grande di lui, ma sarebbe proprio quello che gli ci vuole.

Basta con queste giovani donne isteriche, che non hanno ancora deciso quello che vogliono.

Una donna matura, con le sue esperienze alle spalle.

Certo la ragazzina non sembra facile da maneggiare.

Ma insomma, si vedrà, sicuramente, quando vedesse che sua madre è felice sarebbe più serena anche lei...

Certo, proprio adesso che lui sta facendo le sue manovre per trasferirsi a Milano.

Chissà, magari la signora potrebbe decidere di andare con lui.

Magari cambiare città è proprio quello che desidera.

Con tutto quello che le ha fatto passare l'ex marito.

Ricominciare una vita nuova dopo il divorzio.

Con lui.

E magari la ragazzina vorrà restarsene a Roma. Col padre.

Rastrello, reclinato sulla poltroncina, tiene ancora stretto in mano il cellulare sul quale ha memorizzato il numero della bella signora. Lo squillo improvviso lo fa sobbalzare.

La voce di Rudra è furibonda, si sente anche attraverso la linea scricchiolante: «Devi venire immediatamente. La proprietaria arriva domani da Ginevra, e devi esserci anche tu. Ci sono guai. Grossi».

41.

La vecchia signora è arrivata con il suo aereo privato, portandosi dietro soltanto la segretaria bella con gli abiti severi. L'avvocato con la faccia ossuta si è offerto di accompagnarla, ma lei ha detto che no, che vuole andare da sola. Le relazioni le ha già lette, ora ha bisogno di *vedere*. Non ha voluto con sé neanche il consulente scientifico senior, quello che coordina tutta la schiera degli altri consulenti, e che da anni l'aiuta a districarsi tra le mille complicazioni, tra le invenzioni e i brevetti di tutti i centri di ricerca grandi e piccoli che fanno capo al gruppo. D'altronde, lui è sempre stato contrario, fin dal principio, al progetto: «Sì, il giovanotto indiano è brillante», glielo ha detto molte volte, in salse diverse, ogni volta con un'antipatia malamente dissimulata verso il giovanotto indiano brillante, «ma che bisogno abbiamo di andarci a cacciare in un progetto che da un lato ha tutti gli elementi che fanno prevedere un fallimento e un inutile spreco di denaro, dall'altro ha il potenziale di procurarci noie di ogni genere? Sa fare la rianimazione neonatale, il giovane indiano? E facciamogli fare quella».

Già, gli è sempre stato antipatico, a lui, l'indiano. La signora lo sa bene. Troppo egocentrico, troppo ambizioso, troppo difficile da tenere a freno. Alla signora non importa un bel niente, delle antipatie del consulente senior. Il suo sistema è sempre stato quello di ascoltare il parere di più gente possibile, e poi decidere da sé.

Rudra le ha prese su con la jeep all'aeroporto, lei e la segretaria, le ha portate alla biotech: lo stesso viaggio che ha fatto tante volte con Rastrello e, più di rado, con qualche occasionale osservatore inviato dal gruppo. Durante il tragitto, nessuno ha aperto bocca. La signora aspetta di vedere, Rudra aspetta che abbia visto. Ci è già stata, alla biotech, lei. Sei mesi fa, quando le hanno riferito che il progetto stava cominciando a prendere una piega inaspettata.

Sei mesi fa però le cose non erano al punto in cui sono adesso.

Appena arrivata, la signora ha chiesto dove si potesse sistemare, Rudra le aveva già liberato la scrivania nel proprio ufficio. Lei ha aperto le sue valigette, ha tirato fuori il suo computer e le sue carte, e senza neanche chiedere un bicchiere d'acqua ha detto: «Andiamo a fare il giro completo».

Accompagnata da Rudra e dall'ingegnere capo, la segretaria silenziosa sempre al fianco, ha traversato ogni singolo locale di ognuno degli edifici che compongono il centro, dal magazzino dei prodotti alla piccola mensa. Non ha più di cinquanta dipendenti, il centro, inclusi gli inservienti di vario genere e i guardiani, che peraltro sono già stati cambiati, sebbene resti ancora esattamente da capire se la fuga di notizie è passata effettivamente da loro, e se no, da dove è passata. I ricercatori e i tecnici sono una trentina, li vede come ombre rade e anonime, chini chi su un microscopio, chi di fronte a una macchina, sperduti nei laboratori scintillanti e silenziosi, solo il ronzio leggero di un motore o di un frigorifero che vibrano nell'atmosfera immobile.

«Bene», ha detto la signora, alla fine. «Adesso vediamo l'area barrierata».

Rastrello è arrivato qualche ora dopo, con un volo scomodissimo che ha fatto scalo nei posti più inverosimili. Ma non ha potuto scegliere: i voli diretti partivano il giorno dopo e lo avrebbero fatto arrivare a destinazione più tardi. Adesso, raggomitolato sul sedile della jeep, sente i muscoli doloranti per la tensione, gli sembra di sentire le ossa che gli premono una per una contro la pelle. Cerca di rilasciare i pugni, ma si accorge che torna a stringerli dopo un attimo. Deglutisce. Rudra, seduto accanto a lui, alla guida, non dice una parola. Guarda avanti, e guida, veloce. Troppo veloce. È la seconda volta, oggi, che fa il tragitto dall'aeroporto, e la seconda non è più allegra della prima. Niente sorrisi raggianti per Rastrello, adesso, niente saluti entusiasti, come le ultime volte che arrivava. Il poco che sa di quel pasticcio, Rudra glielo ha già detto al telefono ieri, durante quella chiamata scricchiolante e furibonda. Il resto lo sentiranno presto dalla signora. Cos'altro dovrebbe dirgli, ora?

Rastrello lo sa bene come ragionano gli anglosassoni, e Rudra ormai sul lavoro ha acquisito la mentalità anglosassone in tutto e per tutto. Sgarra una sola volta, tradisci la mia fiducia una volta sola, e sei fuori per sempre. Non c'è una seconda chiamata, una seconda opportunità. E per Rudra, Rastrello ha sgarrato malamente.

Bella morale di facciata del cazzo, pensa Rastrello.

Però gli embrioni, quando gli erano serviti, se li era presi tutto contento. Non gli era parso vero. Già, e neanche a Prandi gli era parso vero, di venderseli senza sapere bene neanche a chi.

«Non ce la facciamo», diceva Rudra l'anno scorso. «Li stiamo raschiando da ogni parte, li compriamo, ce li facciamo regalare, embrioni, ovuli, tutto quello che capita, ma non ci bastano. Così non andiamo da nessuna parte».

Già, non erano mica un gruppo universitario, di quelli che con tre embrioni vanno avanti a ricamarci su per cinque anni. No, loro ne avevano già usati diverse centinaia.

Però Rastrello lo sapeva da sé: per un progetto di quel genere non bastavano mai. Certo, in un paese come questo probabilmente non sarebbe stato difficile procurarsene. Per strada, praticamente. Le ragazzine avrebbero fatto la fila, e magari la facevano, da qualche altra parte. Si sarebbero vendute gli ovuli per cinque dollari al primo che glieli offriva. C'era da scommetterci.

Ma la biotech non aveva nessuna intenzione di andarsi a mettere negli imbrogli con le autorità locali, e tantomeno con la popolazione, che già al villaggio si diceva di tutto su quello che facevano, e l'anno scorso, una notte, qualcuno aveva cercato di dare fuoco a uno dei capannoni. No, loro avevano bisogno di fornitori esterni. E nell'emergenza Rudra tante domande non se le era fatte.

Neanche Prandi se ne era fatte tante, di domande.

Quando Rastrello con circospezione gli aveva accennato la cosa, suggerendogliela come una remota, vaga possibilità, gli erano brillati gli occhi. Quando, soprattutto, gli aveva accennato qualche cifra. In via ipotetica, si capisce.

«Ma sì», aveva mormorato Prandi, facendo l'aria pensierosa, «per progetti di ricerca importanti. All'estero. Embrioni di donne che hanno già avuto due o tre bambini. Quelli che sappiamo che ormai nessuno verrà più a richiedere. Sicuri al cento per cento».

«Perché no», aveva concluso, con l'aria di uno che ha dovuto riflettere a fondo, «diamo una mano alla ricerca. Materiale che finirebbe buttato».

Pochi giorni dopo, l'aveva chiamato, di sera tardi, nel suo studio, con le schede degli embrioni davanti, per fare la cernita.

Già.

Solo gli embrioni davvero sicuri.

Ne avevano scelti quasi trecento, mica pochi. «E poi», aveva osservato Prandi, «ci sono quelli che stanno continuando a invecchiare, nei congelatori. Se c'è bisogno, man mano potremmo cedere anche quelli».

Potremmo? Rastrello non si era tenuto un soldo, in quello scambio. Scuote la testa tra sé.

No, a lui quello che importava era potersi dimostrare efficiente agli occhi di Rudra. Un uomo importante, un medico capace di risolvere un problema.

Si può essere più sfigati?

Proprio nella pazza piena di soldi e col marito morto e la chemio, dovevamo incappare?

E proprio adesso, che le cose hanno finalmente cominciato a girare.

Non c'è niente da fare, pensa Rastrello, con la sfiga non ci combatti.

La campagna, intorno, sembra nera d'acqua, una pioggia fitta batte sulle colline spelacchiate. Rastrello si sente miserabile come mai in tutta la sua vita.

Rudra, zitto, guida e tiene gli occhi fissi sulla strada.

Rudra sta pensando, e pensa in inglese.

Quando parla la sua pronuncia è ancora impastata dell'accento del suo luogo d'origine. Una pronuncia perfetta non la raggiungerà mai, ormai lo ha capito e si è messo l'anima in pace. Il suo modo di parlare, come la pelle lucida e bruna del suo viso, indicano a chiunque, immediatamente, che lui non è bianco né anglosassone né protestante.

Però quando pensa, Rudra pensa in inglese ormai da molti anni, le parole gli scorrono in mente velocissime, senza alcun errore. Soprattutto, è il modo in cui le idee gli si incatenano le une alle altre nella mente che è inglese, oramai. Sì, il suo pensiero è bianco, anglosassone e protestante da molto tempo.

Lui ne è convinto.

Invece la verità vera è che il suo modo di pensare, ormai, è molto più bianco e anglosassone e protestante di quelli dei suoi maestri, lì in Inghilterra.

Il suo modo di mirare allo scopo, molto più diretto di quelli da cui ha imparato. I suoi desideri, molto più violenti.

Perché lui la differenza tra il sì e il no, tra vivere e non vivere, la conosce davvero, non per sentito dire.

Perché dove è nato lui tutto è lì, lo vedi davanti agli occhi da quando vieni al mondo: miseria, fame, malattia. Sempre lì, ogni momento.

E questa sensazione, sempre, che non c'è nulla che tu possa fare.

Ma i suoi maestri, invece. Loro *fanno*. E adesso che sa, adesso che anche lui ha imparato, adesso anche lui vuole *fare*.

È per questo che ogni volta che vede una fessura aprirsi, una sottile possibilità che si schiude, il suo impulso è di buttarcisi dentro con tutto il corpo, spingere e allargare con tutte le forze ogni esile spiraglio, forzarlo finché diventa una porta, una strada.

Tutto quello che si può fare, lui vuole farlo. Tutto quello che non c'era, vuole inventarlo. Tutto quello che si può costruire, lui lo costruirà pezzo per pezzo, fino ad averlo sotto le dita, solido e reale, da sentire al tatto e stringere. A qualunque costo.

Non è stato per i soldi che si è messo in questa impresa. Anche se i soldi gli interessano molto. Ma è stato per quella possibilità di saltare al di là di quello che già esiste. È questa la smania che lo spinge, che non gli dà pace. È per questo che ha lavorato quattordici e anche venti ore al giorno, per anni.

E adesso, per colpa di questo italiano.

Sono ancora ingenuo, avrei dovuto saperlo.

Se vuoi mandare a puttane qualcosa, mettici in mezzo gli italiani.

Lo dicono tutti, e io non ci ho creduto.

Pazienza.

Ho fatto un errore, ma quello che conta è imparare.

Se non ci riesco stavolta, posso sempre ricominciare.

Da un'altra parte, tra un po' di tempo.

Non è un problema.

42.

Rudra e Rastrello fermano la jeep di fronte all'ingresso della biotech, smontano ed entrano. Traversano veloci il lungo corridoio fino alla porta in fondo. A Rudra fa uno strano effetto bussare alla porta del proprio ufficio, dover attendere un cenno di assenso e, dopo aver aperto, vedere la vecchia signora seduta alla sua scrivania, che alza gli occhi su di loro e li scruta. Assurdamente, al fondo della propria ansia, prova una remota sfumatura di piacere nel vedersi il posto preso dalla proprietaria in persona. L'autorità suprema che impera su tutti loro.

Ogni istante in questo ufficio potrebbe comportare la distruzione delle loro carriere. Loro lo sanno.

La segretaria sta seduta al tavolino piccolo nell'angolo, batte furiosamente sui tasti del portatile e continua a scrivere senza voltarsi.

La signora non li invita a sedersi. «Dunque», dice, «siamo stati minacciati di una denuncia internazionale e di un'ispezione».

«Ci ho pensato, signora», dice Rudra, la faccia terrea, il viso immobile, «la soluzione più sicura è quella di distruggere tutto immediatamente».

«No!», la voce di Rastrello è stridula. «No, non adesso! Non possiamo distruggere tutto, proprio ora che ci troviamo per le mani... questo. È tutto quello per cui abbiamo lavorato in questi tre anni, e adesso che ha cominciato a funzionare, e non abbiamo capito ancora neanche come...»

Rudra lo guarda con disprezzo. «Non è mia la responsabilità, se le cose hanno preso questa piega così sfortunata».

«Tu, Rudra, come direttore scientifico, sei responsabile in ogni caso», dice la signora, calma.

«Sì, certo, ne sono consapevole. Quello che intendevo dire è che...»

La signora lo interrompe: «Dunque, non siete ancora riusciti a capire come mai l'esperimento si sia sviluppato in questo modo».

«No», dice Rudra, «nessuna idea. Abbiamo lavorato con più di mille embrioni, in questi tre anni, e nessuno si è comportato come questo».

«Neanche quelli che avete provato dopo? Neanche gli altri embrioni provenienti dalla stessa donna?»

«No, neanche quelli. Li abbiamo provati tutti, ma nulla. Pensavamo che ci potesse essere qualcosa di diverso nella composizione dei terreni di coltura di quel particolare esperimento, ma per quanto abbiamo potuto controllare non siamo riusciti a identificare niente di anomalo. Adesso pensiamo che ci sia qualcosa in quel singolo embrione».

«Ma non avete capito cosa».

«No, non ancora», dice Rudra, la voce piatta. «C'è un numero enorme di test che sarebbe necessario fare. La sequenza completa del genoma dell'embrione, tanto per cominciare. Trascrittoma, proteomica... Anni di lavoro».

«E distruggendo l'esperimento adesso perderemmo ogni possibilità di capire», dice la signora guardando fisso davanti a sé, con l'aria di seguire un suo filo di pensieri.

«Esatto!», esclama Rastrello, puntando le mani sulla scrivania. Il suo tono di voce risuona troppo alto nella stanza. La segretaria, di riflesso, si è voltata, poi si gira di nuovo e riprende a picchiettare.

«La prego», dice la vecchia, guardandolo in faccia con occhi gelidi.

Rastrello tace, deglutisce, si asciuga la fronte.

«A quanto capisco, anche mettendo da parte i problemi legali, una fuga di notizie sull'esperimento è del tutto indesiderabile di per sé».

«Sì, signora. A parte la possibilità di essere incriminati, l'opinione pubblica non è pronta. Ci vorrebbe almeno qualche anno di oculata campagna stampa. Far penetrare l'idea nell'opinione pubblica per gradi. Se la cosa dovesse trapelare troppo presto, prima che siamo in grado di riprodurre il risultato, che riusciamo ad avere tutto completamente sotto controllo, non solo si solleverebbe un polverone enorme, ma le altre aziende si metterebbero sulla nostra strada e finiremmo per perdere tutto il vantaggio tecnologico».

«Insomma, abbiamo tutto da guadagnare nel cercare di ritagliarci ancora un paio di anni di tempo. È la stessa cosa che mi dicono gli altri miei consulenti».

Fa una pausa, gira una pagina della sua agenda di pelle color sangue.

«E per quel che riguarda gli aspetti etici, mi pare che interrompere l'esperimento adesso avrebbe implicazioni ben più pesanti della questione dell'origine degli embrioni».

Tace di nuovo.

No, pensa, non sarà lei a mettersi in una complicata storia di intimidazioni e ricatti. Sono cose buone per i romanzi d'azione. O per queste multinazionali senza testa che non appartengono ormai più a nessuno se non a sé stesse, e se ne vanno alla deriva governate da schiere di giovanotti trentenni che hanno preso un buon voto di laurea a Yale, e che si scambiano posto l'uno con l'altro ogni due anni in una specie di gioco da kindergarten globale.

Ma lei no, lei è una che ha sempre controllato tutto, delle sue aziende: gli uomini, le macchine, i luoghi. Ogni più remoto frammento organizzativo. Ogni minima possibile falla legale. No, lei non si è mai trovata con l'azienda che perde il cinquanta per cento del valore in due mesi per uno scandalo o una denuncia.

Questa situazione va patteggiata, si dice.

Nel modo più rapido possibile.

Alza sui due uomini, in piedi di fronte a lei, uno sguardo freddo: «Tornate al lavoro. A quanto ho visto manca pochissimo alla conclusione».

«Un paio di settimane, sembrerebbe, più o meno», dice Rudra.

«Esatto, e...», dice Rastrello. Rudra gli dà un colpetto sul braccio.

«Andate», dice la vecchia signora.

43.

JFK ha chiamato Eva poco prima dell'ora di pranzo, giusto nel breve intervallo in cui lei aveva acceso il cellulare per fare un saluto a Guido, sentire come stava andando la sua giornata. Contava di spegnerlo subito dopo: la sua, di giornata, oggi è più convulsa del solito.

«Possiamo vederci?», ha detto JFK. «Solo mezz'ora, ti devo parlare, scusa se ti disturbo ma è importante, davvero. Pensavo che forse avevi un attimo a pranzo».

«No, non ce la faccio a uscire oggi, ho un esperimento con i tempi troppo stretti». Eva ha esitato un po', poi ha detto: «Non so, se è così urgente vuoi passare da me a casa quando ho finito, verso le sette?»

«Sì, sì certo, perfetto, per me va benissimo. Grazie. Dimmi solo l'indirizzo».

Per un attimo Eva ha pensato che lui volesse sciorinarle qualche impiccio sentimentale in cui si era cacciato con Bibi. Magari chiederle consiglio.

Che stupida, come se lui o Bibi fossero tipi da impicci sentimentali.

Adesso lo guarda, seduto davanti a lei nella sua giacca grigia impeccabile, la cravatta verdina, lì sul divano dello Scrittore tra i libri e le piante di kentia, e la cosa le sembra in qualche modo strana, come un personaggio capitato per sbaglio in un film non suo.

Quando è arrivato lei gli ha offerto qualcosa da bere, ma lui ha detto di no, grazie. Anche se sono soli in casa, JFK parla a voce così bassa che lei a stento riesce a sentirlo.

«Bibi ha firmato l'accordo con la company».

Eva spalanca gli occhi: «Ha firmato l'accordo? Ma siete sicuri? Quando?»

«Stamattina. L'avvocato ha portato le carte da firmare dalla Svizzera e ha detto che da adesso in poi deve tenersi pronta a partire in qualunque momento».

«Ma tu eri lì? Le hai lette?»

«No, le ho viste dopo, di sfuggita, non è che mi sono messo a ricontrollare. Del resto, non sarei in grado. Però l'avvocato dice che è tutto a posto».

«Come mai non mi ha chiamato lei, Bibi?»

«Vedrai che tra poco ti chiama».

«Ma come è possibile stringere un accordo legale su una serie di cose tutte illegali dalla prima all'ultima?»

«Che ti devo dire? È talmente caro, quell'avvocato, saprà quel che fa».

«Non riesco a crederci, è riuscita a spuntarla contro un gruppo internazionale», Eva scuote la testa, tra l'incredulo e l'ammirato.

«Perché no? Tu la conosci da più tempo di me, non è che c'è proprio da stupirsi, invece. Con quel carattere che si ritrova...», lui sogghigna.

«Sì, hai ragione anche tu. Sei soddisfatto? In fin dei conti sei stato tu a capire come sono andate le cose».

«Be', dopo le confidenze che mi ha fatto quel tipo, quel Rastrello, è stato molto più facile per l'investigatore ricostruire i dettagli. Però sono sicuro che se Bibi avesse continuato con la stessa ostinazione, e ci puoi scommettere che avrebbe continuato, prima o poi ci sarebbero arrivati anche da soli. I soldi risolvono tutto».

«Già, i soldi risolvono tutto», sospira Eva, «Secondo te quanto le sarà costata, tutta questa storia?»

«"I soldi qui sono l'ultimo dei problemi"», JFK lo sa imitare a perfezione, il tono di Bibi.

Eva ridacchia, poi lo guarda interrogativa: «Insomma, come mai avevi così fretta di dirmi che hanno firmato?»

«Sì, ecco, volevo chiederti un favore, veramente», JFK ha la faccia imbarazzata adesso, un bravo ragazzo che ha bisogno di una mano.

Incredibile il potere di seduzione che ha certa gente, pensa Eva, irresistibile, e non riesci neanche a capire esattamente che cos'è.

Cerca di mettersi sulla difensiva: «Cosa?»

«Bibi ha bisogno di una persona fidata che l'accompagni».

«Ancora? Ma se ha gli avvocati, l'investigatore, e poi... ci sei tu, no?»

«No, ecco... io no. Veramente... abbiamo rotto».

«Ah».

«Senti, Eva, io a questo punto mi devo tirare indietro, lo capisci?»

Cerca di fare il tono deciso, ma gli viene bene a metà.

«Io devo pensare alla mia famiglia. I bambini, mia moglie. E alla mia carriera. Mi sono già spinto fin troppo oltre. Insomma, Eva», la guarda in faccia con espressione contrita, «lei avrà bisogno di qualcuno vicino, fosse solo per l'inglese. E per te non c'è nessun rischio, di nessun genere».

Dio, quanto si arrabbierà lo Scrittore, pensa Eva.

Ma già sente la smania di vedere, di essere lì e vedere coi suoi occhi, che comincia a montarle.

«Te lo chiedo come un favore personale, Eva. Mi mette ansia pensare che Bibi si debba fare tutto quel viaggio senza una persona amica. Andare fin laggiù, vedere non si sa bene cosa, senza neanche poter capire esattamente quello che le dicono».

«Scusa, se mai dovessi andare con Bibi, ci andrei per lei, no?»

«Ma certo, è ovvio. Però volevo chiedertelo anch'io. Questo non è uno dei suoi soliti capricci. Ha bisogno di qualcuno che le dia una mano».

«Ci devo pensare. E poi, lei non mi ha neanche chiamato».

Non ha terminato di pronunciare la frase, che il suo cellulare comincia a suonare. Butta un'occhiata al display: Bibi.

Pigia veloce sul tasto mute.

«Eccola. Be', la richiamerò». Butta il cellulare da parte, guarda JFK: «Non se l'è presa, quando avete rotto?»

«Figurati. Ormai ha la testa completamente da un'altra parte. Solo, ci teneva che l'accompagnassi in questo viaggio, si è arrabbiata, ha fatto una scenata, abbiamo litigato. Io ci ho pensato, ma proprio non posso».

Eva spia se JFK mostri cenni di dispiacere: sembra piuttosto tranquillo. Però si preoccupa ancora, per Bibi. Lo facevo più menefreghista, pensa.

«Be'», dice, «adesso quello che potevi fare per trovarti una sostituta l'hai fatto, la coscienza te la sei messa a posto. Io, ci devo pensare».

Andrà su tutte le furie, Guido.

Si guarda intorno, guarda la lampada che butta il suo cono di luce, le tende dai colori neutri.

«Senti, Eva».

«Cosa?»

«Adesso che non ho più nessuno con cui cenare, quando vengo a Roma... a te dispiacerebbe, se ogni tanto ti chiamassi? Magari...», aggiunge in fretta, «sì, anche con Guido, giusto per stare un po' insieme. Sei una donna veramente affascinante. Anche come amica».

Ecco.

Eccoci qui.

Eva lo guarda, e non riesce a non pensare che è davvero bello.

Specialmente con questa espressione costernata e...

Il rumore della chiave che gira nella porta di casa le blocca il pensiero a metà. Si accorge che è arrossita all'improvviso, così arrossisce ancora di più, e intanto si odia.

Guido, ancora nell'ingresso, si sta togliendo la giacca e parla a voce alta: «Ciao Eva, sei tornata presto».

Si blocca sulla soglia del soggiorno: «Buonasera», stringe gli occhi in uno sguardo interrogativo.

«È il mio amico ginecologo, sai, te ne ho parlato, è passato un attimo per dirmi una cosa», dice Eva, pronunciando le parole appena un po' troppo in fretta.

JFK è scattato in piedi, la mano tesa, si presenta con nome e cognome: «Piacere di conoscerla».

Guido gli stringe la mano senza sorridere.

Eva di istinto si è stupita che si diano del lei, ma subito si rende conto che è normale, invece.

JFK si è già avviato verso la porta. Come se non avesse avuto dubbi, nell'interpretare l'espressione di Guido: «Vado adesso, ero passato solo un istante a dire una cosa a Eva. Pensaci, Eva, per favore».

Prende il soprabito, in un attimo è fuori.

Guido è in cucina, sta tirando fuori le pentole per la cena. Le lascia sbattere tra loro appena un po' più forte di quanto sarebbe necessario.

È una cosa spaventosa vivere con uno che ti legge in testa, pensa Eva.

44.

No non ci può credere non ci può credere non è possibile non ci può credere non è vero non è successo non è accaduto è impossibile è impossibile non ci può credere lei non ci può credere.

Eva sta lì, immobile, seduta al suo minuscolo tavolino tra la centrifuga che ronza e il frigorifero dei reagenti che le soffia addosso aria calda e polverosa, gli occhi sgranati fissi sulla tastiera del computer con la elle e la pi difettose che bisogna stare attenti tutte le volte a premerle più forte se no saltano, fissa i tasti e non riesce a capire cosa stia guardando, sta lì immobile e non riesce più a pensare, sente la testa vuota come se il cervello le si fosse sciolto all'improvviso, e rimanesse solo sangue diluito e caldo che le batte dietro l'osso della fronte come acqua sporca che sciacqua contro le pareti di una bacinella di plastica. Ogni cosa intorno a lei sembra aver preso un'eco, un rombo sordo e remoto che viene da chissà dove, e una fissità luminescente, le sembra che tutto si sia immobilizzato in un'istantanea, in un fermo immagine. Le sembra che gli oggetti materiali le si piantino in testa come chiodi, dentro lo spazio lasciato libero dal suo cervello che non c'è più: il ronzio della centrifuga, il soffio caldo del frigorifero, i tasti del computer, e la penna di plastica arancione, lì sul tavolino, e le lastre del pavimento, quella graniglia vecchia a briciole bianche e giallastre; tutti i più minuscoli dettagli degli oggetti ora, qui, le entrano nel cervello diretti, senza filtro, perché il suo cervello è vuoto, solo quel senso leggero di nausea e quella sensazione di sangue diluito e caldo contro la fronte e le tempie.

No, non ci può credere, non ci può proprio credere, non ci può credere.

Che il Vecchio l'abbia davvero chiamata, e le abbia detto di chiudere la porta, e di sedersi, e abbia detto che le cose stanno cominciando a girare, e che ha ottenuto un finanziamento, quarantamila euro, e che ha deciso di assegnarlo a lei. Da gestire in autonomia per le sue ricerche. Per i suoi nuovi progetti. Perché sì, è giusto dare un po' di spazio ai giovani, e lui pensa che è arrivato il momento di darle fiducia, e sì, è un giusto riconoscimento per il lavoro che lei sta facendo, perché lui lo vede tutto l'impegno che Eva mette nel lavoro, anzi, avrebbe voluto poterlo fare prima, ma insomma, lei lo sa, le possibilità sono quelle che sono, di questi tempi, coi tagli ai fondi della ricerca e tutto, comunque per qualcuno veramente in gamba alla fine qualcosa spunta sempre fuori, lui si è dovuto battere, per strappare questi fondi, ma naturalmente per lui è una responsabilità personale aiutare i suoi giovani migliori a trovare il loro giusto ruolo, a farsi una strada.

E poi sì, ha detto, è uscito il bando del concorso sulla Gazzetta di ieri, certo, sono due anni che lo aspettavano, Eva lo ha visto? Sì, ecco, lui ora spera che Eva non se la prenda, ma se può darle un consiglio, un consiglio paterno, solo nell'interesse di lei, ecco, il suo consiglio è quello di non presentarla, la domanda di concorso.

Eva non è riuscita a spiccicare parola, lì per lì, così lui è andato avanti, col suo tono pacato, tranquillo, la corona di oleandri intorno alla testa, sì, lui lo sa che Eva aspetta da tanto, lo sa che lei ha fatto molto, moltissimo per meritare quel posto, e però adesso le chiede un altro sforzo, lui lo sa che è difficile, ma le chiede di capire che ci sono altri che possono essersi guadagnati meriti anche altrove, persone di valore che possono aver accumulato esperienza all'esterno del dipartimento, persone a cui sarebbe molto, molto difficile, ecco... Sarebbe impossibile negare un riconoscimento, nel momento in cui avessero deciso di farsi valere. Eva lo può capire, che un direttore di dipartimento deve tenere sempre presente il quadro generale, deve considerare elementi che magari sfuggono a chi ha la fortuna di potersi dedicare solo alla ricerca, ma che non possono essere trascurati da chi ha invece il compito difficile di pianificare, di tenere in considerazione gli interessi del dipartimento nel lungo termine.

Ci sono decisioni che possono essere molto dure da prendere, ha detto, ma che non possono non essere prese.

Lui lo sa bene, che Eva merita pienamente quel posto, questo non può minimamente essere messo in dubbio da nessuno, ma quello che si aspetta da lei è un ulteriore sforzo, lo sforzo di non abbattersi, una persona come lei non verrà mai lasciata per strada, e lui si sta già assicurando che il dipartimento ottenga un altro posto presto, prestissimo. Entro un paio d'anni, forse.

Eva è riuscita a trovare appena la voce per chiedere: «Ma chi...?», mentre un'idea *ma non può assolutamente essere* le si fa strada nella mente: «Non Mariani? Mariani ha sei anni meno di me e...»

«Eva, qui non abbiamo mai considerato la semplice anzianità anagrafica come un elemento di carriera, e tu lo sai», lui ha fatto il tono seccato. «Non sono questi i criteri che io ho mai incoraggiato nel dipartimento. Non siamo mica come quei baroni che mandano avanti le loro teste di paglia solo perché hanno fatto i cani fedeli per vent'anni. Qui è il complesso del profilo ad essere considerato, l'esperienza, l'attinenza del campo di ricerca con i temi del dipartimento, il potenziale inserimento di ogni nuovo elemento all'interno della struttura. Sono tanti i parametri per valutare complessivamente una nomina».

Eva lo ha guardato fisso in faccia, consapevole della propria impotenza, consapevole di non essere più in grado di parlare, perché se cercasse di aprire bocca, lo sa, scoppierebbe a piangere come uno schifoso cucciolo, e quello non può sopportarlo. Mettersi a piangere davanti a questo figlio di puttana, questo padrone da campo di cotone, che se ne fotte delle ossa che si rompe sotto i piedi.

Ed Eva, per quel lavoro, ha dato il sangue.

Ecco come ci si sentiva a essere un contadino nel Medioevo, anni a crescere un maiale magro e stentato, e quando alla fine è il momento di ammazzarlo, di là dal bosco arrivano i soldati, i mercenari, i banditi a cavallo, spade e lance in mano, e tu col tuo bastone di legno, così te ne resti lì nel fango, affamato, a guardare mentre se lo portano via.

Forse ti hanno anche dato fuoco alla casa.

Ecco cosa vuol dire essere asserviti alla prepotenza, al capriccio, allo strapotere di un padrone.

Schiavi.

Dicono che quello era il Medioevo e che il mondo di adesso è diverso, invece gli uomini di potere sono sempre uguali, e la relazione tra chi ha il potere – anche un potere miserabile come quello di questa mummia vicina al fine corsa – e chi non ce l'ha è sempre esattamente la stessa.

Eva continua a guardarlo in faccia, vede l'ombra del senso di colpa traversargli il viso per un istante, e subito svanire, sotto la determinazione della decisione presa.

Si alza ed esce senza una parola, non riesce neanche a sbattere la porta. Non ha più energia, le sembra che il sangue le stia scivolando via dal corpo, che stia sgocciolando fuori di lei lasciando una scia invisibile sulle lastre di marmo del corridoio anni Trenta illuminato dai finestroni.

E adesso sta lì, immobile, le spalle curve, seduta sulla seggiolina davanti al computer, e le sembra che il suo corpo pesi tonnellate, le sembra di essere una balena arenata su una spiaggia deserta, il peso dell'atmosfera che le grava sui polmoni e glieli schiaccia.

All'improvviso, con un gesto che non le sembra il suo, comincia a cliccare sul mouse.

Apre il database delle pubblicazioni scientifiche del dipartimento. Batte il nome di Mariani. Gli articoli col suo nome cominciano a srotolarsi sullo schermo uno dietro l'altro. Articoli fatti da gruppi di Napoli, di Milano, di Genova. Articoli sugli argomenti più disparati.

Come è stata scema a non pensarci.

Il Vecchio ha imposto a lei, Eva, di includere Mariani nel suo lavoro, il lavoro che la rivista americana ha quasi accettato. Lo ha imposto anche a molti altri.

Guarda le date degli articoli di Genova, di Napoli, di Milano: coprono gli ultimi quattro anni. È da un pezzo che il Vecchio sta costruendo il curriculum di Mariani. Giusto dai tempi in cui aveva lasciato intendere a Eva che sì, il prossimo concorso sarebbe stato il suo.

Eva ora ha capito che anche se lei si ostinasse a fare la domanda a quel concorso, farla fuori sarebbe un giochetto: il curriculum di Mariani, nell'insieme, è fabbricato apposta per sembrare più consistente del suo.

Lei, in fondo ha solo pochi articoli.

Già.

Articoli in cui il suo nome è il primo della lista, articoli progettati da lei, fatti da lei pezzo per pezzo, esperimento per esperimento. Su ognuno di quegli articoli, lei ci ha buttato giornate e nottate.

Mariani invece nei suoi è terzo, quarto, quinto nome. Ha fatto qualche esperimento di contorno, qualche frammento collaterale, in quei lavori.

Ah, certo, se fosse lei. Se fosse lei quella che deve vincere il concorso. Sarebbe facilissimo, allora, per un commissario benevolente far notare come la candidata abbia dimostrato di saper gestire il lavoro in autonomia. I primi nomi stanno lì a dimostrarlo. Il suo curriculum è sorprendentemente brillante, davvero, considerata la scarsezza di fondi degli ultimi anni.

Ma siccome invece il candidato vincente è l'altro.

Lui ha tre volte gli articoli che ha lei.

Nessuno può negarlo.

Perciò.

La competitività, pensa Eva.

Le trasmissioni televisive che strillano sul paese che va allo sbando.

Sulle baronie universitarie.

Giornalisti che non hanno la più pallida idea di quello di cui vanno parlando.

Parole senza senso.

«È necessario rilanciare la competitività, nel nostro paese, nella ricerca come negli altri settori».

Eccolo qui, il rilancio della competitività, pensa Eva.

Il curriculum di Mariani è migliore del suo.

45.

È uscita dal laboratorio e dal dipartimento senza neanche accorgersi di come, piantando lì l'esperimento da fermare tra un'ora, i reagenti già pronti da usare sul bancone, la cappa accesa. Ha afferrato la giacca e la borsa, ha attraversato il lungo corridoio con le vetrate assolate, ha preso il motorino incastrato tra le auto sotto la vecchia palma, l'ha acceso e se ne è andata. La città è strana, diversa da come l'ha sempre vista, come se ogni rumore esterno fosse cessato. In casa, lo Scrittore non c'è. Le stanze inondate dalla luce del primo pomeriggio sono irreali, come luoghi di un passato remoto che si ricorda a malapena.

Non le vede quasi mai, quelle stanze, alle tre del pomeriggio. Alle tre del pomeriggio, lei è al lavoro, di solito.

Cammina avanti e indietro e le sembra che i pensieri siano solo correnti d'aria che le attraversano la mente senza solidificarsi, soffi d'aria da una finestra socchiusa che gonfiano una tenda, poi la lasciano ricadere.

Guarda gli oggetti intorno a sé: i quadri, i vecchi mobili, le piante verdi davanti alla finestra. Le centinaia di libri affollati sulle pareti, tutti i libri del mondo. Ognuno con dentro un racconto, un'idea, una spiegazione. Le sono sempre sembrati rassicuranti. Prima.

Si lascia cadere sul vecchio divano sgonfio, e le sembra che non riuscirà ad alzarsi di lì mai più.

Perché no, pensa. In fondo.

Non sa più da quanto tempo è lì, sul divano.

Forse si è addormentata per un po'.

Forse Guido a un certo punto è tornato, si è sorpreso di trovarla a casa così presto, si è spaventato a vedere il suo viso. Forse lei gli ha raccontato a pezzi e bocconi.

Sul viso di lui, Eva ha visto una rabbia, una rabbia così grande che le è sembrata quasi incomprensibile. Assurdamente, ha avuto questa sensazione che Guido si stesse sbagliando, stesse pensando a una cosa accaduta a qualcun altro, altrove.

Quando si sveglia di nuovo, fuori è già sera.

Tutto è ancora lì, i quadri, le piante verdi, i libri.

Si tira a sedere, giocherella con gli oggetti sul tavolino, una penna, una ciotola di sassolini raccolti in un viaggio. Un mazzetto di fogli. Ce ne sono sempre, sul tavolino come su tutti gli altri ripiani di casa. Le cadono gli occhi su qualche riga.

Così, tanto più la descrizione del Reale sarà destinata a fallire, quanto più tenterà la via della mimesi, prostrandosi ai piedi del qui e ora, lasciando credere che esista uno stato obbiettivo del mondo, un'unica Realtà, sia pure interpretabile in modi diversi.

«Lasciando credere che esista uno stato obbiettivo del mondo, un'unica Realtà».

Ecco, adesso, non sa neanche lei bene come, proprio adesso all'improvviso, Eva si sente una creatura di pura rabbia.

All'improvviso, si sente piena di una rabbia così grande, che le sembra esploderà tra un attimo, una combustione spontanea che in un attimo artiglierà ogni cosa intorno a lei, incenerendo all'istante il dipartimento, l'università. Una nube di fuoco che si scatenerà istantanea sulla città, si spanderà sull'intero paese, sui suoi inetti padroni, sulla loro incapacità, sui loro sofismi.

Sugli intellettuali esangui e conniventi, con le loro speculazioni vecchie che dicono nulla sul nulla.

Sulle manipolazioni incessanti che lavorano senza sosta, notte e giorno, per offuscare quello che invece davvero.

Davvero.

Sta accadendo.

In un attimo, tutto sarà solo le ombre che la bomba di Hiroshima ha disegnato su un muro.

Così il Reale smetterà di essere l'Inconoscibile.

Ma, finalmente, tornerà a essere quello che, semplicemente, accade.

«Eva, tesoro, vieni a mangiare», lo Scrittore è venuto a sedersi accanto a lei, sul bordo del divano, le passa una mano tra i capelli. Butta uno sguardo ai fogli sul tavolino, accenna un sorriso un po' ironico, un po' malinconico: «Non te la leggere questa roba. Non è mio, è da correggere».

Con la coda della mente, Eva pensa ai revisori del suo articolo: La figura 3 non è abbastanza chiara. L'esperimento in tabella 2 va ripetuto con sei topi in più.

Freddi, distaccati, oggettivi.

Cosa scriverà Guido all'autore del testo che sta revisionando?

Scriverà che l'articolo contiene «un'analisi innovativa e interessante dello specifico campo di ricerca»?

No, non lo farà.

Eppure, le sembra che non basti.

«Senti, Guido, io devo partire».

«Dove?»

«Devo accompagnare Bibi. In un posto lontano».

«Eva, di nuovo? Io non...»

«Devo vedere, vedere con i miei occhi. Devo vedere quello che è successo veramente. Voglio vedere questi posti dove le cose succedono davvero».

Lui la guarda, e capisce che non c'è nulla, assolutamente nulla che lui possa dire per convincerla a restare. E allora per un attimo prova un desiderio violento, doloroso, di andare con lei, di vedere insieme a lei.

E sa che non è possibile.

Le sfiora il viso con le dita, poi sospira: «Sì. Lo so».

46.

Eva cerca di immaginarsi cosa stanno per vedere davvero, ma non ci riesce.

Sono atterrati ieri, lei e Bibi e due degli avvocati dello studio internazionale, in questo paese che lei non ha neanche capito bene dov'è.

L'aeroporto era enorme, scintillante, più grande di quelli delle più grandi città di Occidente. Miriadi di persone che corrono, ognuna nella sua direzione, verso la sua destinazione, trascinandosi dietro le loro valigie minuscole, e un brusio oceanico di parole incomprensibili pronunciate da mille voci intorno a lei. Appena usciti, sul marciapiede, si è sentita assalire dal calore spaventoso, dall'umidità intrisa dell'odore denso di smog, dai milioni di insegne dai caratteri indecifrabili, dal traffico delirante. In lontananza, avvolti nella foschia, grattaceli di vetro fitti, giganteschi.

Eppure, sono bastati pochi minuti all'auto che li ha presi su per trasportarli via da quel mondo alla *Blade Runner*. L'automobile ha l'aria condizionata dentro i suoi vetri spessi, e un lieve profumo di menta. Ha attraversato campi e villaggi dalle case di legno e strade sterrate. Alla fine dell'ultimo stradello, all'improvviso, la biotech è una bolla bianca nel nulla, protetta da fili elettrificati e telecamere, un mondo dentro un altro mondo.

Le ha accolte questo indiano, questo Rudra, vestito con un paio di jeans stracciati e una maglietta sgualcita, Eva ha pensato che sembra un operaio, un meccanico, piuttosto che il direttore scientifico di una biotech. Lo fa apposta, ha pensato, è così che si sente: un meccanico. Parlando l'inglese veloce dal tono acuto degli indiani, le ha accompagnate in una minuscola foresteria, stanzette bianche e asettiche, sarete nostri ospiti, ha detto, pensiamo che sia più semplice.

Il pomeriggio è passato tutto in una lunghissima riunione, in una piccola sala al pianterreno.

Gli avvocati, a testa china, pigiavano sui loro portatili, come scrivani che copiano velocissimi il mondo senza guardarlo, controllano che segua le loro regole senza interessarsi della sua natura. Bibi si guardava intorno, lo sguardo a scatti: l'inglese non lo capisce granché ed è evidente che neanche le importa. Dalla finestra della piccola sala si vede solo il cielo e lo slargo sterrato di fronte all'ingresso della biotech. Ma a Bibi non importa dove si trova, l'unica cosa che le importa è che il patto venga mantenuto, e adesso finalmente si sente certa che sarà così.

Eva, invece, ha ascoltato, cercando di districarsi tra la pronuncia strana dell'indiano e l'argomento che conosce poco, sforzandosi di afferrare il più possibile i dettagli di questa cosa così incredibile che lui sta dicendo. Le è venuto da fare domande, così lui ha capito che in effetti qualcuno c'era, che stava seguendo quello che diceva, qualcuno che stava cercando di capire quello che ha fatto. Allora è sembrato lasciarsi trasportare, ha continuato rivolgendosi solo a lei, entrando sempre più nei dettagli. Le ha mostrato grafici, immagini di cellule, liste di molecole. Quelle che sono già state provate, quelle che vuole provare nei prossimi esperimenti. Sui prossimi embrioni. Ha preso a parlare sempre più veloce, a rovistare tra i suoi fogli, a cercare altre figure sul suo portatile. Ha cominciato a chiamarla per nome, come si fa tra colleghi. Ripeteva: Capisci? Capisci?

Eva ha capito, un po', ma ancora non riesce a immaginarselo. Ci sono cose che devi vederle, le parole non bastano. No, pensa Eva, non alcune cose. Tutte le cose, devi vederle. Le parole non bastano mai. Per nessuna cosa.

Manca ancora qualche ora, ha detto l'indiano alla fine. Forse un giorno o due.

Eva è convinta che è l'unica frase che Bibi abbia colto davvero.

Nuda, sotto la doccia disinfettante, accanto a Bibi, aspetta che il getto automatico cessi, poi si lascia investire dal flusso d'aria calda che le asciuga.

Si vestono con gli abiti impilati su una panca di formica azzurra lì accanto: i pacchetti col segno dell'autoclave contengono calzini di cotone, pigiami di cotone, cuffie, maschere. I due avvocati in abito scuro stanno aspettando il loro turno nell'altra stanza, saranno costretti a lasciarsi dietro le loro giacche e le loro cravatte. I loro portatili.

Eva si chiede che cosa stanno per vedere davvero, mentre, passata la doppia barriera di vetro, percorrono il lungo corridoio bianco guidate dall'indiano, anche lui con la sua tuta sterile.

Eva si accorge che Bibi le ha preso la mano, la sente bollente attraverso i guanti sterili di lattice.

Nella stanza la luce è bassa, figure umane coperte di tute e maschere si muovono con gesti lenti, davanti a schermi su cui si srotolano pigre onde colorate, ipnotiche.

Al centro, questa vasca di vetro spesso, un'infinità di tubi che entrano ed escono, pompe peristaltiche i cui pistoni oscillano lenti.

Lì, dentro il liquido opaco, c'è il figlio di Bibi.

Sembra avvolto in una specie di sacco semi-trasparente, deve essere una placenta artificiale, pensa Eva, ma attraverso lo strato sottile si intravede la forma del feto, mio dio com'è grande, pensa Eva.

Gli embrioni, quegli embrioni che ha visto nel laboratorio di Bianca, erano solo grappoletti di poche cellule tutte uguali. Poca cosa.

Se non vengono impiantati in utero entro pochi giorni, degenerano irreversibilmente. Nessuno può far crescere un feto fuori dall'utero materno.

Invece.

Invece, eccolo lì, il feto, ma che feto, è un bambino, un bambino perfettamente formato per quanto si riesce a vedere attraverso le pareti di vetro della vasca e la membrana che lo avvolge.

Come diavolo come diavolo come diavolo come diavolo hanno fatto, pensa Eva.

L'indiano ha detto che non lo sa. Eva è l'unica, ieri pomeriggio, che ha posto domande.

Bibi, non le importa assolutamente nulla del come.

Gli avvocati, trascrivono.

L'indiano ha detto che hanno lavorato con più di mille embrioni, negli ultimi tre anni. Tutti quanti sono degenerati entro la quarta settimana.

Poi questo.

Quando hanno visto che passava la sesta, poi l'ottava, hanno cominciato a chiedersi che fare.

Non erano preparati.

Un conto è iniziare un progetto a lungo termine sulla gravidanza extrauterina, un conto è ritrovarsi un bambino che sta crescendo e non sapere neanche perché. Rudra aveva considerato la possibilità di terminarlo. Ma poi si erano detti, no, vediamo come va a finire, terminerà spontaneamente, non può non terminare. Adesso, eccolo qui, quello che doveva terminare spontaneamente: completamente formato, zitto e ostinato, i pugni chiusi nel suo sacchetto. Figlio di sua madre.

Tutti sono fermi e silenziosi, nella stanza, guardano Bibi.

«È la madre», sussurra una voce soffocata dalla maschera sterile a un'ombra vicina.

«In fondo è giusto che sia lei a occuparsene», ha detto l'indiano, ieri, «è la madre».

Eva pensa a quel vecchio film, al bambino di Rosemary: Mia Farrow si avvicina alla culla, il silenzio cala nella stanza, le streghe tacciono, qualcuno sussurra: «*È lei la madre*».

Mia Farrow si avvicina lentamente alla culla, c'è un piccolo crocefisso rovesciato appeso sopra.

Il figlio del demonio.

Ma questo non è un figlio del demonio, pensa Eva, questo è un esperimento, fatto di pompe e di tubi e di cavi e...

La vecchia signora, avvolta nello scialle a frange colorate, guarda il lago.

Avrebbe voluto essere lì, nel laboratorio in capo al mondo, e vederlo nascere, il bambino, ma ha capito che non era opportuno.

Peccato.

Un bambino nuovo, nato da una scatola.

Un bambino fatto fabbricare da *lei*.

Interrompere l'esperimento avrebbe avuto implicazioni etiche ben più gravi rispetto alla questione del furto di embrioni, sì.

Cos'è un mazzetto di cellule rubate di fronte a un bambino ormai quasi compiuto?

E una volta nato, da qualche parte lo si sarebbe pur dovuto mettere.

L'avrebbe preso lei.

Per lui, un altro lancio di dadi lei l'avrebbe dato: un bambino nuovo, diverso da tutti gli altri, un altro tentativo, un nuovo inizio.

Le carte per l'adozione erano già pronte.

Dopo tutti questi anni.

Forse stavolta le cose sarebbero andate in modo diverso.

Diverso che con gli altri figli, chissà.

O forse invece no.

Ma quella è la madre.

In fondo, è giusto che sia lei a occuparsene.

Che sia lei, a distruggerlo.

«Sta per nascere», sussurra una donna avvolta nella tuta.

Il bambino si sta dibattendo, infatti, si agita in piccole scosse, che diventano sempre più forti, e all'improvviso la membrana che lo avvolge si lacera, un liquido più denso cola a fiotti e si mescola a quello più limpido della vasca con grandi volute come di fumo nell'aria. Il bambino fa due o tre movimenti con le gambe e le braccia, come un ranocchio che cerca di saltare.

«State indietro, signore», Rudra infila le braccia nella vasca con un gesto deciso, afferra il bambino, lo tiene a testa giù, il bambino si divincola, come un pesce una rana una lucertola.

Tutta l'infinita serie di animali da cui discende.

L'indiano gli dà una sculacciata.

Il bambino urla.

È nato.

Come il bambino di Rosemary.

Come il bambino di *2001 Odissea nello spazio*.

È nato.

47.

Bibi rimarrà lì, alla fondazione in capo al mondo, a curare il suo piccolo figlio del demonio. Starà lì per un po', poi andrà in Inghilterra. La company sta già organizzando tutto. Alla fine, quando tra un anno o giù di lì tornerà in Italia, denuncerà il figlio come suo. L'ha avuto all'estero, dirà. Se qualcuno dovesse mettersi a far questioni, l'analisi del DNA confermerà che è suo figlio.

La famiglia è cresciuta.

Più in là, tra qualche tempo, Bibi rivendicherà per suo figlio l'eredità dei nonni. Dei genitori di Marco. Forse loro, i nonni, accetteranno la cosa volentieri. Forse saranno felici di scoprire che il bambino di Bibi è davvero figlio di Marco.

E se così non fosse, allora si farà causa. Un esame di paternità basterà ad averla vinta.

Non avrà bisogno di dire tutto, Bibi, basterà che racconti

di aver trovato un medico compiacente che le ha impiantato i suoi embrioni. Gli embrioni che erano *suoi.*

All'estero, certo. In Inghilterra, in Spagna, in Oriente, che importa dove?

Andrà così, ci scommetto, pensa Eva. Lo so come è fatta Bibi.

Se poi per caso un giudice o un avvocato volesse andarsi a impuntare sulla questione dell'esportazione illegale degli embrioni in una clinica straniera, qualcuno su cui scaricare la colpa si troverà.

E sarà Rastrello.

È il tipo ideale, per addossargli tutti i lati non chiari di questa storia.

Quel che è certo, comunque, è che non sarà Prandi.

E vada come vada, alla fine Bibi otterrà quello che vuole.

Tutto quello che spetta a suo figlio.

Tra i documenti che ha firmato, c'è l'accordo che consentirà alla fondazione di eseguire esami periodici sul bambino almeno fino ai sedici anni di età.

«Hai fatto bene a firmare, sono più tranquilla», dice Eva, mentre si lascia afferrare l'indice dalla manina del piccolo, che succhia da un minuscolo biberon, in braccio a sua madre, nella stanzetta bianca della foresteria. Ieri, lo hanno lasciato uscire per la prima volta dall'area barrierata ad atmosfera controllata: il suo primo ingresso nel mondo esterno.

«Insomma, non si sa mai, dovesse venire fuori qualche problema».

«Non avrà nessun problema, mio figlio», ha risposto Bibi con quell'ostinazione di chi è convinto che nessun male gli può venire, se si intestardisce a sufficienza nel proprio punto di vista. E per quel poco che si riesce a intravedere, il piccolo testardo – figlio di sua madre – sembra perfetto.

Sia quel che sia, la biotech continuerà a controllare per anni che tutto sia a posto.

E sarà tutto a posto. Non avrà il minimo problema, il bambino.

La compagnia terrà il suo segreto ben nascosto, finché non saranno sicuri di cosa è successo, finché non riusciranno a farne nascere altri. Poi, piano piano, con cautela, tra qualche anno, l'ufficio stampa del gruppo lascerà trapelare qualcosa. Prima in qualche congresso, poi qualche cenno sui giornali. All'improvviso, sebbene nessuno abbia ancora capito bene di cosa si stia parlando, non si parlerà d'altro.

Una sera su tre, tutti i programmi televisivi saranno impegnati a dibattere i pro e i contro, generando ancora più confusione nel caos generale.

Gli opinionisti tireranno in ballo gli eserciti di crudeli guerrieri della morte, e le perfette macchine disumanizzate, programmate da malvagi governi globali.

Mentre lo stato non riesce neanche a trovare posti sufficienti negli asili nido per i pochi bambini che ancora nascono in questo paese sfinito.

Il bambino di Bibi ha lasciato la presa sul dito di Eva, adesso, e la guarda dritto negli occhi, con i suoi enormi occhi neri.

48.

L'aereo per l'Italia si stacca da terra con un rombo violento come l'urlo di un animale selvaggio.

Eva vede dal finestrino la città piena di smog e grattacieli e cartelloni rimpicciolire tra le foreste e i campi, poi l'intero paese sparire.

Su in alto, il cielo è di un colore violaceo e infinito, un sole gigantesco rosseggia giù in basso.

Una musica tenue, esotica, suona dagli altoparlanti. Le hostess passano piccole spugne candide, morbide, intrise di un'acqua calda e profumata. Eva si gira la sua tra le dita con un senso di piacere, tira un po' indietro lo schienale. Ci vorranno molte ore di volo per tornare a Roma.

Quando tutti faranno così, pensa.

Quando tutti i bambini nasceranno nelle vasche.

All'inizio la gente avrà paura.

Diranno che sono invenzioni contro natura.

Come se l'uomo fosse qualcosa di distinto dalla natura.

Come se tutto quello che l'uomo è, ogni cosa che l'uomo fa, non fosse sempre, per definizione, un frutto della natura stessa che lo ha generato e continua a generarlo.

Diranno che non si può rubare il fuoco agli dei.

Che questi bambini nuovi sono i figli del diavolo.

Che la maledizione è su di loro, e che li colpirà prima o poi.

Sui bambini, e su chi li crea.

Poi il tempo passerà e ai bambini non succederà nulla.

Assolutamente nulla.

Nessun fulmine li incenerirà, nessuna vendetta li raggiungerà, il cielo resterà in silenzio, come è sempre stato.

I bambini saranno più sani degli altri, perché sono costati così tanto lavoro, così tanta attenzione.

La company, loro avranno già brevettato da tempo l'immaginabile e l'inimmaginabile: quella tecnologia rimarrà nelle loro mani per moltissimi anni. Faranno una quantità di denaro spaventoso.

Ma le donne. Saranno loro a risolvere la questione.

Qualcuna lo farà perché non vuole smettere di lavorare.

Qualcuna perché non *può* smettere di lavorare.

Qualcuna lo farà perché il suo corpo non è in grado di farlo, e qualcun'altra perché non vuole le smagliature.

Poi, molte altre lo faranno perché tutte, intorno a loro, lo stanno già facendo.

Col tempo, negli anni, l'idea di tenere un essere vivente intrappolato in un altro corpo per nove mesi diventerà paurosa, disgustosa, sempre più inaffrontabile.

E poi, forse, pensa Eva, col tempo, tra molti anni, in un futuro che lei riesce appena a immaginare, anche l'idea di tenere un essere umano intrappolato nei desideri e negli incubi di una donna e di un uomo scelti dal caso diventerà inaccettabile.

Col tempo, forse, le donne e gli uomini arriveranno a temere il potere totale che la natura dà al forte sul debole, sull'indifeso. L'ultimo dei poteri assoluti a sopravvivere, nel nostro civilizzato mondo.

Avranno paura di questa natura che consegna le menti nuove, tutte ancora da fare, a esseri umani scelti dal caso, completamente ciechi, del tutto inconsapevoli dell'entità e degli effetti del loro potere. Del tutto inconsapevoli degli istinti inestricabili che si muovono in loro, mentre attendono al compito atavico di allevare la loro prole. Che mettono e tolgono dalla vita nuova per dare linfa alla propria.

Sì, in un futuro che si riesce appena a scorgere, forse l'idea stessa della maternità verrà lasciata indietro nel sentiero delle cose perdute.

Come pittogrammi votivi dipinti su una roccia un milione di anni fa.

Come una pietra sacra in un museo paleontologico.

Come un virus per il quale è stato inventato un vaccino.

Come una malattia eradicata dalla terra.

Pensa all'indiano, quel Rudra. Lui non ci ha mai pensato, alle conseguenze. Tutto quello che ha fatto, l'ha fatto perché poteva farlo.

L'unica cosa che importa, pensa Eva, è quello che si può fare.

Quello che si può fare, qualcuno prima o poi lo fa.

Tutto il resto è racconto.

Pittogrammi su una caverna.

Parole che corrono dietro a quello che è già accaduto, in una corsa perduta in partenza, nella vana idea di padroneggiare un mondo che, appena le parole lo circondano, ecco, è già corso più in là.

Eva vede l'Italia, sotto di sé, e Roma, che si avvicina sempre di più, e prova un senso di stanchezza invincibile.

Sa che al dipartimento non ci tornerà mai più.

Lo Scrittore vuole un figlio da lei.

Lei, lei non sa cosa vuole.

Ci sono questioni che non è dato capire, per quanto profondamente riguardino sé stessi. Interrogativi ai quali è impossibile dare una risposta.

Anzi, no, pensa: nessuna questione è mai dato di capire, nessuna domanda trova mai una risposta.

Le risposte si fabbricano, e dopo ci si sforza di crederci.

Le cose accadono, poi si crea la ragione per la quale sono accadute.

Sul presente, ci si ricuce dietro un passato.

Ognuno fabbrica un racconto della propria vita, del mondo, partendo dal presente, e poi va a ritroso. Ognuno inventa la propria storia, e poi si sforza di somigliarci.

Ma le cose che avvengono, sono solo quelle che possono accadere.

Le cose che si fanno, sono quelle che si possono fare.

Dopo, le cose che abbiamo fatto ci cambiano irreversibilmente.

Eva si chiede se se ne andrà a lavorare all'estero, da qualche parte lontano da qui.

Qualche posto dove qualcuno, qualche volta, si incrocia con qualche minuscolo frammento di realtà.

Si chiede se rimarrà con lo Scrittore, o se quella costruzione di amore finirà per sbriciolarsi lasciando campo libero al vuoto.

Si chiede se finirà per avere un figlio da lui, e cosa farà di questo figlio. Quale anima gli creerà.

Eva si chiede tutto questo, e tutto le sembra un lancio di dadi nel nulla.

RINGRAZIAMENTI

Ringrazio Silvia Bortoli per la generosità con cui condivide la sua cultura ed esperienza. Dopo una delle nostre conversazioni, mi è nata la prima idea di un libro come questo.

Monica Mazzitelli che mi ha pavimentato la strada alla pubblicazione.

Chiara Valerio e Paola Ronco per alcuni preziosi suggerimenti.

Maria Giulia Minasi per avermi fatto vedere gli embrioni.

E ringrazio Angelo, che è un angelo.

La poesia di pagina 18 si intitola «This Is Just to Say», ed è tratta da *The Collected Poems of William Carlos Williams, I, 1909-1939*.

TITOLI DI CODA

Cento micron
di Marta Baiocchi

editing	Nicola Lagioia
impaginazione	Giulia Zavagna
correzione delle bozze	Giulia Zavagna
	Enrica Speziale
progetto grafico	Riccardo Falcinelli
stampa	Iacobelli srl
promozione e distribuzione	Pde Italia

al momento in cui questo libro va in stampa
lavorano a minimum fax
con Marco Cassini e Daniele di Gennaro:

direttore editoriale	Martina Testa
ufficio stampa	Alessandro Grazioli
	Rossella Innocentini
editor collana Nichel	Nicola Lagioia
editor collana Indi	Christian Raimo
redazione	Dario Matrone
	Enrica Speziale
ufficio diritti	Lorenza Pieri
redazione web	Giulia Bussotti
amministrazione	Benedetta Persichetti
ufficio commerciale	Antonia Conti

responsabile magazzino	Costantino Baffetti
libreria minimum fax	Francesca De Cesare
minimum fax media	Arianna Bonazzi
organizzazione corsi	Barbara Bernardini
	Rachele Palmieri
minimum fax live	Mattia Cianflone

Hai giocato a Tetris tutto il giorno?

www.minimumfax.com

NICHEL (ULTIME USCITE)

39. Aa. Vv. *Senza corpo. Voci dalla nuova scena italiana*
40. Eleonora Danco *Ero purissima*
41. Peppe Fiore *La futura classe dirigente*
42. Aa. Vv. *Anteprima nazionale. Nove visioni del nostro futuro invisibile*
43. Laura Pugno *Quando verrai*
44. Aa. Vv. *Ogni maledetta domenica. Otto storie di calcio*
45. Giuseppe Genna *Assalto a un tempo devastato e vile. Versione 3.0*
46. Carlo D'Amicis *La battuta perfetta*
47. Domenico Starnone *Fare scene. Una storia di cinema*
48. Stefano Jorio *Radiazione*
49. Tommaso Pincio *Lo spazio sfinito*
50. Ernesto Aloia *Paesaggio con incendio*
51. Gianluigi Ricuperati *Il mio impero è nell'aria*
52. Alessio Torino *Tetano*
53. Laura Pugno *Antartide*
54. Marta Baiocchi *Cento micron*

MINIMUM CLASSICS (ULTIME USCITE)

25. Walter Tevis *Lo spaccone*
26. Richard Yates *Easter Parade*
27. Alan Sillitoe *La solitudine del maratoneta*
28. Henry Miller *Parigi-New York andata e ritorno*
29. Richard Yates *Una buona scuola*
30. Ann Beattie *Gelide scene d'inverno*
31. Bernard Malamud *Le vite di Dubin*
32. Walter Tevis *Il colore dei soldi*
33. Richard Yates *Cold Spring Harbor*
34. John Barth *La vita è un'altra storia. Racconti scelti*
35. John Hawkes *Arance rosso sangue*
36. Alan Sillitoe *Sabato sera, domenica mattina*
37. Bernard Malamud *Ritratti di Fidelman*
38. Richard Yates *Bugiardi e innamorati*
39. Grace Paley *Fedeltà*
40. Bernard Malamud *Il barile magico*
41. Lawrence Ferlinghetti *A Coney Island of the Mind*
42. Nathanael West *Signorina Cuorinfranti*

SOTTERRANEI (ULTIME USCITE)

143. George Saunders *Nel paese della persuasione*
144. John O'Brien *Lezioni di strip-tease*
145. Ben Ratliff *Come si ascolta il jazz*
146. Zadie Smith *Cambiare idea*
147. Nick Laird *L'errore di Glover*
148. Georgina Harding *Il gioco delle spie*
149. Kevin Canty *Dove sono andati a finire i soldi*
150. Sam Lipsyte *Chiedi e ti sarà tolto*
151. Richard Cook *Blue Note Records. La biografia*
152. Stewart Copeland *Strange Things Happen. La mia vita con i Police, il polo e i pigmei*
153. Leonard Cohen *Parassiti del paradiso*
154. David Lipsky *Come diventare se stessi. David Foster Wallace si racconta*
155. Aimee Bender *L'inconfondibile tristezza della torta al limone*
156. Jennifer Egan *Il tempo è un bastardo*
157. Robin D.G. Kelley *Thelonious Monk. Storia di un genio americano*

FILIGRANA (ULTIME USCITE)

38. David Mamet *Note in margine a una tovaglia. Scrivere (e vivere) per il cinema e per il teatro*
39. Raffaele La Capria *Caro Goffredo. Dedicato a Goffredo Parise*
40. Jack London *Pronto soccorso per scrittori esordienti*
41. Lawrence Grobel *Colazione da Truman. Incontri con Capote*
42. Adelia Battista *Ortese segreta. Ritratto intimo di Anna Maria Ortese*
43. Anthony Burgess *L'importanza di chiamarsi Hemingway*
44. Eudora Welty *Una cosa piena di mistero. Saggi sulla scrittura*
45. Edmund White *La doppia vita di Rimbaud*
46. Fabio Stassi *Holden, Lolita, Živago e gli altri. Piccola enciclopedia dei personaggi letterari (1946-1999)*
47. Jonathan Lethem *Crazy Friend. Io e Philip K. Dick*
48. Eudora Welty *Come sono diventata scrittrice*
49. James Joyce *Scrivere pericolosamente. Riflessioni su vita, arte, letteratura*
50. Zadie Smith *Perché scrivere*

Questo libro è stampato su carte dotate di certificazione FSC.
Per il testo: carta Vega delle cartiere Burgo.
Per la copertina: carta Symbol Freelife Satin delle cartiere Fedrigoni.

finito di stampare nel dicembre 2011
presso Iacobelli srl – Pavona (Roma)
per conto delle edizioni minimum fax

ristampa	anno
10 9 8 7 6 5 4 3 2 1	2012 2013 2014 2015